零崎軋識の人間ノック

西尾維新

KODANSHA 講談社ノベルス NOVELS

Illustration take
Cover Design Veia
Book Design Hiroto Kumagai

登場人物紹介

零崎軋識（ぜろざき・きししき）――――殺人鬼。

零崎人識（ぜろざき・ひとしき）――――殺人鬼。

零崎双識（ぜろざき・そうしき）――――殺人鬼。

零崎曲識（ぜろざき・まがしき）――――殺人鬼。

萩原子荻（はぎはら・しおぎ）――――策師。

西条玉藻（さいじょう・たまも）――――狂戦士。

市井遊馬（しせい・ゆま）――――病蜘蛛。

赤神イリア（あかがみ・いりあ）――――令嬢。

赤神オデット（あかがみ・おでっと）――――令嬢。

千賀あかり（ちが・あかり）――――メイド。

千賀ひかり（ちが・ひかり）――――メイド。

千賀てる子（ちが・てるこ）――――メイド。

匂宮出夢（におうのみや・いずむ）――――殺し屋。

闇口濡衣（やみぐち・ぬれぎぬ）――――暗殺者。

闇口憑依（やみぐち・ひょうい）――――暗殺者。

石凪萌太（いしなぎ・もえた）――――死神。

哀川潤（あいかわ・じゅん）――――請負人。

暴君（十四歳）――――少女。

もし読者諸君が、あの選り抜きの「真正十二漁師クラブ」の某会員が年一度のクラブの晩餐会に出席しようとヴァーノン・ホテルにはいって来たのに会ったとすれば、彼が外套を脱ぐときにお気づきになるだろうが、彼の夜会服は緑色であって、黒色ではないのである。もし（そういう人物に話しかけるほど向う見ずな度胸が諸君にあると仮定して）その理由をたずねたとすれば、おそらくその人物は、給仕とまちがえられんようにするためさ、と答えるだろう。そこで諸君は二の句もつげずにすごすごと引きさがる。だが、それではある未解決の神秘と、話す値打のある物語を聞かずじまいに帰ることになる。

（The Queer Feet by Gilbert Keith Chesterton／中村保男・訳）

零崎軋識の人間ノック
1
狙撃手襲来

◆　◆

そこは、とある政令指定都市の更に中心近く、天を突くような巨大さと形容して何の問題も生じない、相当離れて眺めないことにはその全貌《ぜんぼう》がつかめそうにもないくらい縦《たて》にも横にも面積のある、超高級マンションの前だった。奇妙な人間が、そのマンションを見上げるように、二人、並んでいる。

一人は、麦藁帽子《むぎわらぼうし》をかぶった、線の細い華奢《きゃしゃ》な青年だった。六月というこの季節にはまだ少し肌寒いのではないかと思われる、スリーブレスの白シャツに、よれよれでだぼだぼのズボン、両足にはぼろぼろのサンダル。丸いサングラス、首には白いタオルをかけていて、田舎《いなか》に住んでいる牧歌的な青年、というイメージだ。右肩から提《さ》げている細長く黒い鞄《かばん》が、そのイメージに反する唯一の所持品、と言ったところか。

もう一人は、学生服姿の、少年、あるいは更にはっきりと、『子供』と表現するのが適切であろう、背の低い男の子だった。こちらは六月という季節にしてはもう暑苦しそうな、詰襟《つめえり》の学生服姿。恐らくは中学生なのだろう、胸には『汀目《みぎわめ》』と彫《ほ》られた名札をつけている。艶《つや》やかな黒髪は肩口までの散切《ざんぎ》りで、少々鬱陶《うっとう》しい感じがある。隣《となり》の麦藁帽子の青年同様に丸いサングラスをかけているが、この男の子の場合、気になるのはサングラスそのものよりも、そのサングラスで半分くらい隠されている――右顔面に施《ほどこ》された、禍々《まがまが》しい刺青《いれずみ》だった。

麦藁帽子の青年は何だか不機嫌そうで、顔面刺青の男の子は、何だかにやにやしている。

「……おい、人識《ひとしき》」麦藁帽子の青年が、マンションの最上階を見上げたままで、隣の男の子に話しかける。「おめー、俺のこと、レンからなんて聞いてるっちゃ?」

「ん? いや、別に」顔面刺青の男の子は何と言うこともなく、しかしにやにや笑いは変わらないままで、青年に答える。「心配しなくとも、兄貴はあんたの悪口なんかなーんも言ってないぜ。『俺には教えられないものをアスは持っているから、精々《せいぜい》勉強さしてもらってこい』だってさ」

「はん。よく言うっちゃよ」くい、っと麦藁帽子の鍔《つば》の位置を直す青年。どうやら、少し照れているらしい。「大体、本来この役目は、レンのもののはずなんだっちゃ。喧嘩《けんか》を売られたのはあいつなんだっちゃからな。そこをどーしてこの俺様が引っ張り出されてしまうのか、理解に苦しむっちゃよ」

「決まってんじゃん。家族だからだろ？」

馬鹿《ばか》にするようにいう男の子に、渋い顔を浮かべる青年。そんな青年のことなど気にも留めず、顔面刺青の男の子は続ける。

「しっかし酷《ひど》い話だよなー。兄貴が喧嘩売られたっていっても、事情聞いてみりゃ、全然大したことねーじゃん。こっちに被害は出てないし、あっちも敵意なんか抱いてない——言っちまえばただの事故みてーなもんだ。それなのに、報復だとか復讐だとか、いちいちキリがねーぜ。復習は学校の勉強だけで十分だっつーの」

「……中学校、真面目《まじめ》に通ってるっちゃか？」

「んー。また出席日数ヤバげかな。無事に卒業できんだかどーなんだか」

「それこそレンが許さないっちゃよ。留年なんて……まあ、学校に通う『零崎《ぜろざき》』なんて馬鹿馬鹿しい存在、俺はどうでもいいと思うっちゃがね」そこで麦藁帽子の青年は、初めて、男の子の方に視線をやる。「——ただ、先の発言は『零崎』としちゃー聞き逃せないっちゃよ。俺達はあらゆる意味で、『敵』を放置するわけにゃあいかんのだっちゃ」

「わーってるよ。大将に今更そんなこと言われなくとも、俺ァ兄貴から散々諭《さと》されてんだ、その辺は——で、大将」両手はポケットに入れたまま、顎《あご》で、正面のマンションを指し示す顔面刺青の男の子。「今回、俺ら零崎一賊《いちぞく》の標敵となる、哀れな哀れな子羊さん達は、このマンションに住んでるってえことなのかい？」

「そういうことだっちゃ」

「いーとこ住んでるじゃねーの——家賃いくらくらいなんだ？　ここ」

「一番安い部屋で月二百五十万、最上階、俺らの標敵一味が根城としているワンフロアは、月四百五十万だっちゃ」

「うっわー。ありえねーっつーの」かはは、と男の子は愉快そうに笑う。「で、その標敵は何人？」

「八人。その八人ともが、今日、今、このとき、最上階に集まってるっちゃよ」麦藁帽子の青年は淡々という。下調べは完璧と言わんばかりだった。「この八人は、俺がやる」

「はぁ？」

「おめーにゃ、まだ荷が重いっちゃよ。おめーのやり方はレンからよく聞いている——人識、おめーは酷く、気分にムラがある奴だっちゃってな。どうでもいい奴が相手ならそれでもいいが、そんなんで標敵を逃されて、困るのは俺だっちゃ」

「信用がねーな、どうにも」特に気分を害した風もない、顔面刺青の男の子。「別にいーけどよ。楽だし、その八人も全くの素人ってわけじゃねーんだろ？　面倒くさいし、それは大将に任せるぜ。でも、だったらなんで、兄貴は俺をここに寄越したんだ？　大将一人でやるっつーんなら——あ、分かった、俺、見張り役ってこと？」

「違うっちゃ」

麦藁帽子の青年は答える。

「俺がその八人を殺してる間に、このマンションの住人を、全員殺しとくのがお前の役割だっちゃ」

「……んー」

予想外の返答だったのか、さすがに少し口ごもる、顔面刺青の男の子。ポケットから手を抜いて、かったるそうに頭をかく。

「別に——このマンションの住人って、その八人とは何の関係もねーんだよな？」

「関係はある。標敵が根城としている部屋があるマンションに住んでいる。それだけで十分だっちゃ」

青年は言う。「人識。おめー、人殺してもんを、何か勘違いしてねーっちゃか？　レンから教育を受けたってんなら、まあ仕方ねーかもしれねーっちゃが。あいつは零崎一賊の中でも、一番の異端だっちゃからな……」

「他の連中を殺す必要なんてあるのかよ」

「ある」断言する青年。「見せしめ、だっちゃ」

「はー……。全員殺す？」

「全員殺す」

「子供も？」

「子供も」

「女も？」

「女も」

「老人も？」

「老人も」

「動物も植物も？」

「動物も植物も。くどいっちゃね。零崎一賊に仇《あだ》なすっていうのは、つまりはそういうことなんだっちゃよ。さっきおめーが言った通りだっちゃ。俺達は家族を守るためならなんでもする——家族以外が、相手なら」

「…………」

「不満だっちゃか？」青年は男の子を睨《にら》む。「こんなマンションに住んでるような奴は、どうせ悪いことやって金稼いでる連中だっちゃよ。気にすることはねーっちゃ」

「夢のねーこと言うよなあ」

「大人は夢を見ないっちゃよ。大人は、夢を見せるもんだっちゃ」

「……いーよ。やりゃいーんだろ、やりゃ」

いかにも不承不承と言った風に、男の子は頷《うなず》いた。

「あー……かったりいんだよな……大体、もうすぐ校内模試なんだよ、俺。なんとか平均九十点以上とらねーと、委員長がうるせーんだわ。さっさと終わらして、俺ァ家帰って勉強するぜ」

「好きにすればいいっちゃ。俺だって、本来ならレンがやるべき仕事なんざちゃっちゃと終わらせて、家に帰ってネットで遊びたいんだっちゃ」

「ネット？　パソコンか？」

「最近、ちょっと嵌《はま》ってるっちゃよ」

「はあん……大将にゃ、なんか似合わねえなあ……大将はやっぱ、気楽にバット振ってる姿が、一番似合うような気がするけど」

「似合う似合わないで人生やってねーっちゃよ」

そして、麦藁帽子の青年は一歩を踏み出した。

「俺が先に入る。おめーは五分後に踏み込んできて、今言ったミッションを実行するっちゃ。おめーが最上階に辿《たど》りつく頃には、全てが終わってるっちゃよ」

「あん？　俺が先に露払《つゆはら》いした方がよくねーか？　こういうマンションだと、警報装置とかがあったり警備員とかがいたりするだろーによ」

「構わんちゃ、それくらいサービスで俺がやる——それより何より」麦藁帽子の青年は一旦脚《いったんあし》を止めて男の子を振り向く。「これも、レンから聞いてる。零崎人識——おめーの無差別絨《じゅう》毯《たん》殺撃に巻き込まれるのは、ごめんだっちゃからね。俺はレンほど、おめーを制御する自信はねーっちゃよ——『零崎の申し子』くん」

「…………………」

「……うん？」

「…………………」

「……きひひひ」

男の子が何も答えないのを確認し。

青年は少し皮肉げに微笑《ほほえ》み。

鞄を担ぎ直し、マンションの敷地内へ、侵入した。

一人になって、

「……ふん」

と、かったるそうにしていたときですら浮かべていたにやにや笑いを、男の子は、その表情から完全に消す。

「『人殺しってもんを何か勘違いしてねーか』ねえ——よく吹くもんだぜ、どいつもこいつもよ」男の子は不気味《ぶきみ》なほど低い声で呟《つぶや》く。「兄貴にしろ大将にしろ、人殺しみてーなどうでもいいもんに対してマジになり過ぎなんだよな……ったく、ついてけねーっつうの」

サングラスを外し、胸ポケットに仕舞う。

男の子の深い眼が、あらわになった。その眼を見れば、とても彼のことを『男の子』などとは形容できないほど、深く、奥暗い、密度の濃い暗闇の瞳《ひとみ》。

その眼は、まごうことなく、
この世のものとは、思えなかった。

深い、濁《にご》った底なし沼のような、瞳の虹彩《こうさい》。

「……しかし、まあしかし」

ひゅん——と、腕を振って、学生服の袖《そで》に仕込んでいたのであろうナイフを、両手に握る顔面刺青。刃の厚い鉈《なた》のような無骨なナイフと、対照的な薄い刃が曲線を描いている、短い芸術的なフォルムのナイフ。それらを器用に、同時にくるくると回してみせる。

「巻き添えが御免なのはこの俺にしたって同じだぜ、大将——『愚神礼賛《シームレスバイアス》』の大将、零崎軋識《きししき》さん。名前通りに随分《ずいぶん》とふざけた性格をしているあんたの一本足殺法に巻き込まれたら、さすがに、今の俺じゃあとても対応しきれねーだろうからな——確か、五分と言っていたが」

男の子は右腕に巻いた時計を確認する。

「……用心して、加えて五分——十分くらいの余裕は見ておいた方がいーかもしれねーな——兄貴の助言に従うならよ。しっかしこのマンションの全員ね——何人いるんだ？　つーか、何部屋あるんだ？　鍵なんか問題じゃねーけど、しっかし言うこと滅茶《めちゃ》苦茶《くちゃ》だぜ、あの大将——あーあ」

男の子は、心底からの本音のように、呟く。

「――心の底から、傑作だっつーの」

五分。

男の子が気まぐれで勝手に決めたその時間差が、これから始まる物語の展開を、大きく変えてしまうことに――まだ、本人でさえも、気付いていていない。

◆　◆

零崎軋識は殺人鬼である。

今までの人生二十七年間、一体何人殺したかなんて数えきれないし、そもそも数えようなんていう発想が湧かなかった。

殺人に理由はない。

何かこう、『人』を見ると……『人の形』を見ると――

『ああ、殺せそうだな』


と、思ってしまう、とでも説明するしかないのだが、この説明にしたって、真実をついているとは言えないのではないだろうか。別に何も、殺せそうだからといって殺す必要などない。可能か不可能かは、実現とは何の関係ももっていないのだから。

『人を殺す、という気持ちはね、アス――』

いつだったか、同じ一賊に属する、現時点における恐らくは最大の実力者である、『自殺志願《マインドレンデル》』、『二十人目の地獄』の異名を取る零崎双識《そうしき》――今日、軋識がこんな場所にまで脚を伸ばす原因を作った男だが――が、軋識に向けて語ったことがある。

『本来は愛から、生じるべきなのだよ』

『…………』

アホかこいつは鋏《はさみ》を眼に刺して死ね変態、と軋識は思ったが、構うことなくマインドレンデルは続けた。

『そう、我々は家族愛のために人を殺す。それ以外の理由による殺人は、極力控えるべきだね――少なくとも、殺人鬼集団の異名を保ちたいのだったら』

殺人鬼集団――

零崎一賊。

考えてみれば、存在自体が矛盾《むじゅん》している。真面目に中学校に通っている（サボりがちらしいが）本日のパートナーの存在もいい加減矛盾しているが、そもそも他に何も求めない、自分以外の全てを殺すことが存在意義である『殺人鬼』同士が群を成して、家族を作ろうなどと。

笑える。

心の底から、片腹痛い。

ただ――

シームレスバイアス、零崎軋識をしても――

それを笑い飛ばそうとは、思えないのだった。

滑稽《こっけい》と思いながら、否定できない。

矛盾を内包しなくてはならないというのは、気に喰わない――どころか。

それ、どころか。

独りの殺人鬼として生きていた時代より、集団に属している今の方が――

「――っだらねえっちゃ」

露払いを自ら済ませて、マンション奥のエレベーターに乗り込む軋識。屋内に入ったので麦藁帽子を脱ごうかと思ったが、しまう場所もなかったし、どうせすぐにまた太陽の下に出ることになるのだからと、サングラスを外すに留めた。

「なんっつーか、なあ――」

よれよれのズボンのポケットからキーを取り出して、階数指定ボタンの下のパネルを開ける。このキーは最近嵌ったインターネット経由で入手したものだ――それだけではない、このマンションの構造だって、今日ここに標敵の八人が集まっていることだって、ほとんど、ネットを通じて手に入れた情報だ。ある程度以上の深さに潜れば、手に入らない情報などない。昔は自分で自分の脚を使って、あっちこっちに出向かなければならなかったというのに、現代は本当にいい時代になったものだ――

「あるいは、嫌な時代になったものだ、っちゃか」

パネルの内の、最上階、四十五階行きのボタンを押す。エレベーターが動き始め、少し、重力感覚が狂った。その感覚にも、すぐに慣れる。

「…………」

これから八人の標敵を相手にしようというのに——軋識が今、上昇するエレベーターの中で考えていることと言えば、今マンションの外で待機しているはずの本日のパートナー——零崎人識についてだった。

会うのは初めてではないし、それなりに長い付き合いでもあるのだが、相棒として行動を共にするのは、今回が最初だった。その点についても不安があるし——軋識には、どうもあの人識という少年が、よく分からない。いや、よく分からないというのなら、彼の兄にあたるマインドレンデルの方がずっと分からないところがあるが——人識の場合は、『理解不能』の場所が危《あや》う過ぎるような気がするのだ。

零崎一賊——殺人鬼集団。

当然、危う過ぎる連中ばかりではあるのだが。

ああいうタイプは、今までいなかった——

「ま、そりゃそうか——」

何せ——あいつは。

零崎の申し子。

零崎の中の——零崎、なのだから。

「今回の仕事っぷりで、その辺は判断させてもらうとするっちゃか——」扉の上の、移り変わる階数表示を何とはなしに眺めながら、軋識はひとりごちる。「俺はレンとは違う——俺と、レンとの『家族』の守り方は違う——俺はあんな変態とは違って甘くない。俺は問題が生じそうだったら、たとえ家族であろうと『排除』させてもらう——」

ちらり、と提げている長細い鞄に眼をやる。

「『報復』中に不幸な事故が起こるのは、よくあることだっちゃからな——」そして、零崎軋識は繰り返す。「俺とレンとを一緒にしてもらっちゃあ——

困る」

チン、と音がして、エレベーターが止まる。

階数表示は、四十五。

扉が開いて、ホールに出て――

「動くな」


両側から、拳銃を、突きつけられた。

「手をあげろ」

「…………」

言われるままに、手を挙げる軋識。

両手を広げ、武器を持っていないことも示す。

――二人、か。

眼球だけ動かして、両側とも確認するが――『標敵』である八人の中の誰とも一致しない、いかつい、いかにもボディーガードと言った風情の、むくつけき男達だった。

「待ち伏せされていたようだし――情報が漏《も》れていたっちゃか？　それとも――最初から罠《わな》だった、とか――」

「喋《しゃべ》るな」

右側の男が、必要最低限のことだけを言う。

「あの扉の向こうには、俺達の他にも十人の手練《てだ》れがいる――あの八人には、手出しはできない」

「……ふうん」

軋識は向けられた銃口を特に気にする様子もなく、エレベーターホールの少し先にある、扉に目をやる。そうか、ちゃんと標敵の八人もいるのか――と、とりあえず、安心した。不幸中の幸い、とでも言うのだろう。『後輩』を連れてきて、偉そうなことを散々ほざいておきながらまるっきりの空振りでは、あまりにも格好がつかなさ過ぎる。

「しかし――どこから情報が漏れたっちゃかね……」

「おい、喋るな。殺すぞ」

今度は左側の男だった。

軋識は両手を挙げたまま、その男の方を見る。

笑って――いる。

「殺す、だって？」

「……う」軋識の目線に、男はたじろぐ。「お、おい。喋るなと言って――」

「この俺を殺す――ちゃか。教えてくれよ――もし、そんな方法を知っているって言うのなら」

す――っと。

軋識は、両手を下ろし――

肩から提げた、鞄に手をやる。

「っ！　おい――っ！」「貴様――」

二人は同時に、撃鉄を起こす。

だが、軋識はそれにも、構わない。

「頼むっちゃよ、その方法を知ってるなら教えてくれ――何しろこの俺は、生まれたときから死ななくて死ななくて、本当に困ってるんだっちゃからな」

「んーじゃま、かるーく零崎を始めるちゃ」

◆　◆

「……ん」

どこかから銃声がしたのを聞いて、顔面刺青の男の子――零崎人識は、マンション外側に設置されている非常階段を登る脚を止めた。

今現在、二階と三階の中途だ。

エレベーターは使っていない。

「ふうん……ようやく、始まったか」人識は遥《はる》か上空、最上階をうかがうように、目線を上げる。「しかし、銃声ねえ――かはは。零崎一賊を銃器なんかで殺せると思ってる奴が、未だに実在するとは驚きだ」

脚を止めたのも一瞬、人識は再び、階段を進む。

両手に提げているナイフにも――学生服にも、体のどこにも、血液は付着していない。誰かが近くにいたところで、匂いさえも感じ取ることはできないだろう。もしもこの少年がたった今までの数分間

に、このマンションの二階の住人――否《いな》、金魚の一匹に至るまでの全生物を皆殺しにしてきたと言われても、それを信じる者は一人だっていないに違いない。

その真実を知る者は、今や、一人しかいない。

無論、零崎人識が人間失格でなければの話だが。

「しかし、巻き添えは、確かに御免だが――」

少年は、少しだけ、脚を速めた。

表情は、にやにやと笑っている、あれだった。

「……少しは興味あるかな。退屈しのぎ程度の意味の、興味はある。大将の殺人手段――あのアホな兄貴が褒《ほ》めてた、シームレスバイアスのバットコントロールって奴には、よ――」

◆　◆

『愚神礼賛《シームレスバイアス》』。

それは零崎軋識の通り名であると同時に――零崎軋識が使う得物の名前でもある。軋識がいつも提げている長細い鞄に、『それ』は入っている。

一言で言うなら、それは『釘《くぎ》バット』だ。

野球という競技で攻撃側の選手が使用する道具に釘を打ち込んだもので、通常その製作には木製バットを用いるべきなのだが、『愚神礼賛《シームレスバイアス》』は中身まで全てが鉛《なまり》でできている。釘も打ち込まれたものではなく、そもそものようにデザインされた、完全一体型だ。当然『それ』は半端《はんぱ》でない、洒落《しゃれ》にならないほどの重量となるわけだが、決して大柄でも筋肉質でもない軋識は――それを、自由自在に、操る。

その莫大《ばくだい》な重量から生じる遠心力を利用して。

バットを振り回すのではなく、己《おのれ》を中心に弧《こ》を描くように――

彼は、標敵を打ち殴り、殴殺《おうさつ》する。

ほとんど、必殺だった。要するに鉛の棒で急所を殴っているのだから、当然ではある。しかし、といったところで、誰がどう考えても普通にナイフやらを使った方が『殺人』には向いているのだが、軋識はとある理由あって、この釘バット、『愚神礼賛《シームレスバイアス》』にこだわっている。いくら、マインドレンデルと並び称されてしまうくらいに変人扱いされようと、軋識は『愚神礼賛《シームレスバイアス》』を手放すつもりも、他の得物を手に取るつもりもない。

無論、肌に合うという理由もある――己の気性をそこはかとなく具現化した凶器こそがこの『愚神《シームレス》礼賛《バイアス》』であるという理由もある。これを使えば、敵が十二人いようが二十人いようが、拳銃を持っていようがなんだろうが――

全て、打破できる。

軋識は、そう、確信している。

信仰している。

そう、死ぬ方法が、わからないほどに――

「――ふう」

ようやく軋識が動きを止めたとき――

その、家賃月四百五十万の部屋は、大変な有様になっていた。台風一過――なんてものではない、竜巻一過。家具類で無事なものは、三百平米の面積の中、ほとんど一つとして見つからない。今軋識がいるのは、大きな窓から下界を覗《のぞ》ける馬鹿広いリビングだが、ここだけではなく、他のベッドルームやらキッチンやら、トイレや風呂に至るまで、無事な部品はどこにだってありはしない。こんな部屋には、たとえ家賃が月三千円だって、住みたいと思う者はいないだろう――まして、二十人分の死体が辺りにごろごろしているとなれば、尚更《なおさら》だ。

「……結構、てこずったっちゃな」

そういって、大きな窓ガラスに背中を預ける軋識。重量のあるバットの先を、床の、毛足の長い絨毯に差し込む。バットは血と肉に濡れていて、不気味な様相を呈していた。軋識は少し汗をかいているようで、呼吸も乱れてはいるが――全身のそのどこにも、怪我《けが》はしていないようだった。

首にかけたタオルで、顔の汗をぬぐう。

「人識が来る前に全てを終わらせられたのは幸いだっちゃ——まだ、できれば手の内は見せたくない。が、そもそも」

床に転がる死体——あちこちが弾《はじ》け散っている死体に、順番に眼をやる零崎軋識。

「情報は、どこから漏れたっちゃかな——こちらが狙っていることに気付いているかもしれないとは思っちゃいたっちゃが、待ち伏せされてるとは、思ってもなかったっちゃ。ふうん——」

やはり、ネットで情報を収集したのがまずかったのか。この『標敵』達の組織に、そんな腕の立つハッカーがいるとは考えられないが——しかし、可能性が皆無ということでも、ないだろう。もしそんな奴がいるのだとしたら、そちらも『標敵』に加えなくてはならないが——

「——いたちごっこ……というより、こりゃマッチポンプっちゃね。復讐は復讐を生むだけとは、よく言ったもんだっちゃ。不毛この上ないっちゃ」

まあ、それでも——

不毛でも、繰り返せば、零になる。

マインドレンデル辺りの、言いそうなことだ。

「にしても、人識——遅いっちゃね」

軋識も予定外の人数に手間取ってしまったことだし、このマンションの住人の数から考えて、そろそろここまで来ていてもいい頃合なのだが。マインドレンデルの話を鵜呑《うの》みにして、あの人識の殺人能力を少しばかり、過大評価していただろうか。

仕方ないので、時間つぶしに思考を続ける。

先ほどは『不幸中の幸い』と考えたが——もしもこれが本当の『待ち伏せ』だったというのならば、もうちょっと用心棒の人数が多くてもよかったと思う。十二人じゃあ、あまりにも中途半端な感がある——いや、そこは、まあ、流すとしよう。向こうにも事情があった、とでもしようじゃないか。

けれど。

標敵である八人が危険を冒してまでこの場に来ていた理由は——一体、何なのだろう？　その必要は皆無ではないだろうか。わざわざ『刺客』がくると分かっていて、尚この場に集合する理由があるとは思えない、のだが——

「……ふうん」

この現象からだと、少なくとも『奇妙』であることだけは確実ではあるが、情報が少な過ぎて考えられる可能性は多岐に亘《わた》る。それでも、一番それらしいのを選択するとなると、軋識が選ぶ解答は、そう——

「——『第三者』の、介入……か」

敵か味方か分からない『誰か』が、『第三者』がこの八人に何らかの『情報』を流し——その真偽の確認のしようのないこいつらとしては、その程度で会合を中止するわけにもいかず、とりあえず、ボディーガードを集めた——まあ、そんなところが、ありそうな線だ。

けれど、その場合。

その『第三者』が誰か、という問題——どうして、軋識達が今日のこの日にここに来ると知ったのかという、同じ問題が続いてしまうことになって——

「しかも、また、マッチポンプになるっちゃね——」

と、苦々しく呟いたところで、玄関の方から、『ぎぃいいいい』と、音が聞こえた。恐らく、非常階段に通じる扉が開いた音だろう。やれやれ、ようやくご到着らしい。軋識は呼吸を整え、もう一度汗をぬぐった。打算を抜きにしても、年下の親族に弱味は見せたくない。床についていたバットも片手で持ち上げて、肩にかつぎ、ポーズを取って、人識がリビングに来るのを待った。

数秒後、人識がリビングに脚を踏み入れた。もう服の内に収納したのだろう、ナイフは持っていない。

「遅かったっちゃな、人識」

「……うっひゃー。ひでーな、こりゃ」

ポーズを決めている軋識には目もくれず、人識はこの部屋全体の惨状を嘆くように、あっちこっちを見回した。

「大将、こんなことしちゃ、家具とかが可哀想《かわいそう》じゃねーかよ。こんな立派な奴らなのにさ。あー、あー、あー！　見ろよこの机！　何してんだよ、本当にもう！」

「…………」

何だか怒っているようだった。

相変らず――よく、分からない奴だ。

軋識はポーズをやめて、人識の方に寄っていく。

「ったく、おめーなぁ……」

「なんか人間、多くないか？」

「なんかバレてたらしいっちゃ。無論、八人が二十人に増えたところで、この俺にゃあちっとも関係なかったっちゃけどな――」

「……だけど、コイツ……とか」人識は、死体の内、一つを指さす。「標敵の奴――だよな」

「ん？　ああ。標敵の八人も、ばっちり殺しといたっちゃよ。ボディーガードが、十二人ほど呼び集められてたみたいだっちゃ」

「おかしかねーか？　バレてたんなら、こんなところにのこのこ現れたりしねーだろ――いくらボディーガードを集めたとしても。なんったって、俺達は『零崎一賊』なんだから」

「ああ、それは今も、俺が考えてたっちゃ――」

と。

そこで。

二人の距離が縮まった、そこで。

軋識と、人識が、並んだ、そこで――

「――!!」

軋識が、反応した。

「……人識っ！」

一瞬。手を伸ばし、人識の学生服の胸倉をつかむ。

呆然とした顔の人識。

二瞬。弧を描く動きで、人識の矮軀《わいく》をぶん投げる。

焦燥《しょうそう》に満ちた顔の軋識。
三瞬——その反動で、自分も反対側に、飛ぶ。
「ぐ、ぅ、う——」
背後の窓ガラスが、音を立てて、割れる。
そして、
瞬《また》きをする暇《ひま》もなく、
今しがた、人識が評していた机が——

ぶっ飛んだ。


床に転がる人識。

床に転がる軋識。

最後に、たーん、と、微《かす》かに、銃声が、聞こえた。

気が、した。

「——そっちの壁に寄れ！」

軋識が叫びながら、割れた窓の脇に、床を転がるように移動する。人識も、軋識に言われるまでもなく、その行動を取っていた。割れて、強い風が吹き込んでくるその大きな窓の、両脇を固める形で、軋識と人識は、壁に背中を貼り付けるような形で、腰を下ろした。

「…………………」

「…………………」

しばらく待ってみるも——何も、起こらない。

何も、起こらない。

まるで何事もなかったように。

「……おい、大将」

先に口を開いたのは、人識だった。

「なんだ？　今のは」

「…………」

軋識は答えない。

「俺の勘違いじゃなきゃよ——今、窓が割れて、机がぶっとんでから——銃声が、聞こえたような気がするんだよな——」

「…………」

「あれ？　銃声が、遅れて、聞こえる、よ……？」

「うるさいっちゃ」

右手をぱくぱくさせながらそんなことを言う人識を、軋識はぞんざいにあしらう。今はとても、中学三年生の小ネタに付き合っている気分にはなれなかった。

銃声が、遅れて聞こえる——

その意味を、軋識は、よく知っている。

それは、少なくとも一キロ近く離れた位置から——この部屋を、狙撃された、ということだ。

それも、自分達を狙って。

零崎軋識と零崎人識を狙って。

この——零崎一賊を、狙って、だ。

「一キロ？　何で」説明を聞き、不思議そうに首を傾《かし》げる人識。「離れてたらどうして銃声が遅れるんだ？」

「おめーの通ってる中学校じゃ、何も教えてくれないっちゃか？　そもそもおめー、銃器ってのがどうしてあんな爆音を出すのか、考えたことはねーっちゃか」

「そりゃあんた、火薬が爆発するからだろ？」

「弾丸が音速を超えるからだっちゃ！」

「……あ、なるほど」

理解できたようだった。

弾丸が音速を超える。そう——だから、発射地点と、着弾位置との間にある程度以上の距離があれば、銃声よりもはっきり分かるほど早く、弾丸が着弾してしまう、ということ。それは——恐ろしい、ことだった。格闘技で言えば、対戦相手からまるっきり予備動作が感じ取れないようなものなのだから。

聞こえない音、見えない敵。

今の、着弾と銃声との間隔から言って——

一キロ前後——いや一キロ強か……。

「なるほどね」人識は、疑問が解消されたからか、妙にさっぱりした口調で言った。「タネが割れりゃあたいしたことねーな、普通の自然現象じゃねーか。さ、さっさとやっちまおうぜ、シームレスバイアスの大将」

「…………」

「どうしたんだ？　シームレスバイアスの大将。……零崎一賊に、銃器なんか通用しねーんだろ？　いつも兄貴がそう言ってるぞ」

「あのなあ――確かに、そうだけどなあ」軋識は、吐き捨てるように言った。「ライフル……狙撃銃だけは、別なんだよ……あれだけは、別格なんだ――」

◆　　◆

ライフル――狙撃銃の最大射程は五キロ、有効射程は、無論ものにもよるが、おおよそ二キロ程度であると言われる。それ以上離れれば、ライフル弾のコントロールが難しくなる――それは精密さを要求される狙撃には、致命的なことだ。

そして。

軋識と人識が四十五階にいるその超高級マンションから半径二キロの範囲内……約一・三キロの位置に――その『狙撃手』は、ライフルを構えていた。

「ふ、うん――」

まだ建設中の、あちらこちらが未完成のその高層ビルの五十三階の一室、窓に向けて長机を並べ、その上に寝そべるようにして、スコープを覗いたままで、狙撃手は呟く。

「避《よ》けます、か――よりにもよって、ライフル弾を。気付けるわけがないのに――さすがは零崎一賊。釘バットだから――零崎、軋識。シームレスバイアスさん」

そこでくすくすと、狙撃手は笑う。

「うん、大物だ」

呟きながらも、スコープから眼を離さない。

今、窓の両側にターゲットは逃げ込んでいる――確かに、そこに隠れられると、死角になって、狙撃のしようがない。だが、所詮《しょせん》それは一時しのぎだ。いつまでも、そんなところに隠れてはいられまい。

「……ただ……問題は、もう一人の——顔面刺青くん、ですよね——」狙撃手は確認するように、疑問を口にする。「シームレスバイアスさんが、『一仕事』終えて、少し気が緩《ゆる》んだところを、追いついてきた顔面刺青くんとまとめて撃ち抜く、という手はずだったのに——どうして顔面刺青くんは、あんなに遅れて現れたのでしょう？　十二人くらいのボディーガードなら、丁度《ちょうど》いい具合だと考えたのですが、五分ほど——不足してしまったようです」

五分——

その五分。

その五分の間に、軋識が、『一仕事』終えた緩みから立ち直ってしまい、いや、それどころか——

「『第三者』——この私の存在に気付いてしまった——と言ったところですか。そうでなければ、今ので二人ともお陀仏《だぶつ》だったはずですが——」

ライフルを握る手はぴくりとも動かない。頭で別のことを考えてはいても、相手が少しでも死角から姿を覗かせれば、その場で引き金を引くというルールが、狙撃手の神経には刻み込まれているようだった。

「かと言ってシームレスバイアスさんが一人のときに撃っていれば、彼だけは仕留められたかもしれませんが——顔面刺青くんを逃していたでしょうしね。まあ、今だって彼ら二人を、追い詰めていることに変わりはありません。弾丸を避けたのは、さすが零崎一賊と褒めるしかありませんが、しかし——たとえ相手が零崎一賊であったところで」

狙撃手は——

不敵に、だが妙に魅惑的に、微笑んだ。

「私の名前は萩原子荻《はぎはらしおぎ》。正々堂々手段を選ばず真っ向から不意討って御覧に入れましょう」

◆　◆

「多分……あのビルから、撃ってるちゃな」

「あん？　どのビル？」

「ほら、そこのガラスの破片に映ってるっちゃよ。建てかけのあのばかでかいビルだっちゃ」

「わかるか、んなもん」

人識は呆《あき》れたように、そのガラスを探そうともしなかった。軋識はそんなやる気のない態度を叱ろうともせず、頭の中で対策を考える。

くそ——

完全に、不測の事態だ。

誰だか知らないが、考えたものだ。

零崎一賊が『殺し名』の中において第三位でありながら、いっとう恐れられているその理由は——いっとう忌避《きひ》されているその理由は、その異端を極めた殺人能力ではなく、異端を極めた仲間意識の強さである。

零崎に手を出せば——必ず、報復される。

今回だって、そう。

零崎双識、マインドレンデルにほんの少しちょっかいをかけたというそれだけの理由で——当事者の八人だけでなく、このマンションに存在する全ての生命体は、無差別に死に追いやられた。

見せしめ。

生贄《いけにえ》。

皮肉なことに、殺人鬼として恐れられた『彼ら』が、その身を守るためにとりうる手段は——結局、彼らの生業《なりわい》である、無差別な殺害でしかないのだった。

「…………だが」

姿を見せない、音も立てない敵が相手じゃあ——報復できようはずがない。爆弾や地雷、そんな罠が仕掛けられているのなら、仕掛けられた罠を見抜けばそれでいいが——ライフルでは、見抜こうがどうしようが、一切合切関係ない。

超超遠距離狙撃。

無論、この状況に持ち込むためには、様々な伏線が必要だ——なかんずく、遠距離から狙撃するにあたって、間に余計な遮蔽物《しゃへいぶつ》があってはならない——それがゆえに、自分達を、このマンションの最上階へと、誘い込んだのだ。このくらいの高さになれば中途に障害などあろうはずもない——

「くそ、くそ、くそ……」

やけに情報が簡単に集まると思ったが、まさかこんな手の込んだ《策》を考える奴がいようとは、思いも寄らなかった。

「……おい、大将」

「…………」

「大将！」

「……なんだっちゃ」渋々《しぶしぶ》、答える軋識。「悪いが今はおめーの面倒見てる場合じゃねーっちゃよ——なんとか、この場を切り抜けねーと……いつまでもこうしてもらんねーっちゃよ」


時間制限——マンションの中で生きているのは人識と軋識だけだし、遥か先のビルから聞こえてくる銃声は、地上に落ちれば喧騒にまぎれてしまうだろうから、そんな慌《あわ》てる必要はないが、だが、いつまでもここで籠城《ろうじょう》を続けている、というわけにはいかない。相手が別の策を打って来る可能性もある——これだけ手の込んだ真似《まね》をする奴だ、それはそう考えていた方がいいだろう。

「いや、だからよ。俺は無理でも、あんた一人なら、こっから脱出する手立ては、あるんじゃねーのか？　シームレスバイアスの大将」

「……？　どうやって？」

「あんた、さっきライフル弾、避けたじゃねーか。しかも、俺を庇《かば》いながら、だ。同じことをもういっぺん、しかも一人でやれば、廊下まで出ることができるだろ。そうすればもう銃弾は届かないし、余裕で脱出できる」

「…………」

そんなことか、と軋識は肩を落とす。

期待した自分が馬鹿だった。

「人識。そのアイディアには、二つ、クリアしなくちゃならない課題があるちゃ」

「へえ。なんだ？」

「一つ。さっきのあれは、まぐれだっちゃ。音が聞こえないんだから、漠然《ばくぜん》とした『雰囲気』っつーか、『殺気』みてーなもんを読んで、ライフル弾を避けるわけだっちゃが――そんなこと、二回も出来るわけがねーっちゃよ。さっきのは本当にたまたまなんだっちゃ」

「たまたま――ねえ」

「少なくとも、自信はねーっちゃよ。一キロ以上離れた場所にいる人間が発する殺気を感じ取る、となるとな」

「それで、もう一つ、クリアしなくちゃならねーっつう課題は？」

「零崎は、絶対に家族を見捨てない」

軋識は言った。

「俺はおめーをそれほど……レンの奴のようには信用してはいねーっちゃが、その程度の理由で、その不文律を崩《くず》すつもりはねーっちゃ。その課題は絶対にクリアできねーっちゃ。俺は、絶対に一人で逃げたりはしない」

「…………あっそ」

人識はかくん、と、後頭部を壁に打ち付ける。

なんだか、かったるそうな態度だ。

「……交渉の余地が、欲しいよなあ……敵の姿も見えねー、話もできねーんじゃ、和平の申し入れもできねえ」

「殺す気満々の相手に、和平もねーっちゃ」

「だーよな」

「……レンなら、どうするっちゃかねー」

言ってから軋識は、ズボンから携帯《けいたい》電話を取り出す。さっき確認した通り――アンテナは一本も立っておらず、圏外、だった。勿論《もちろん》、こんな都会の真ん中近くで圏外になるはずがない——地上四十五階ともなれば電波が多数飛び交っているから繋《つな》がりにくくなることもあるらしいが、恐らくは、これは、そんな現象ではない。このリビングのどこかに、電波遮断《しゃだん》の仕掛けが打たれてあるのだ。床下か、壁の内か……多分、その気になって探せば直《す》ぐ見つかるような、劇場などでも利用されている機器による簡単な仕掛けだろうが——ライフルで狙われている今、部屋の中をあてどなく探し物をしてうろうろなんて真似、できるわけがない。

連絡は、取れない。

助けを呼べない。

他に、リビング内に備え付けられている固定電話もあったのだが、それは軋識が先ほどの戦闘の際、『愚神礼賛《シームレスバイアス》』によって、木っ端微塵《こっぱみじん》に打ち砕いてしまっていた。まあ、壊さなくても、最初から何らかの対策は打たれていたのだとは思うが——

「へい大将」

「……どうした」

「もう一つ、策を思いついたぜ」

「——言ってみるっちゃ」

「さっきの話だと——大将は、狙撃手がどこから俺達を狙っているのか、分かってるってことだったよな？」

「……大体の位置は、というだけだっちゃ。あのビルの何階かまでは、分からんちゃ」

「だったら、もう一発撃たせればいい。それで相手の位置をつかむんだ。確実に、特定する。そして——『攻撃は最大の防御』。こちらから相手を狙撃する。あっちからこっちに射線が通ってるってことは、こっちからあっちにも射線が通ってるってことなんだろう？」

「……ふん」

軋識は、ゆっくりと、人識の言葉を咀嚼《そしゃく》する。

「そのアイディアには、三つ、クリアしなくちゃならん課題があるっちゃね」

「へえ。なんだ？」

「まず、一つ目——これはさっきと同じだっちゃ。相手に一発撃ってもらったところで——その弾丸を避けるなんてのは、難しいっちゃ。俺で、できたとして——確率は、三割くらいだっちゃね」

「ふうん……三割か。しかし、それは大将に任せるぜ。このままじゃ十割の確率で死ぬんだ、それよりゃ三割の確率に掛けるしかねーだろ。頑張《がんば》ってもらうっきゃねーよな。で、二つ目は？」

「いくら射線が通っていたところで、超超遠距離狙撃——当てられるとは、限らんっちゃ。ライフルの有効射程は最大で二キロっつー話じゃあるっちゃが、それは人が人を殺せるぎりぎりの距離って意味で、一キロも離れりゃ、普通は当てられないっちゃ。あのビルは、ここから——概算、およそ一・五キロくらい離れてるっちゃ。おめーに、それだけの距離を省略できるほどのスキルがあるっちゃか？」

「ん……そうだな、確かに、その役目は俺には荷が重い」人識は神妙に頷いてみせる。「俺の専門はナイフで、銃も使えないってわけじゃねーんだが、ライフルっつーのは扱ったことがないからな。仕方ない、悪いがそれは大将に任せるぜ」

「ふん……まあ、やむをえんっちゃね」

「で、三つ目は？」

「ライフルをどこから調達するか、だっちゃ」

「…………………」

人識はしばし、沈黙する。

そして、軋識に向けて、にやりと笑ってみせた。

「それは大将に任せるぜ」

「お前はもう策を思いつくな！」

思わず言葉遣《づか》い（キャラ作り）が崩れてしまった。

全く——こんな馬鹿とこんな馬鹿をやっている場合ではないというのに。ちらりと、脇に立てかけた釘バット、『愚神礼賛《シームレスバイアス》』に眼をやる。この状況では、何の役にも立たない、愛用の得物にして無用の長物だ。

遠距離攻撃――こういう場合は、本体を叩くしかないと相場は決まっているものだが、たとえこの場にライフルがあったところで、やはり、現実的な問題、軋識にも人識にも、それは扱いきれたものではないだろう。

『弾丸を避ける』――確かに、狙撃手の使用しているライフル弾自体はそんな特殊なものではなさそうだし、一発だけでもそれができれば、確かに自分一人なら廊下まで辿《たど》りつけるかもしれないが……人識に言った通り、そんな選択肢は軋識にはありえない。二人いて、一人しか生き残れないときには選択の余地なく二人とも死ぬ。そういう腹で生きているのが、零崎一賊だ。

――もっとも。

零崎の申し子たる、人識の意思は知らないが――

「へい、大将」

「…………」

「たーいしょ」

「なんだっちゃ、おめーは……」

「その携帯電話、俺に貸して」

「あん？」

「早くしろよ。俺、携帯電話もってねーんだよ」

「…………？」

「ほれほれ」

両手を構えて、軋識を促《うなが》す人識。

よく分からないままで、軋識は、今は完全に役立たずである携帯電話を、人識に向けて放り投げる
――

ばん、

と、その過程の中途で、携帯電話は吹っ飛んだ。

粉々に。

遅れて、たーん、という、銃声。

「…………」

「…………」

「俺の電話……」

「…………………」

「俺の、メモリー……」

「思い出？」

「電話帳だっちゃ！」

「諦《あきら》めろよ。どうせくだらねー女の番号しか入ってねーよーな奴だろ」

「気軽に言うんじゃねーっちゃ！　大体おめー、俺の携帯電話なんざどうするつもりだったんだっちゃ！」

「んー。いや――」

「目的は、達したって、感じ、かな……」

「…………？」

「なるほど――大体、分かったぜ」

「分かったって……距離が、だっちゃか？」

「いや、スナイパーの腕前……空中を飛ぶ携帯電話を吹き飛ばせるなんて、大した腕前じゃん」

「……それを知ることが、何か俺らにとってプラスになるっちゃか？」

「敵を知り己を知れば百戦あやうからず、らしーぜ。委員長が言ってた。予習復習は大事って意味だってさ」

「…………」

なんなんだ、こいつは。

本当に――とらえどころがない。

何よりも、こんな状況下にあっても、人識にはまるで焦《あせ》った様子がないというのが、分からなかった。マインドレンデルもそういえば、そんなことを言っていたか――

『奴は、絶対に、揺るがない』、と。

『何があっても、どんな状況下にあっても、零崎人識は零崎人識であり続けるだろう。「零崎人識」として殺人鬼であるときも、「汀目俊希《としき》」として中学校に通ってサボりがちな優等生やってるときも、奴は、絶対に——揺るがない』

成程、そいつは大いに結構だ。

だが、この状況下。

少しは、揺らいでもらわないと困る。いつもいつも冷静でいればいいというものではないのだ。混沌のもとに冷静でいられるなど、周囲の者にとってはただの迷惑でしかない。

「…………レン」

——そうだ。

こうなれば——もう、助けを待つしかない。

連絡が取れなければ、確かに助けは呼べないが——助けは、呼ぶものだとばかりは限らない。呼ばれなくともやってくる、正義の味方は存在するのだ。

そう、マインドレンデル、零崎双識。

今回は、元々彼の役割だった——それを、急遽代理として、軋識と、人識とが呼ばれたわけだ。当然軋識は、今もそこらに転がりっぱなしの八人——この八人を殺しおおせた後、双識に連絡を入れるつもりだった。

その連絡が、今、できない。

あるはずの連絡が、ない。

その事実に気付いてくれれば——

レンが、気付いてくれれば。

『アスはどーもよくないな。きみは愛を失いたくないと思っている割に——愛することに酷く臆病だ』

『…………』

『人を殺すときに、唱《とな》えるがいいよ。自分は、愛のために凶器を振るい、愛のために狂気を振るっているのだと。無論、《零崎》の殺しには理由なんてないけれど——零崎には《殺意》しかないけれど——そうと思い込みでもしていないと、いつか、きみは愛から報復を受けることになるよ？　きみは、少し、自分に嘘《うそ》をつくことを覚えた方が前向きだ』

ああ、もう好きに言ってくれていい。

だから、助けに来てくれ。

俺では。

レン。

俺は——お前とは、違う。

一緒にしてもらっちゃ、困るのだ。

俺では、この状況下。

お前のように、家族を守れない——

◆　◆

約一・三キロ離れた、建設中の高層ビルの五十三階。ライフルを構えたままで、狙撃手は——目標のマンションの四十五階の窓を、スコープ越しに眺めていた。

「……万策尽きて、助けを待っている——といったところでしょうか。まあ、それくらいしか、彼らに『策』はないでしょうね。死角から抜け出ないままに廊下まで到達することは、どうあがいても不可能——ですから」

ふむ、と、僅かに頷く狙撃手。

「ただ……さっきの携帯電話は、なんだったのでしょう？　つい反射的に撃ち抜いてしまいましたが——確かシームレスバイアスさんから顔面刺青くんの方へ、放り投げてましたが——ひょっとして顔面刺青くんの方が要求したのでしょうか？　だとしたら、何のために——」

そこで、初めて彼女は、スコープから眼を外し、寝転ばせていた姿勢を起こし、立ち上がって「うーん！」と伸びをした。膠着《こうちゃく》状態に入ったのを見て、一旦休憩《きゅうけい》することにしたのだろう。

「どうも、あの顔面刺青くん——彼は私にとって計算外の要素を多く含んでいるようですね。『相性が悪い』……『相性がよ過ぎる』……なんというか、かみ合わない……。まあ、教科書通りに行くのならば、このまま持久戦に持ち込めばいいだけなのですが——この場合そういうわけにも、いかない、でしょうね。緻密《ちみつ》過ぎる策戦を立てるのも、考え物ということですか」

そして、彼女はポケットから薄い、カードのような形の無線機を取り出す。

「ええ——うん、私。うん——お願いするわ。あなたは保険だったけれど……彼ら二人を炙り出して。私の言っていること、分かりますよね？　ちゃんと認識できましたか？　認識できてますよね？　認識できたなら、復唱しなさい。……違います。別に殺さなくてもいいから——死角から引っ張り出しさえしてくれれば、この私が仕留めます。ええ……はい、確かに頼みました」

通信を終え、カードをポケットに戻す。

「さ、て……」

もう一度だけ伸びをして、再度、ライフルに向けて寝転がる狙撃手。

「私にも、そろそろ制限時間が——迫っている、のかな？　確かに彼らに『助け』が来て——この場に別の『零崎』さんが現れでもすれば、太刀打ちする策は、『病蜘蛛《ジグザグ》』さんの手を借りる他、ありませんから。勝ち負けどちらにしても、できることなら彼女が出てくる前にケリをつけておきたいですし、しっかりと引き際は弁《わきま》えておかないと、ね——」

彼女は——少しだけ、楽しそうに微笑する。うっすらと。

「一応、負け惜しみの文句も、考えてはおきますか」

◆　◆

——さすがに、『それ』には、二人、零崎軋識、零崎人識——同時に、気が付いた。

廊下の向こう——のその向こうから。

『チン』、と、音がしたのだ。

それは——

エレベーターの、到着を告げる音だった。人識は階段で来たから分からないかもしれないが、軋識にはそれが確実に断言できる。

——どうして。

どうして、今、そんな音が、聞こえたのか。

決まっている——

誰かが、このフロアにやってきたのだ。

誰か。

誰かが。

一体——

何の、ために?

「ぐ、くう……」

思わず、唸《うな》る。

そうだった——心得違いをしていた。

『助け』の存在は、こちらにだけあるものじゃないのだ。むしろ『遮断』されていない分、狙撃手には、好きなように仲間を呼ぶことができる。この膠着状態を打破するために、仲間を、このフロアに派遣することだって——

「ぐ、ううう……」

どうすることもできないままに、零崎軋識は『愚神礼賛《シームレスバイアス》』に手を伸ばすが、しかし——

玄関の開く音。

廊下が軋む音。

そして。


「……ゆらーり」

現れたのは、年端《としは》もいかない少女だった。

やけにボロボロの、服というよりはただの襤褸《ぼろ》に身を包んでいる——両手には、恐ろしく凶悪なデザインの、その細腕にはあまりにも不似合いなナイフを握っていた。

「——ゆらーり……」

一歩。

一歩ずつ、リビングの中に踏み込んでくる少女。

部屋の惨状にも、周《まわ》りの死体にも——どころか、軋識や人識の存在にも、構っちゃいないというように、少女は、リビングの中央あたりで、なんだかゆらゆらとゆれている。

「……ぴたり」

唐突に、その少女は動きを止め、
人識と軋識、それぞれに、ナイフの刃先を定めた。

「一応自己紹介をしておくとぉ——あたし……あたし……えーっと、誰だっけ……」少女は、自己紹介の途中で首を傾げた。「市井遊馬《しせいゆま》……ううん、なんか少し違う気がする——まあいいか。名前なんて、記号だから」

「…………」

軋識は——動けない。

相手が年端もいかぬ、人識よりも更に三つ四つ年下の少女であろうことなど、油断の理由にもなりはしない。その年齢の頃には、零崎一賊にこそ属していなかったものの、軋識は既に何十人と殺していた。

油断はない。

油断さえしなければ、誰が相手でも、少女だろうが老婆だろうが、何が敵でも勝つ自信はある。

だが——この状況では、話が別だ。

あの少女と戦闘に入るためには——

この死角から、飛び出さねばならない。

そんなこと、できるはずもない。

正に——狙い、撃ちだ。

狙い撃ち。

標敵や標的どころじゃない、ただの的だ。

「ゆらーりぃ」

少女は言う。

「…………で、誰の人から、ずたずたにしちゃえば、いーのかなぁ……三人いるからぁ……手近なところで、まずあたしから——」そこで、はっと気付いたように、首を振る。「……違う違う。自分をカウントしちゃ、駄目……ぶーです。この前それで非常に痛い思いを、しました……思い出しましょう」

「…………」

いや、っていうか。

この娘、なんか、非常によくない感じなのだが。

そういう云々を除いても、たとえこういう状況でなかったとしても、敵に回したくない、かかわりあいを持ちたくないような……

と。

そのとき。

「――決めかねてんなら、まずは俺が相手だ」

零崎人識が――立ち上がった。

見れば、もうナイフを用意して、臨戦態勢だった。

「お、おい、人識――」

「何てツラしてんだよ、大将。これでようやく交渉ができんじゃねーか……正直、このままの状況だったらどうしようかと思ったぜ」

「い、いや、しかし――」

確かにそうかもしれないが。

戦闘のためにこの死角から出れば、その瞬間――

「大将は、そのままそこに隠れていればいい。ま、正直俺の柄じゃあねえが、たまにゃああのアホな兄貴の顔を立ててやってもいいだろう。あんたを、俺が、守ってやる。だから――」

「――ここは、俺に任せとけ」

次の瞬間――

人識は、少女に向かって、飛び込んだ。

右手の、薄手のナイフが少女の首に伸びる――が、少女は簡単に、それを己の体格に対して度を越して大き過ぎるナイフによって、受けて、いなしてしまう。だけでなく、更に反対側の腕のナイフが――反撃として、同時に人識を襲う。人識はいなされた薄手のナイフをひねるように、グリップの底で、その一撃を真っ向から受けて見せる。

一瞬で、それだけの攻防。

眼で追うのが、やっとだった。

「ゆう、らぁ、り――い!」

刹那《せつな》、もう眼で追うこともできなくなる。

少女の腕が、八本くらいに増えたかに見えた。

上下左右、四方八方から降り注ぐ斬撃の嵐。

どうやらこの少女——軋識と同じタイプの戦闘狂のようだった。使用する凶器に鈍器《どんき》と鋭器という違いこそあれど、自重に対して重量が莫大過ぎる武器を使うことによって、逆に遠心力でその速度を高める、という手法——加えてこの少女は、その矮軀を最大限に利用し、異様に小回りが利《き》く仕様になっている。軌道の予測ができたところで——ついていけるような速度では、その同心円は、最早《もはや》ない。

最早、ないのに。

その全てを——人識は、受け切る。上も下も左も右も、東も西も南も北も、完全無欠に——あんな薄手のナイフで、あんなごついナイフの攻撃を、受け切ってみせる。

ああ、と軋識は思う。

マインドレンデルが、どうしてこの零崎人識を、あそこまで可愛がっているのか、軋識はどうしても納得がいかなかったが——理解できた。

なんて、腕だ。

この少女にしたって、人識にしたって、自分よりも腕が上だとは思わない。端《はた》で見ていれば眼がついていかないが、正面から仕合えば、十分に対応できる自信がある。だが——

この状況下で。

いつ狙撃されてもおかしくはない、こんな状況で、ここまでの実力を発揮《はっき》しろと要求されても、軋識には、そんなこと——

「……う」

ぞわり、と。

悪寒《おかん》を、感じた。

あ——来る。

「あ、ああああ——」

まずい。

音もなく、銃弾が来る。

今――このタイミングで来られたら、
人識は、

がぃぃうん

と、金属音が響き――次いで、床に転がっていた死体の一つが、生き返ったかのように、跳《は》ね上がった。

そして、最後に、たーん、と、銃声。

「……え？」

一瞬、何が起きたのか、分からない。

が――次の一瞬、嫌でも、理解させられる。

そう――

人識は戦闘が始まってからずっと、右腕を主体にして、戦っていた。少女の攻撃に対して、分厚い鉈型のナイフではなく――あえて薄手のナイフで。

それは――このためだったのか。

人識は、分厚い、鉈型ナイフを――さっき、一瞬だけ、背後に回していた。

銃弾が飛来してきた一瞬だけ。

そして――

その厚いナイフの腹で、弾を、受けたのだ。


「そんな――馬鹿な」

思わず、本音を漏らす。

理解できても、目を疑う。

なんとか自分の知る現実と、目の前の現実との折り合いをつけようと頭を整理しようとするも、そんな暇すらも軋識には与えられず――

がぃぃうん

と、また、金属音。

今度ははっきりと、人識が、後ろを振り返ることもせず、ただ、器用に左腕をねじって、背中の中心辺りを防御するのを――見た。ナイフで跳弾《ちょうだん》した弾丸は、また、床に転がっている死体に命中する。

「く、ぅ――」

衝撃に、少しだけ、人識がバランスを崩す。

そりゃそうだ、銃弾をナイフで受けるなんて、そもそも馬鹿馬鹿しい話なのに――それが、ましてライフル弾ともなれば。ライフル弾が相手では、なまじな防弾チョッキなど容易に貫かれてしまうというのに。いくらナイフが丈夫だったところで、それを支えるリストにかかる負担は、計り知れない。

しかし。

それでも、すぐに、人識は体勢を立て直した。

そして、少女に相対する。

少女は構わず、ナイフを振るう。

それを受ける人識。

その、繰り返し。

金属音。

残響。

ハウリング。

やがて。

やがて、また、銃弾が――

ライフル弾が――

「う、あああああ……」

軋識は――

「く、うあああああ――」

軋識は、そんな人識を、見て――

◆　◆

「…………………………………………」

さすがに――そんな様子をスコープ越しに見つつ、狙撃手は、沈黙していた。

沈黙せざるを、えなかった。

独《ひと》り言《ごと》を呟いている場合でも、ないらしい。

「……滅茶苦茶、ですね……」

浮かべる笑みも、自虐的なそれだった。

「なんて、不明確。『殺意』を感じ取って、銃声前でも弾丸を避けることができる——その程度なら、まあ、なんとか常識の範囲内ではありますけれど……『感じ取る』んだから、振り向かなくても、それでいいでしょうけれど……でも、だからって弾丸を『受け』はできないでしょう。この距離、威力は幾分落ちているとは言っても……いくらなんでも、型破り過ぎる。できるできないの問題ではなく——そんな『策』、思いつく脳の構造が、異常です」

呟きながら、引き金を引いた。

発射音がして、弾丸は一直線に、人識を狙う。

スコープ越しに、見える様子。

音は聞こえないが——またも、背後に回したあの大きなナイフで、弾かれたようだった。

これで、四回目。

まぐれでは——ないようだ。

「——ん。いや……ああ、なるほど、ね……」

納得いったように、一人頷く狙撃手。

「なるほど、なるほど……異常というほどでは、ない——と、いうわけですか。あの携帯電話が——その試験だったとするならば」

そうだ——殺意を感じ取られたとしても、弾丸を避ける——まして受けるとしても、問題はある。必ずしも、殺意を感じ取ったその方向に、ぴったり弾丸が来るとは限らない——少なくとも、この距離では。

一キロ以上離れたこの位置からの狙撃が——精密な意味で精密であるとは限らない、狙撃手の腕によってはそこに大きな、ぶれが生じる。腕の問題はさておくにしても、もっと根本的に、ライフルの種類や弾薬の種類によって——その他の環境、気象条件、風向き、温度や湿度、そんな程度の些事《さじ》がほんの少しずれるだけでも——命中精度は大きく差異が生じる。

狙ったコースに投げられる投手ばかりではない。

己の感覚が、当てにならない場合もある。

軋識が人識に対して言った『三割』という自信のなさは、むしろそちらの可能性を考慮したからこそ導き出された数値だ。相手が殺意通りのコースを狙えないのなら——感じられたところで、そんなことは何の保証にもならない。

だから、避けるのでさえ、難しい。

まして、受けるなど。

「だから——試した」

こちらの、腕を。

こちらの、命中精度を。

この距離で携帯電話級の大きさ——小ささのものを撃ち抜けるなら——問題ないと、見たのか。そして——味方をあのリビングに送り込んで、二人、あるいは三人がもつれあって戦闘しているところを、敵だけを狙い撃つことのできる腕を持っているのなら——

己の感覚を信用できる、ということか。

「……あは」

狙撃手は、笑った。

その笑みは——もう、自虐的ではない。


「そこまで頭の回る『零崎』が——私の策のもとにひれ伏すというのは——実にいい感じですね。対戦車用ライフルでも持ってくるべきだったでしょうか？　でも、それにはもう少し身長が伸びないと……ね。もっと牛乳、飲まなくちゃ」

スコープの向こうに、人識を追う。

やれやれ——と、彼女は呟く。

まるで、こちらから、あのナイフを狙って撃っているような気になってくる。かといって、まるっきり殺気を発さずに狙撃するなんて芸当ができるわけもないし、わざと軌道をずらす——にしても、そこにはどうしても己の意思が介入してしまう。

針の穴も外さぬ精密射撃。

腕の良さが、事前の準備が、逆に仇になった形か。

「……とはいえ、人間が銃弾を受けるなんて芸当が、そうそう長く続くはずがありません——どうやら『受けている』というよりは、『角度を変えて跳弾させている』だけのようですが、それにしたって同じこと。それに、こちらを気にして、玉藻《たまも》相手に集中できていないようですし――先ほどから、防戦一方ですしね。ではでは、私は、ここであの顔面刺青くんをただひたすらに狙い続ければいいだけ――です、ね……彼の体力が、腕の力が、手首が崩壊するまで――あるいは、精神が、ですか」

精神。

遥か先からの殺気を感じ取るなんて離れ業が、そうそう長時間にわたって実践できようはずもない。

神経集中――

ここから狙い撃ちするのでさえ、そうなのだ。

まして、それを感知するとなれば。

「西条《さいじょう》玉藻。泣く子も黙る零崎一賊、『鬼』の征伐《せいばつ》にお供してくれた唯一の猪武者《いのししむしゃ》。背後を気にしながら倒せる戦士ではありません――あの顔面刺青くんの肉体と精神、どちらの方が先に崩れるのか、と言ったところですか――」

――と、

言ったところで。

「……ん？」

狙撃手は、首を傾げた。

スコープで、円形に区切られた景色の中。

窓の、向こうから――

「――おやおや。なんということでしょう」

その、死角から。

釘バット――

『愚神礼賛《シームレスバイアス》』を、手にした、麦藁帽子の青年。

零崎軋識が、現れたのだ。

◆　◆

「――そんな格好いい真似を、おめーみてーな小僧に任せるわけにゃーいかねーっちゃな」

そう言って――

軋識は、窓の遥か向こう。

建築中の、高層ビルに向けて、『愚神礼賛《シームレスバイアス》』を突きつけた。

背後では、金属同士がぶつかる音。

「……ッ、おい、大将——」

「喋るんじゃねーちや」

振り向かないままに人識に応える。

ここで——この位置で、振り向くなんてことが、できるわけもない。既に自分は、『死角』にはいない——いつ狙撃されても、おかしくないような位置なのだ。

「おめーは、そのガキを殺人するのに精神を集中するちゃ——俺は」

右手を、バットのグリップに。

左手を、バットの先端に。

軋識は棒術のように『愚神礼賛《シームレスバイアス》』を構える。

「俺は、全ての弾を、打ち止める」

「…………………」

ナイフ同士が撃ち合う音。

金属音、金属音、金属音、金属音。

集中しろ。

そう——自分にできない、はずがない。あんな子供にもできたのだ。狙撃手の腕がそこまで正確だというのなら——五割程度の確率では、止められると思う。人識は既に四発の銃弾を四発とも、止めている。最早、左腕は痺《しび》れて、感覚すら希薄だろう。その証拠に、徐々に少女との戦闘において、劣勢に立たされてきていた。

もう——俺が、やるしかない。

初速で音速を超えるライフル弾が相手では、『愚神礼賛《シームレスバイアス》』をスイングするわけにはいかない……いくらなんでも音速を超えるバットコントロールなんてできるわけもない。だから、この『愚神礼賛《シームレスバイアス》』の腹で、銃弾を逸《そ》らす。自分にできるのは、それだけだ。

問題は、自分に向けられるライフル弾だけでなく、人識に向けられるライフル弾も止めなくてはならないということだが——それは、なるべく人識と直線上になる位置をキープするしか、手段はないだろう。

あとは、いつでも撃ってくればいい。

いつでも撃てばいい。

俺は——その全てを、迎え撃つ。

「荒唐無稽《こうとうむけい》にも『愚神礼賛《シームレスバイアス》』とまで呼ばれているこの俺の存在に、とくと感じ入るがいいっちゃ——」

「それでは——零崎を、始めよう」

零崎軋識は——構える。

何がどうきても、どうにでも動けるように。

対応できるよう。

全てに、対応できるよう。

狙撃手の『殺気』を感じ取るとは言っても、撃つ前に動くのでは意味がない。それでは、狙撃手に対応する隙《すき》を与えてしまう。かといって、撃たれてから反応したのでは、遅過ぎる。そんな反応速度の持ち合わせはない。だから狙うタイミングは——

狙撃手が引き金に手を掛けて、
それを絞る瞬間。

正に——一瞬。

一瞬の、攻防。

「……っちゃ」

少し、自己嫌悪。

なんなんだ、この行為は。

こんなのは——自分の役回りじゃない。

こんなのは——レンの、役回りだ。

「結局、俺もあの変態と、底のところじゃ同じだってことかよ……うっぜえな」

吐き捨てるように——笑う。

やはり——笑い飛ばせや、しない。

背後から、金属音。

金属音、金属音、金属音。

金属音、金属音、金属音、金属音——金属音金属

音金属音金属音金属音金属音金属音金属音金属音金属音金
属音金属音金属音——
——!!
反応。
バットの芯《しん》をずらせて——
「ぐ、ううぅ!!」
唸りかけて、声を殺す。
下手《へた》に声を立てて、人識の邪魔をしてはならない。
両腕が——特に、左腕が、痺れている。ああ、そ
うか——軌道をずらすにしたって、気をつけない
と、『自打球』になってしまうわけだな——幸い、今
のライフル弾は、天井に跳ねていったようだが——
「……って、ぐぅ!」
慌てて、バットを回転させ、グリップで、更に連
弾できた狙撃を、弾く。半身がその勢いに耐え切れ
ず、後ろに倒れかけた。なんとか踏ん張る——弾い
た弾丸は、壁の方へと逸れていった。
って、おいおい——

たった二発で、もう脚に来ている。
がくがくと、全身が痺れている。
眩暈《めまい》と耳鳴り。
人識はこんな弾丸を——四発も、腕、手首だけで
——受けていたと言うのか。後ろを向いたままで、
振り向きもせず。それだけではない、反対側の腕で
は、あれだけの速度の、少女の両刀を捌《さば》きながら。
どんな——集中力だというのか。
零崎人識。
才能がある、と思ったことはある。
末恐ろしい、と思ったこともある。
だが——怪物だとまでは、思いもしなかった。
零崎の、申し子。
この世で、ただ一人の——
純潔にして純血。
血統書つきの、零崎の仔《こ》——

「だがな——それでも」

軋識は——

見えない敵を、音にも聞こえない敵を——

遥かに、睨む。

「それでも——俺にだってプライドらしきもんはあるんっちゃよ、シームレスバイアスとしてのな——」

そして——

そして、次の狙撃が——

◆　◆

次の狙撃も、捌かれた。

衝撃によって麦藁帽子が吹っ飛んだものの——

ライフル弾そのものは、『愚神礼賛《シームレスバイアス》』によって弾かれて、どこかに消えていった。消えていった先まではは確認できないが——


「……ここまでですね」

狙撃手は——

あっさりと、スコープから眼を離した。

何の未練も、心残りも、
悔《くや》しさも滲《にじ》ませず。

「さっきの顔面刺青くんはナイフの『平面』で上手に跳弾させてくれていましたが——あの曲面、『丸み』を帯びたバットが相手では、あちらが首尾よく『受けた』ところで、どこに跳弾したものか分かりません。不規則な釘もありますしね……シームレスバイアスさんや顔面刺青くんに跳弾すればそれはそれでいいんですが、玉藻に当たっては洒落になりません。あの娘は、自分に飛んできた弾をよけようなんて発想を持ち合わせていないでしょう——その辺、いずれちゃんと教育しないといけないんですけれどねえ……正直、え、私がするの？　って感じなんですけど……」

狙撃手は腕を伸ばして、整理体操を始める。無理な姿勢を長く続けていたため、体のあちこちに軋《きし》みが生じているようだった。その軋みを、一つ一つ、順番にほぐしていく。

「あと三発くらいライフル弾を撃てばシームレスバイアスさんの方は殺せるでしょうけれど——その間に玉藻が殺されてしまう。一人死んで一人しか殺せないのじゃ、意味がありません。むしろ損害の方が大きい。しかし、やれやれ——」

ライフルからスコープだけを取り外し、それで『目標』を覗いてみせる狙撃手。二つわけにくくっていた長い髪を、反対の手で解きながら。

やはり、何の悔いも滲ませない——

爽《さわ》やかな、表情。

この、あまりにもあっさりとした引き際——無駄なことは一つだってしたくないと言わないばかりだ。まるで、必要最低限の労力で必要最低限の結果を収めることにしか興味がない、成功も失敗も勝利も敗北も自分にとってはただの些事だ、というような——達観しきった、狙撃手の物腰だった。

「零崎一賊。ライフル弾を弾くというその常識外れっぷりにも素直に驚愕《きょうがく》ですが——しかし、それより何より恐ろしいのは『彼ら』が、仲間のために……否、家族のためにのみ、力を発揮する、という点——ですか」

スコープの向こう側では、シームレスバイアスが『愚神礼賛《シームレスバイアス》』を構え——こちらを、強く、睨んでいる。これだけの距離、あちらからこちらは見えるはずもないというのに、つい、反射的に竦《すく》んでしまうような視線だった。

「…………」

殺人鬼。

人殺しの、鬼。

「最初の狙撃——いくら『第三者』の存在を想定していたとはいっても、あの顔面刺青くんを庇わなければならなかったからこそ、シームレスバイアスさんは唐突なライフル弾を避けられたと見るべきでしょうし——顔面刺青くんにしたって、もしデフォルトにナイフでライフル弾を受けられるというのなら、もっと先に逃げていればよかったのに、それをしなかったということは――彼らは、互いを守るためにしか、その力を発揮できない、ということ。今だって、私が顔面刺青くんを狙っている間に、シームレスバイアスさんは余裕で逃げられるかもしれないのに、わざわざ壁になって――」

それは、何も卑怯《ひきょう》な行為というわけではないはずだ。二人いて、一人が生き延びれば――その一人は、助けを呼びに行けるではないか。そう、むしろ、それは常套《じょうとう》の『策』であるはずなのに、それを採らず、むざむざ危険な道を選ぶ、なんて――

「……いいじゃないですか――そういうのも」

零崎一賊――『敵』の脅威を十分に体感しただろうというのに、しかし彼女はまるで涼しい態度、余裕溢《あふ》れる表情で、手順通りにライフルを分解し、スコープもケースにしまって、最後に、狙撃手はポケットから無線機を取り出す。そして、彼女はもう一度、窓の方に近付いて――

「さて、と――玉藻を助けてあげなくちゃ」

◆　　◆

決着は、拍子抜けなほど、唐突だった。

「う、ぉ、っと――」

人識の、そんな声に――

思わず、軋識は振り向いてしまった。

後悔するも、もう遅い。

今、狙撃されたら――防御、できない！

「…………………」

果たして――

狙撃は、なかった。

背中を向けた軋識を、ライフル弾は襲わなかった。

そして、人識の側は――

仰向けに倒れた少女の首元に、二本のナイフをつきつけて、少女の腹に、人識が馬乗りになったところだった。「ぐえ」と少女が、苦しそうに呻《うめ》いて

——

少女は、二本のナイフを、離した。

そして、その両手を頭の上にあげる。

降参の——姿勢、だった。

「…………！」

ばっと、軋識は遥か先の高層ビルを振り向く。

狙撃は——やはり、ない。

それはそうだ、もうこれで、この時点で——こちらは狙撃手に対して人質を取ったに等しい。もう、いくら、狙撃手がどんな『策』を練《ね》ってきたところで、うかつに狙撃なんてできるわけがない。見えない敵は——

見えない敵は、これで、不可視ではなくなった。

ちゃんと、音も、声も、聞こえる。

「おい、ガキ……狙撃手はどんな奴だっちゃ」

今度は振り向かず、ビルに向けての警戒を解かないままに、軋識は、人識が押さえつけている少女に訊く。


「…………………」

「おい、ガキ！」

「…………………」

「ふん、黙して語らず、ちゃか……」

「…………ゆらーり」

「だがな、ガキ、今から始まるのは質問ではなく拷《ごう》問《もん》の時間…………」

「ゆーら、ゆら……」

——いや、なんか。

そういう問題でもないような、気がしないでもない。そもそも、自分と少女とでは、使っている言語が違うような——全然、こっちの言うことが、伝わっていないような。

だとすれば、どうすればいいのだろう。

とりあえず、腕でも切り落として見るか……？

あんまり、効果的なようにも思えないけれど……。

と、軋識が物騒なことを考えたところで、その少女の胸から、携帯電話の呼び出し音のようなものが響いてきた。確か携帯電話の電波は遮断されているはずだが、しかし――

「人識」

「…………」

「どうしたっちゃ？　人識。確認しろ」

「……ああ」

人識は言われるままに、少女の胸ポケットから――カード状の物体、無線機を取り出す。音源は、やはりその無線機らしい。『遮断』されていないのは、一般の携帯電話などとは使っている周波数が違うからだろう。人識はそれを矯《た》めつ眇《すが》めつ眺めて、後ろ姿の軋識の方へ向けて、放り投げる。

軋識は、後ろ手で、受け止めた。

このタイプの通信機は知っている――

高層ビルを見据えたまま受信の操作をする。

『どーも。初めまして、シームレスバイアスさん』

それは――濁ったような、合成音声だった。

相手が男なのか女なのかも、分からない。

「……誰だっちゃ、てめえ」

『ん、ん……あなたと違って名乗るほどのものではありませんよ――今のところは、まだ、ね』

「…………」

『さて、挨拶《あいさつ》が済んだところで申し入れなのですが――その娘――返してもらえませんか？　返してくれたら、もう狙撃はやめにしますから』

「てめえ、あんま虫のいいこと言ってんじゃねーっちゃよ――今どっちが優位な立場にいるか、分かってるっちゃか？」

『七：三で私――ですね』寸隙置かず、狙撃手は答えた。『別に、無理をしてまでその娘を助けようとは思ってませんから。今も尚、あなたには照準が合わせられていることをお忘れなく』

「ふん。随分と射撃の技術に自信がおありのようだっちゃね、狙撃手さん」

『狙撃手？　技術？　間の抜けたことをおっしゃいますね――こんな鉄砲遊びに、技術など必要ありませんよ。技術だの能力だのに頼るのは、策を練るだけの精神力がない証拠です。能力や技術や才能如《ごと》きをよりどころにする三流の連中と、私を一緒にされては困ります。事前に環境を知り、準備を怠《おこた》らず、状況を設定し、銃器をしっかり整備して、あとはただ精神を集中すれば、それだけでいいんです。引き金を引けば、それで造作もない……自分で決定した「策」に殉《じゅん》じられるか、どうか。今だって、お喋りしながら目を瞑《つむ》ったままで、あなたの頭を撃ち抜くことができるん、ですよ』

「それだってフィフティ・フィフティだっちゃ。離れた場所から安心して調子コイてんじゃねーっちゃよ」

『つれないことをいわないでくださいよ、シームレスバイアスさん——いえ、それとも、「街《バッドカインド》」、式岸軋騎《しきぎしきしき》さんと言った方がいいでしょうか？』

「……！」

いきなり、完全に不意討ちで、零崎軋識とは違うもう一つの名と、愚神礼賛《シームレスバイアス》とは違うもう一つの通り名を呼ばれ——軋識は、凍りつく。慌てて後方、背後の人識の様子を探るが——人識が、何らかの反応を示している様子はない。どうやら、人識は『それ』に関しては、何も知らないらしい。とりあえずそのことに安堵《あんど》する。

「てめえ——どうして、知ってる。それを知ってるのは、飼育係のケダモノだけのはずだっちゃ……」

『どんなに内緒に、していても——事実があれば、それを知っている人がいるものですよ。まあ、もっとも——あなたにしてみれば、どちらが本当の姿ということも、ないのでしょうが、しかし、「零崎」以外とつるむ「零崎」さんというのも、珍しい。あなたがマインドレンデルさんと並び称される理由も——分からなくも、ありませんね』

こちらが小声になったのにあわせて、向こうも小さな声で、囁《ささや》くように——囁くように、脅迫してくる。

『ねえ——シームレスバイアスさん。後ろの顔面刺青くんには、そのこと、知られたくないんじゃ、ありませんか？　あるいは——どんな方々なのかは存じ上げませんが、他のお仲間さんにも、あなたが「零崎」だなんてバレたら気まずいだろうと思うのは、私の気の回し過ぎでしょうか？』

「……なめんなよ」

低い声で——軋識は、虚勢を張る。

そう——これは、どう考えても虚勢だった。

「随分と余裕で喋ってるつもりかもしんねーっちゃが、こっちにはまだ二十人以上の味方がいるっちゃよ。零崎一賊を敵に回すということが、どういうことなのか——」

『……あ、でも』

狙撃手は、言った。

それは、意外にも……

驚きを含んだ、声だった。

『あなたの相棒くんは、私の案に賛成してくれた、みたいですけれど……言ってもいないのに』

「……な？」

慌てて、振り向いた。

「……え？」

人識が——立ち上がっていた。

ナイフも、既に学生服に仕舞っていて。

少女を、解放していた。

少女は迅速《じんそく》だった。

眼にも留まらぬ、それこそ音速に匹敵するのではないかというような速度で起き上がり、床に放り出していたナイフをそれぞれの手でつかみ、脱兎《だっと》、廊下に向かって飛び出していく。

「く、…………っ！」

追おうかと思ったが——

追いつけそうにもない。

今のコンディションでは、とても。

脚も、腕も、身体中が軋んでいる——

今の、状態では。

「ひ、人識、おめー、何を——」

「——むかつくんだよお、畜生《ちくしょう》が！」

人識はそう怒鳴って——ずかずかと、軋識に向かって近付いてきた。その剣幕に思わず軋識はたじろいだが——こんな憤《いきどお》った人識を見るのは、初めてだった——人識の目的は、軋識ではなく、無線機——無線機の向こうの、狙撃手だったようで、ひったくるように、軋識からそれを奪う。

「やいてめえ！　どこのどいつだか知らねーが、くだらねー落ちつけてくれやがったな！　ふざけてんのか、てめーは！　不愉快極まる、もっと真面目にやれ！」

『…………』

狙撃手は、答えない。

様子を窺《うかが》っている、ようだった。

「とぼけてんじゃねーぞ！　全身隈《くま》なく粉微塵にされてーのか！」人識は怒鳴る。苛々《いらいら》を隠そうともせず。「あのガキ——あのガキは、大将が、シームレスバイアスの大将がてめえのライフル弾を弾き出したのを見るや否や、途端、やる気をなくしやがった！　挙句《あげく》の果てには、てめえからナイフを捨てて、自分で勝手に後ろ向きにぶっ倒れやがった！まるで、『俺との勝負になんか興味はない』『俺になんか興味はない』と言わんばかりに——てめえからの命令を執行することにしか興味がないと言わんばかりにだ！　折角《せっかく》なにかがどーにかなりそーな感じだったっつうのに、ふざけてんのか、てめえは！」

『——当然、でしょう』

ようやく、狙撃手は答えた。

『随分とプラトニックなことをおっしゃいますね。兵隊には兵隊の役割があります。命令を実行することを放棄《ほうき》されては——「策師」の私が困りますからね』

「それがふざけてるってんだ！」

人識は怒りを隠そうともしない。

「ならばどうして、俺を殺せと命令しなかった！」

『………………』

「俺を殺せと命令すれば、あいつはマジになって俺を殺しただろうに、なぜそれをしなかったって訊いてんだ！　返答次第じゃあ、てめえ、俺はてめえを許さねえぞ！　俺はむかつくと苛々するんだ！　殺して解《バラ》して並べて揃《そろ》えて晒《さら》してやる！」

『………………悪くないですね、あなたは』

狙撃手は——少し、笑ったようだった。

楽しそうな、笑い方だった。

『本当はこの後も続けざまに「策」を繰り出すつもりでしたが——あなたが、あまりにも悪くないので——あまりにも悪くなさ過ぎて、あまりにも計算が立たないので——』

『今回は、見逃してさしあげましょう』

通信は、一方的に途絶えた。


相手の目的があの少女の解放にあったというのだから——それは、当然の話だ。

人識は無線機を絨毯に力の限り叩きつけて、がん、と思い切り、スニーカーで踏みつける。一回では飽き足りないのか、二回、三回と、繰り返して——親の仇《かたき》のように、その無線機を、踏みつける。

「………………」

軋識は——そんな様子を、黙って見ているしかなかった。勝手に人質を解放してしまったことに対する叱責《しっせき》の言葉をここでは『教育』係代理として吐かなくてはならないのだが——あの少女を、『零崎』に敵対した『標敵』を殺しもせずに解放したことに対して——叱責の言葉を、吐くべきなのに。

絶句、するしかない。

なんなんだ——こいつは。

わけが分からない。

何に怒っているのか、分からない。

一体こいつ、何にむかついているんだ？

全部、うまくいっていたじゃないか。相手が勝手に転んでくれたのなら、それはそれでこちらとしても望むところではないか。

それなのに。

こいつは、一体——

「……かはは」

無線機を完全にぶち壊して——そこで、人識は切り替わったように、へらっと笑う。『無線機を破壊する』というその行為だけで、完全にストレスを解消してしまったかのようだ。まるで、今までの激昂《げっこう》がただの演技だったかのような、極端から極端への豹変《ひょうへん》具合だった。

「ま……そこそこ退屈しのぎにゃなったから、いいとするか。生きてさえいりゃ、いずれ次にバトる機会もあんだろーしよ。しっかしさっきの奴、狙撃手、面白い奴だったなー。俺、あーいう奴、大好き。背の高い女だったりしねーかなー。どーせもっさいおっさんなんだろうけどさ。で、大将?」

「ん……え、あ、ああ？　なんだっちゃ？」

「これで、今回の復讐っつーんは完了ってことでいいのかい？　俺、そろそろ帰って勉強しなきゃ半端じゃなくやべーんだけど。模試はまだもうちょっと先だけど、宿題出てたの思い出したんだ」

「あ、ああ……」

………………。

なんだ……なんなんだ、こいつは……。

わけが、分からない。

とらえどころがない、どころじゃない。

何もないかのように、とらえられない。

雲をつかむように、とらえられない。

さっき、ほんの少しだけ、通じ合えたような気になったけれど——さっき、人識が遥か遠くから飛来してくるライフル弾を刃物で捌いてみせたのは、あの宣言、『あんたを、俺が、守ってやる』——の言葉の通り、零崎一賊という家族組織の一員としての能力を発揮し、あれだけの潜在能力を発揮したのかと思っていたが――少なくとも、自分は、零崎軋識があれだけの芸当をこなして見せたのは、人識を守る、そのためであったのだが……

もしかして、こいつには、そんなこと――関係ないのでは、ないだろうか。

軋識を守ることも、守らないことも、愉快も、不愉快も、
零崎一賊に属していることすらも。

どうでも、一緒なんじゃないだろうか。

決して――揺るぎなく。

何があっても、変わることなく。

零崎、人識。

虚無に等しき、闇の奥。

「しっかしさぁ……大将、シームレスバイアスの大将、あんたすっげーよなあ。兄貴の言ってた通りだぜ、学ばせてもらったわ。バットでライフル弾を打つなんてさ、すっげー馬鹿馬鹿しさ。どんなスラッガーだってーの。大将、それ、ちょいと貸してくれよ。前から触って見たかったんだ」

「あ、ああ」

「よ。うお、こりゃ重いな」

ふらふらと、バットを持て余すように、リビングの中をふらふらふらと移動する零崎人識。もう、完全に今日の、今さっきのことなどリセットしたと言わんばかりの、さっぱりした態度だった。いや違う。そうじゃない、そうですらない。

このマンションの『八人』を狙ったことも――その巻き添えに、住人を皆殺しにしたことも――こここで狙撃されたことも、少女と死闘を演じたことも――近々控えた模試も、今日の宿題も、この少年にとっては、日常の延長に、過ぎないのだ。

なんて――深さ。

なんて、無形さ。

常軌を逸《いっ》しているほどに――失格している。

このとき、零崎軋識は零崎人識に対する理解を、放棄した。それは、零崎軋識にとって、あるいは零

崎一賊全体にとって——決定的に致命的な、放棄だった。

「………ちゃ」

考えなくてはならないことは色々とある。

狙撃手は一体誰だったのか。目的は一体なんだったのか。どうして、わざわざ忌避される零崎一賊を敵に回そうとしたのか。どうして、その狙撃手はこの世で『仲間』しか知らないはずの軋識のもう一つの顔を知っていたのか。加えて、あの少女を逃がしてしまったことにより生じる、『次』の後始末。そして、まずはさしあたって、このマンション内の、軋識と人識がやらかした、大量殺人の隠蔽《いんぺい》工作——この全てを一人で出来るとは思わない。元々は奴の仕事なのだから、マインドレンデルにでも手伝ってもらうしかないが——なんというか、根拠はないが、これから長い戦いになりそうだ。

考えることは、本当に多い。

多過ぎる。


だが、今の時点ではその全てをさておいて——

「人識——」

零崎軋識は、零崎人識に、ただ、質問した。

「人識。おめー、人殺し、楽しいちゃか」

「んー？」

ぶいん、と、軸の通っていない不《ぶ》恰好《かっこう》なフォームで一つ、『愚神礼賛《シームレスバイアス》』をスイングして、人識はとろけるような、極上の笑顔を浮かべる。

「つまんねーよ」


人殺しなんて、つまらない。

それが十四歳の時点での、零崎人識の解答だった。

ONE STRIKE.

零崎軋識の人間ノック
2
竹取山決戦—前半戦—

◆　◆

「どうして殺したのですか？」

「殺してはいません。勝手に死んだだけ」

「でも、お嬢様は、殺そうとしたのでしょう？」

「殺そうとしたわ。でも、彼女が死んだことと、私が彼女を殺したことに、どれくらいの関連性があるのかしら？」

「因果関係に——ない、と？」

「ないとは言いません。でも、あるとは言えません」

「…………」

「私は確かに、彼女を、殺した。この手で、この、私の手で。でも、それが彼女が死んだ原因であるかどうかなんて——そんなこと、誰にも分からないことじゃない」

「わからないということはないでしょう。考えたら、明らかなことです」

「精々《せいぜい》、考えただけのことでしょう？　逆に言えば、どうしてそんなことを、わざわざ手間隙《ひま》かけてまで、考えなくてはならないのです？　それに、誰か、確認したことがあるのですか？　原因と結果が、関係あるだなんて」

「本気で言っているとは思えません……それはただの、詭弁《きべん》にしか、聞こえませんよ？」

「そうかしら？　でも、誤解なさらないでね。私は、貴女《あなた》の言っていることがわからないわけではないのよ。ただ、それは、私とは違うルールであるというだけ」

「ルール……ですか」

「そう、ルール。私は私のルールに則って動くんです。私だけのルールに。私だけに適用される、私の法則。それは私だけのものだから、私にとって、何よりも大切なものなのです」

「お嬢様は——私の言っていることがわからないわけではないと仰《おっしゃ》ってくださいましたが……それに合

わせて言うなら、残念ながら、私には、お嬢様の仰っていることが、わかりません」

「あらそう。本当に残念」

「原因と結果が、たとえ因果関係にないとしても――私は私の、目的を達成するために、動きます。そう、意志です」

「意志。素敵な感性ね」

「ええ、我ながら、私もそう思います。だから私はお嬢様に問いたい。どうして殺したのですか――と」

「だから――私は貴女に答えました」


「彼女は――妹は、勝手に死んだだけなのです」


雀《すずめ》の竹取山《たけとりやま》――その周囲一帯は、呼ぶ者には取《と》り敢《あ》えず、そういう名称で呼ばれている。五キロ四方に及ぶ丘陵地のほとんどを、見事な竹藪《たけやぶ》で覆われた、ただそれだけで一見の価値がある風流な場所ではあるが――残念ながら私有地なので、一般には公開されていない。そこにそんなところがあることを、知っている者すら、全国的に見れば、ほんのわずかである。そもそも、便宜上《べんぎじょう》私有地とは言ってはいるものの、雀の竹取山は、ほとんど国有地のようなものだ。日本の財政、経済界を完全に掌握《しょうあく》しているいわゆる四神一鏡《ししんいっきょう》――赤神《あかがみ》、謂神《いいがみ》、氏神《うじがみ》、絵鏡《えかがみ》、檻神《おりがみ》――戦前からこの国を実質的に支配してきた五大財閥が、直接的支配下と位置づけている地域なのだから。

その竹林のほぼ中心に――一人の女がいた。

雀の竹取山の頂上――星が一番、近い位置。

スーツ姿の女だった。

手ごろな岩に腰掛けて、綾取《あやと》りをしている。

「〜〜〜〜♪」

などと、楽しげに暢気《のんき》に口笛を吹きながら、次々と、両手の内の赤い糸の形を、変化させていく。たかが綾取りと侮《あなど》るなかれ、それはまるで、糸自体が生命を持っているかのような、自由闊達《かったつ》な動きだった。

夜はすっかり更けている。

真っ暗だ。

女から少し離れたところに、簡易式ではないタイプの、本格的なテントが張られている——そのテントを用意したのは、状況からして勿論《もちろん》この女なのだろうが、しかし、それは一人で泊まるには、いささか巨大過ぎるサイズだった。

一人どころか——六人くらいは余裕で泊まれそうな大きさだ。どうやってこんな険しい山奥まで運び込んだのか疑問なくらいの、大人数用の天幕だった。

案の定。

そのテントの中から——別の人間が現れる。

それは、中学生くらいの、ジャージ姿の少女だった。長い髪を後ろで一本に縛《しば》っている——ラフな縛り方だったが、竹藪のど真ん中というシチュエーションを考えれば、それだけで彼女にお洒落心《しゃれごころ》が欠けていると判ずるのは、早計というものだろう。実際、その整った顔立ちからすれば、少女が普段から身だしなみに気を遣《つか》っているだろうことは、十分に推測できる。

「——お嬢様は？」

と。

先に声をかけたのは、スーツ姿の女だった。

ジャージ姿の少女はそれに、

「ええ」

と、頷《うなず》く。

「お眠りに、なられたようです」

「あ……そう」

「どうも、あのメイドさん達のガードが固くて、生産的な話はあまり、できなかったのですけれど——まあいいでしょう。元々、私にしてみれば、そんなことは二の次なのですから」

「二の次、ねえ——」

スーツ姿の女は、少女のその言葉に対し、失笑する。

「恐れ多くも赤神財閥の直系を、二の次呼ばわりとは——あなたの器の大きさにはほとほと呆《あき》れるばかりだわ」

「ただの感想ですよ、先生。そんな深読みしないでくださいな」

少女は、余裕を持った口調で返す。

「お気に障《さわ》ったのでしたら、謝ります」

「気に障る？　まさか——私こそ、そのような忠誠心とは無縁なのよ。私はただの雇われ教師だからね。あなたみたいな生え抜きとは違う」

「ですが——そうはいっても、今回の策戦は、先生抜きでは、成り立ちませんので」

「策戦……そうね、呆れると言えば——むしろ、そちら側か」

スーツ姿の女——『先生』は、綾取りの手を止めることなく、少女との会話を進める。『呆れる』なんて言いながら、こちらもまた、余裕をたっぷり持った、口調だった。

「こともあろうに赤神財閥のお嬢様を餌《えさ》に一本釣りだなんて——大胆な罠《わな》を張ったもんだわ。さすが、澄百合《すみゆり》学園中等部において、一年生の時点から生徒会長をつとめる『優等生』は、一味も二味も違うっていうところかしら」

「餌のつもりは、ありませんけれど——ただ、罠を張るからには、引っ掛ける材料は、豪華な方がいいと思いまして。それだけのことですよ」

「ふうん。それだけ、ね」

「私がこの世で最も下種《げす》な言葉だと思うのは、そう、『万が一』とかいうあれですよ——そんな言葉は、万全を期していないからこそ、生まれ得るものでしょう？　できることは全てやっておきたい——つまり、そういうことです。細心でこそあれ、大胆という言葉ほど、私に不似合いな言葉はないでしょう」

状況が味方したというだけですよ——と少女。

それはどうなのかしらね——と『先生』。

「あなたは、多分、中等部だけでなく、澄百合学園全体を見渡しても、歴代に比するモノがほとんどいないくらいの『優等生』なのでしょうけれど——どうなんだろうね。それでも、あの一賊に手を出すのは、やめた方がいいと、私なんかは、思うのよね。どんな勝算があったところで——あの連中には、かかわらない方がいい。連中には、勝つべきですらないのよ。勝とうが負けようが、等しく嫌な思いをすることになるのだから」

「私だって、好き好んで『彼ら』にちょっかいをかけようとは思いませんよ——どうも先生は、私のことを、誤解なさっている節がありますね。私は革命家でもなければ開拓者でもありません。私はただ、前向きなだけですよ——私が私を評価するとするなら、その一点だけですね。後ろ向きでもなく、余所《よそ》見《み》もせず、向こう見ずでもない——そこだけが、それだけが、私の特異点。言われたことをやっているだけ——あの連中が危険であることは百も承知二百も合点ですが——しかし、そうは言っても、これは任務なのですから、仕方ありません。仕方がないのですよ」

「割り切っているのね」

「割り算もできずに、生きていけというんですか？足し算と引き算だけでは、世界は成り立ちません」

「あっそ。でも、そんな自分に、飽《あ》きてこない？」

「飽きる？」

「飽き飽きすると思うけれどね、私なら——」

「飽きることと、諦《あきら》めることは、違うでしょう？だから、私は今まで、何かに飽きたことも何かを諦めたこともありませんよ、先生。それに——」

「それに？」

「『彼ら』の中に、一人——気がかりな方がいましてね。私にとって、放置が不利益になるような、そんな人が……無論、『彼』が来るのかどうかは、断定しかねますが——」

「……いいけどね」

『先生』は、肩を竦《すく》める動作をした。

これ以上は首を突っ込まないという、意志表示。

ここまで。

それは『自分の領分は此処《ここ》まで』と、人生に線引きを行っている者の、態度だった。

「いいけどね。どうでも、いいけどね」

少女は、そんな『先生』の、ある種わかりやすい対応に、やれやれとばかりに嘆息《たんそく》してから、

「しかし、ま——」

と、天を見上げるようにする。

星の一番近い場所。

手を伸ばせば——届きそうなくらい。

「この間は——正直、私の状況認識が甘かったところがありますが……ええ、今回は、はっきり言って万全です。『万全』——あは、なんて人間らしい言葉なのでしょう」

少女は——うっとりと、微笑《ほほえ》む。

「さあ、それでは、『彼ら』の力量を、きっちりばっちり、測りましょう。測量しましょう、見切りましょう。陣を敷いて、高みの見物と洒落込みましょう。たとえ敵が零崎一賊であろうとも——」

「私の名前は萩原子荻。正々堂々手段を選ばず真っ向から不意討って御覧に入れましょう」

◆　◆

今更もう具体的な説明は不必要であろう生粋《きっすい》の殺人鬼・零崎人識こと汀目俊希が通っている中学校は、その周辺ではかなり名の知れた私立進学校で、いわゆる優等生ばかりが通っている——だから、顔面に刺青《いれずみ》を入れている人識の存在は、はっきり言ってかなり浮いている。人識はその生来の気まぐれな性格から、授業への出席状況も出たり出なかったりといった有様なのだが、授業に出ても授業に出なくっても、どちらにせよ話題になる——最初からそういう立場に、彼はいるのだった。

人気者とは違うが、少なくとも有名人なのだ。

ただし今回ばかりは事情が違う。

とてつもなく違った。

話題になる——どころでは、なかった。

七月初旬——期末試験の時期である。

それも、中学三年生、一学期の期末テスト。

かつて中学生だったことのある者なら、そのテストの重要性は、その経験から肌で感じることだろう——三日間に亘《わた》って行われるその試験は、高校受験と大学入試を除けば、人生でもっとも価値の高いテストと言っても過言ではない。

その初日。

零崎人識——汀目俊希は欠席した。

この事実は、さすがに、驚愕《きょうがく》をもって迎えられた——気まぐれなようでいて、実際気まぐれでありながら、その癖狡猾《くせこうかつ》に、出席日数や単位はきっちりと計算して仕上げてくる人識が、こんな大事な日に学校を休むなんて、考えられなかったからだ。単純に怪我《けが》病気ということもあるまい——あの男にそれくらいの自己管理ができないわけがない。

人識のことをよく知るクラスメイト達——少なくともよく知ると思っているクラスメイト達は、正直言って、そちらの事実ばかりが気になって、ざわざわとなってしまい、結果として、三年B組の、委員長を含む生徒四十人マイナス一人は、人生でもっとも価値の高いそのテストの初日を、散々な出来で終えることになるのだが——それはまた、別の話である。

これは、零崎の話だ。

零崎一賊の話。

だから、その日——零崎人識が、一体、何処《どこ》にいたのかというところから、この物語は始まることになる——

「……まあ、十中八九——『罠』だろうとは、思うんだっちゃけどね……しかし、一か二か、具体的な数字が残っている以上、俺らとしちゃー動かんわけにはいかんっちゃよ、レン」

「ふうむ——なるほど、もっともな言葉だね、アス。私はそういう言葉を普通に言えるきみの部分を、非常に高く評価している。惜《お》しむらくは、言い方かな。もっときみは、熱血的に、言葉を口にした方がいい。そういうときは、もっと熱い言葉を選ぶべきなんだ」

「……お前の言うことは意味不明だっちゃ」

「そうかい？　私はただ知っているだけだよ。きみが心の底に、私などではとても及びもつかない、熱いソウルを隠し持っているということをね」

「ソウルって言うな……」

そこは——

雀の竹取山と呼ばれる国有地に限りなく近い私有地から、南に百メートルほど離れた、ぎりぎりで『道』と呼べそうな、いやぎりぎりで『道』と呼べそうにない、木々に挟まれた、場所だった。

そこに一台のジープが停まっている。

アウトドア用——否《いな》、アウトドア専用の、豪快なデザインのジープ。どんなにクルマに疎《うと》くても名前を知らない者は多分いないだろう有名メーカーの作品で（芸術作品というべきかもしれない）、値段は軽く一千万を凌駕《りょうが》する。この通り、本来の用途に使用しているが故に、そのボディは傷だらけだが、それでもその風格を少しも失わないのは、見事という他ない。

そのジープのボンネットに胡坐《あぐら》をかいて一人。

運転席のドアにもたれるように一人。

男が二人で——彼らから見て北に位置する、雀の竹取山を眺めながら、会話を進めている。

ボンネットに胡坐をかいているのは、麦藁帽子《むぎわらぼうし》を被《かぶ》った、痩身長軀《そうしんちょうく》の男だった——スリーブレスの白シャツに、だぼだぼのズボン。およそアウトドアには不似合いなサンダル。妙に長い、筒のような鞄《かばん》を、肩に提《さ》げている。露出の多いその身体は、細っちょろいように見えて、しかしその実質は、かなり強靭《きょうじん》そうである。細いというより、絞られている——というべきなのかもしれない。

彼の名前は——『愚神礼賛《シームレスバイアス》』、零崎軋識。

運転席のドアにもたれているのは、それこそアウトドア精神に真っ向から対立する、三つ揃えの背広を着た男だった。痩身長軀どころか針金細工のような骨格で、手足が不自然なほどに長い。髪型はオールバック。銀縁眼鏡の奥の両目は、柔和《にゅうわ》そうに緩《ゆる》んでいて、まるで、家族連れ立ってのピクニックを楽しんでいるかのような、そんな表情だった。

彼の名前は――『自殺志願《マインドレンデル》』、零崎双識。

「しかし――嫌な予感はするね。確かに。そもそもアス、今きみは十中八九といったが、しかしそれ以前に、きみのその情報そのものが、どれくらい確かなのか、私には判別できないのだがな。正直言って、信憑《しんぴょう》性という意味では、かなりの眉唾《まゆつば》モノだと感じざるを得ないよ」

「俺の情報網をなめんじゃねーっちゃよ。それは十中十まで、間違いのないことだっちゃ。断言できるっちゃ」

「ふん――まあ、信用しておくか。確かに、そこから疑っても、始まらない。ここまで来てしまった以上、それは前提だ。屈折したモノの見方は、主義ではないし、趣味でもない。だからと言って、しかしな」

「しかしって、なんだっちゃ」

「この間、私がアスに任せた仕事があったろう――横槍が入って、なんだか有耶無耶《うやむや》になってしまってはいるが、ほら、高級マンションを一つ、壊滅させた件」

「ああ……有耶無耶にしているつもりはないっちゃよ。あれはあれで、ちゃんと別に、話を進めているっちゃ」

「しかし、そうは言っても、あの件はまだ、全然始末がついていないだろう――色々と無駄な証拠ばかりが出てくるだけで、結局のところ、何もわかっていないに等しい。いや、本筋は確かに片が付いてはいるものの、あまりにも横道が散らかりっぱなしじゃないか？　なんだかね、私はどうも、その件が、今回、関係しているような気がして、ならないのだよ」

「なんだそりゃ——あの『狙撃手』が、この件に絡《から》んでいるとでも、言うつもりなのか？」

「さあ。勘だけどね」

『愚神礼賛《シームレスバイアス》』と『自殺志願《マインドレンデル》』。

それは、泣く子も殺す殺人鬼集団、零崎一賊の中でも、最も際立った二つの通り名である——その二人が並んで揃ってここにいるという事実が意味することは——ほとんどの場合、一つだけだった。

一つだけ。

言うまでもなく——一つだけ。

「『罠』、か——そう、『罠』なんだよね」

双識は独り言のように、呟《つぶや》く。

「赤神財閥の跡取り娘が、D.L.L.Rシンドロームねえ——まあ、あってありえない話ではないのだが。しかしそれが本当だとすると、日本で初めての症例ということになるのかもしれないね」

「本当じゃないとするなら——その子は、俺らの家族だっちゃ」

「うふ——」
D.L.L.Rシンドローム——
日本語で、殺傷症候群。

辺り構わず誰彼構わず、とにかく殺してしまいたくなる——神経症の一種、否、神経症の最高度《ハイエンド》。

四神一鏡で最も強い勢力を持つ、赤神財閥の跡取り娘、赤神イリアが、妹である赤神オデットを、多くの関係者が見守る中、殺してしまった——それが、数ヵ月前の出来事である。

『姉』が『妹』を、殺した。

姉妹といっても——双子だったらしいが。

双子の姉妹。

赤神家の力をもってして、その事実は綺麗《きれい》に隠蔽《いんぺい》されてしまっているが（最終的には、その双子そのものが、最初からいなかったことにされそうなご様子だ）、それに、それがそれだけなら、軋識ですら知りえなかったかもしれない——というより、知ったところで、どうということもない、ただのつまらない殺人事件の一つとして、すぐに記憶から風化させてしまったのかもしれないが、零崎軋識の『情報網』に、その『殺し方』が――『姉』が『妹』を、殺した理由が――引っかかったのだった。

辺り構わず――誰彼構わず。

とにかく殺してしまいたくなる。

それは、確かにD.L.L.Rシンドロームの症状ではあるのだろうが――しかし、そんな症状が、ごく当たり前、それが日常生活そのものである者達が存在する。

それが零崎一賊だった。

殺人鬼集団。

血の繋《つな》がりではなく流血によってこそ繋がる、血縁関係なき――ただ単純な殺意によってのみ構成される、最悪の一賊。

「本当じゃないなら――うふふ、アスはそう言うが、その『本当』というのは、案外曲者《くせもの》だぜ。ひょっとしたら、私達は全員、そのD.L.L.Rシンドロームの患者さんなのかもしれないのだからな。零崎一賊、全員ね。そう考えれば、大した理由もなく人を殺してしまうことの、説明がつくだろう」

「説明？　馬鹿馬鹿しい――そんなもんつけてもらってどうしようっていうんだっちゃ。後ろからの理由付けに、どれほどの価値がある？　それが俺達を、どう助けてくれるっていうんだっちゃ。何を救ってくれるっちゃ？」

「確かにそうだ。きみの言う通りだよ、アス」

双識は言う。

「殺意の衝動がただの精神疾患《しっかん》だったところで、結局、何の解決にもなりやしないのだからね、私達にしてみれば、どっちだって同じことだ。そのご令嬢にしたって――同じことだろうね。本当だろうと本当じゃなかろうと、同じ――というわけだ。問題は、そうだね……やっぱり、そのご令嬢が、隔離隠蔽の名目で一時的にとはいえ、あんな竹藪の中にいるだなんて――ちょっと不自然な気がするよ。雀の竹取山……あの中には草庵《そうあん》どころか、人工物は何一つないっていうんだろう？　おかしいよ」

「かもしれないっちゃ。いるとするなら——まあ、確実に、『罠』だろうっちゃな。勿論、そうでなくとも、そうでなかったとしても、相手は赤神財閥のご令嬢だっちゃ——ボディーガードの一人や二人、いないわけもないし」

「無論、そうだろうね。そこは判断しかねるところだな——しかし、赤神家の娘が『零崎化』したとなっちゃ、上を下への大騒ぎだろう。どうだろう、赤神家の人間は、その辺をどう考えているんだろうな？　そもそもあの連中は、零崎について、どのあたりまで理解しているのかが、疑問だがね——とはいえ、考えてわかることではないからな。私達でも、会ってみないことには、わからない。その娘が、ただの『病気』なのか、それとも、本当に『零崎化』なのか」

あるいは——

零崎そのものが、病気なのか。

しつこく双識は——そう付け加えた。

軋識は、それを意図的に無視する。

「何か感じないっちゃか？　『家族』としての、『血縁』のような、気配——レンが言うところの、『集合的無意識』って奴で」

「その辺はどうにも——曖昧《あいまい》だね。しかしそれは、まだ覚醒していない、零崎に『成って』いないというだけのことなのかもしれない」

「確かに。殺した後もはっきりとは『覚醒』していないケースだって、少なくはないっちゃ」

「そもそも、この場に二人以上の零崎がいる時点で、その手の感覚は、どうにも、何の役にも立たんさ。感覚が混ざってしまう」

「ああ。そりゃそうだっちゃ」

「ふうむ。まあ、いいか——細かいことを考えるのは性に合わない。大雑把《おおざっぱ》に考えておこう。なに、丁度《ちょうど》、そろそろ『妹』が欲しかったところだしね

——個人的には、都合がいいと言えば、都合がいいさ」

「『妹』っちゃか——お前らしいと言えばお前らしいっちゃ、レン。俺にはちいっとわからん感性っちゃがね。で、どういう策戦でいくっちゃか？　誰がどんな『罠』を張っているにしろ、正面から行くってわけにもいかんっちゃろ」

「それについては既に考えがある」

双識はそう言って、後部座席のドアを開けた。

後部座席。

そこに——一人の少年が、縛り上げられていた。

縄ではなく、鎖《くさり》で。

舌を噛《か》まないようになのか、それとも喋《しゃべ》れないようになのか、あるいは咬《か》みつかれないようになのか、口には大きな鉄製のボールギャグがはめ込まれている。

後ろ手に手錠《てじょう》。

あちこちが南京錠《なんきん》だらけ。

学生服を着ている——恐らくは中学生。

暴れまわった所為《せい》だろう、乱れている黒髪。

顔面に刺青が——施《ほどこ》されている。

零崎人識だった。

通う中学校からおよそ二百キロ離れた山中で、期末試験も受けられずに、彼は、高級ジープの後部座席で、完膚《かんぷ》なきまでに拘束されてしまっていた。

形容しがたい目で——

ドアを開けた双識を睨《にら》んでいる。

「聞こえていたかい？　人識くん。まあ、大体、そういう事情なんだ。新たな家族獲得のために、人識くんにも一働きしてもらうぞ」

「…………っ！」

双識に対し何かを叫ぶ人識。

ギャグがあるから、声にならない。

双識はうんうんと頷いて、

「そうか、協力してくれるか」

と言った。

満足げな表情だった。

「さすが私の可愛い弟だ、人識くん」

「…………！　……っ！」

「いやいや、そんなに褒《ほ》めても何も出ないよ。全く人識くんは可愛い奴だ。えーっとね、私が考えているのは、陽動策戦なんだ。陽動策戦、わかるかな？　英語で言えばフェイントオペレーションだ。とりあえず、人識くん、人識くんに先に、山に入ってもらう。先遣部隊としてね。待ち構えていた相手は、嬉々《きき》として人識くんを襲うことだろう。そこで、時間差をつけて、私とアスが、山の裏手から——人識くんとは反対側から、山に入るのだ。ジープがあるから、裏手まで回るのに、そんな時間はかからないからね。まあ、簡単に言えば、人識くんに名誉ある囮《おとり》になってもらおうということだな」

「……………………っ！」

「おお、やる気だな、人識くん。さすがは私の可愛い弟。小気味いいぞ、兄として実に誇り高い。全くもって鼻高々だ。そうそう、勿論、人識くんが先に、『妹』のところまで辿《たど》り着くという展開もあるだろう、その場合は、それでもいい。ただし、私という兄の存在があってこそその策戦が成立したことを、『妹』に、まず最初に言うことを、忘れないでくれよ。『妹』——人識くんにとっては『姉』になるんだろうな。人識くんもそろそろお姉さんが欲しい年頃だろうから、やる気満々だろう。いくら自慢で美形の兄貴でも、兄貴だけでは満足できないってこともあるからね。うふふ、言われなくってもそれくらいはわかる。私は普段から人識くんのことばかり考えているからね」

「…………！　…………！」

「よし、そうと決まれば、早速策戦開始だ。今自由にしてやろう」

双識は、慣れた手つきで、人識の拘束——明らかに双識自身が施したと思われる拘束を、順序に従って、段取り通りに解き始める。軋識は、ボンネットに胡坐をかいたまま、フロントガラス越しに、そんなやり取りを見ていて、ああ、あのガキはああやって扱えばよかったのかと、先月の事件における自分の甘さを、痛感するように、呟いた。

手錠が外され、鎖が解かれ。

最後に、ボールギャグが、外される。

げぼぉ、と、口の中にたまっていた唾《つば》を、大量にシートの上に吐《は》き出して——零崎人識は、右手で、零崎双識の、胸倉をつかんだ。

怒りのあまりか、顔が笑ってしまっている。

ぴきぴきぴき、と奇妙な音が聞こえた。

「おや。乱暴な愛情表現だね、人識くん」

「……俺の好きな言葉は、慮《おもんぱか》る、だ」

「は？」

「前にてめえ、俺に訊いたことがあったろう——俺の好きな言葉は何だって、な。あのときは答えてやらなかったが——慮る。純粋な日本語なのに、半濁音が入っている言葉が、俺は好きなんだ——てめえをぶっ殺す前に、冥土《めいど》の土産《みやげ》だ、とりあえず教えてやった」

「そりゃありがたいねえ。私は誰が何を好きであるのか、常に把握《はあく》しておきたいと思っているからさ」

人識の剣幕に、まるで平然としたままの双識。

それが——更に人識を加熱する。

「今日が期末試験の初日であることくらい、てめえだって知っているはずだろうが、変態兄貴。ちゃんと卒業しろっつったのはてめえだろうが」

「そうだよ？」

「留年したらどうするんだよ！　また俺を半殺しにする予定なのか？　半殺しが大好きなのかてめえは！　今度は俺の所為じゃねえからな！」

「一回くらい休んでも本来ならばどうってことはないはずだろう。つまり普段から真面目に通っていない人識くんが駄目なのだ。出席日数の計算なんて小《こ》賢《ざか》しい真似《まね》をしているからこういう目にあうのだよ。まあ、同情はするけれど、それだけだねえ。それにね、人識くん、学校も大事だが、それより家族の方が大事なんだ。勉学に熱中するあまり、家庭のことを顧《かえり》みなくなるようではいけないと私は思うんだよ」

「黙りやがれ、ころころと理屈を弄びやがって、何が『私』だ、気取ってんじゃねえぞこの野郎！」

「仕事中なんだから気取るのは当たり前だよ。人識くんやアスとは違って、私は至極《しごく》常識的な人間だからね」

「うっせえ！　こんな露骨な拉致《らち》、聞いたこともねえよ！　もっとなんかこう、言いくるめようくらいの努力はしてみせろ！　一回くらいって言うけれど、そういうのが重なって、去年は瀬戸際を味わったんだろうが！」

「それは自己管理のできない人識くんが悪い」

「よーしわかった決まった決まった決定しちゃったたった今この瞬間に大決定、殺す殺すすぐ殺す絶対殺すてめえを殺す即座に殺す半殺しどころか全ごろ——」

最後までは言えず。

人識はジープの中から、引っ張り出された。

胸倉をつかんだ手首をつかまれ、無理矢理、力ずくで、引っ張り出されたのだった——そのまま、強く地面に、叩きつけられる。

人識は胸倉を離したが。

双識は手首を握ったままだ。

「全く、恥ずかしげもなく、そんなに『殺す』『殺す』と繰り返しちゃって……、それでも殺人鬼の端くれかい？　それはなあなあで口にしていい言葉じゃないんだよ？　そんなんじゃ、プロシュート兄貴にマジ説教されちゃうよ、人識くん」

「…………」

「うふふ、いわゆるドメスティックバイオレンスという奴だな——家庭内暴力、格好悪いね。でもまあ、反抗期くらいに捉えておいてやるとしよう。私は自分でも驚くくらいに心が広いからね。包容力の双識と呼ばれてもおかしくないくらい、心が広いからね。とにかく広大なのさ。うんうん、私も経験があるよ、とにかく色んなものにとんがってみせる、血気盛んな年頃という奴が」

「いいか……今は無理でも、俺は絶対に、お前を殺すからな……殺すからな……俺が今このとき、お前を殺すと言ったことを、その日まで、絶対に忘れずに、覚えていろよ……」地面に叩きつけられたままの姿勢で、ぶつぶつと、呪詛《じゅそ》のように言う人識。「そのとき、あのふざけた鋏《はさみ》も、俺のもんにしてやる……」

「うふふ――人識くん、その言葉は、私を兄として敬い、兄として慕い、今回の策戦にも全身全霊をもって協力してくれるという意味に、解釈していいのかな？」

「……好きにしろ」

勝手にしやがれ――人識は、嫌々そうに、言った。

抵抗は無駄だと思ったらしい。

双識に対する以上は、賢明な判断だった。

「そうかそうか――お兄ちゃんは安心したよ、人識くん。もしも我儘《わがまま》を言われたらどうしようかと思っていたんだ――ん？」

双識は、人識の手首をぱっと離したところで――疑問そうに、重力に従って地面に落ちた、人識の腕の形を見て、首を傾《かし》げた。

「あれ。折れちゃったかな」

「…………！」

がば、と人識が、身を起こす。

そして、自身の右腕を確認しようとして――その瞬間に腕を駆け抜けた激しい痛みに、顔面の刺青を歪《ゆが》ませる。

確認するまでもなく。

前腕の部分が――あらぬ形に、変形していた。

少なくとも、橈骨《とうこつ》が――骨折しているらしい。

手首を引っ張り、そのまま空中から地面に叩きつけるなんてとんでもない荒業の結果、梃子《てこ》の原理によって、右前腕部に最も力がかかってしまったようだった。

「うおっ！　痛え！　地味に痛え！　リアルな痛みだ！　なんだこりゃ、段々痛みが鋭くなって、じわじわと全体に広がってきた——」

「ああ。知らなかったのかい？　意外と骨折って、後から来るものなんだよ。人識くん、ひょっとして骨折は初めてかい？　十四歳にもなって骨の一本も折ったことがないなんて、ちょっと問題があるなあ」

「てめえ、こら、人の腕を折っておいて、なんだその冷静さ——」

「まあ、待て。待ちなさい」

双識は、ジープの運転席に手を突っ込んで、中から、板状の鉄板を取り出した。縦が三十センチ、横が十センチくらいの、どういう用途があるのか、何故そんなものがクルマに積んであったのかもよくわからないような、五ミリ厚の鉄板。

それに包帯。

まず、人識の腕を取って、ぐいっと強引に骨の位置を戻し——そのとき人識が悲鳴をあげたが、そんな些細《ささい》などうでもいいことには双識は全く動じなかった——その鉄板を添え木代わりに、包帯でぐるぐる巻きにして、固定した。そして、こんこんと、その部位を裏からノックするようにして、「うん、これでノープロブレムだ」と、達成感と共に言った。

「………………おい」

「なんだい人識くん」

「まさか病院に連れて行かないつもりか」

「おやおや、これは面食らっちゃうなあ。何を甘えたことを言っているんだ。ちょっと骨が折れたくらいで。なあ、アス？」

「そうだっちゃ、ちょっと骨が折れたくらいで」

軋識はボンネットから飛び降りる。

「その程度、何の支障にもならんっちゃよ。両腕だっていうならまだしも、たかが片腕じゃないっちゃか」

「前から思ってたけど……」

人識が苦笑いの表情で言う。

本気の苦笑いだった。

「お前ら、すげえ異常だぞ」

「うふふ——まあ、人識くんは片手が使えないくらいで、丁度いいと思うよ。特に、今日は、人識くんはあくまで、囮なのだから」

「そんなに囮が必要だってんなら、別の奴を呼べばいいじゃねえか——いや、この腕のことがなくっても、そもそも、最初っからの話でな。曲識《まがしき》のにーちゃんとかよ。あの人は予定を確認するまでもなく、ずーっと暇にしているはずだろ」

「そう言われてみれば確かにその通りだけれど、しかし人には向き不向きがあるからね」

言いながら、双識は、ジープを前から迂回《うかい》し、助手席へと入り込む。人識の骨折についての話は、本当にそれでおしまいらしく、どころか、話は全てこれでおしまいと、言わんばかりの振る舞いだった。

シートベルトを締めるや否や、さっさとドアを閉めてしまい、それっきり、人識の方を見もしない。

軋識もその流れに逆らうことなく乗ることにしたようで、人識のことはちらりと一瞥しただけで、特に声を掛けることもせず、運転席に座り、ドアを閉める。キーを鍵穴に差し込むときの慣れた手つきから判断すれば、どうやらこのジープは、軋識の持ち物であるらしい。

そしてエンジンが始動し——

ジープがバックを開始する。道があまりにも細いのでUターンみたいなことはできず、ある程度のところまでは、バックで戻らざるを得ないのだ。危うく轢《ひ》き殺されそうになった人識は、横っ飛びでなんとかそれを回避する——そんな彼の小さな危機一髪には、まるで興味がないという風に、ジープはすぐに、木々の向こうへ、消えていった。

後には。

片腕を折られた、零崎人識だけが残された。

「通学中の中学生を拉致って片腕折ってど田舎《いなか》の山の中に放置って……言葉の上だけで聞いたところで、とんでもねえことする鬼畜兄貴だな、おい——酷《ひど》いなんてもんじゃねえぞ、これ……あいつは人気投票とかに興味がないのか？」

立ち上がって——学生服のズボンについた、土の汚れを払う。それから、腕の骨折の程度を——調べる。なるほど、どうやら単純骨折のようで、すぐに適切な処置がなされているので、とりあえずはこのままで大丈夫なようだが……明日になれば盛大に腫《は》れ上がることは間違いないとはいえ、今日一日くらいは、活動に支障はなさそうだが……しかし、さすがに、いかに零崎一賊の秘蔵っ子、零崎人識と言えど、この右腕を戦闘に使用することは、しばらくの間、不可能だろう。

双識や軋識なら——

それも不可能では、ないのかもしれないが。

骨折くらい、気合で治しかねない連中だ。

「ったく……さっさと歳食って丸くなりやがれってんだ——面倒臭《くさ》い。軋識の大将も、もういい大人なんだから、見てないで、止めてくれよな……どうもあの大将には、嫌われているような気がするぜ。全っ然、目とか合わせてくれねーし。なんか嫌われるようなこと、したっけな……兄貴みてーに馴れ馴れしいのも困りもんだが、ああいうのも、なんか、嫌な感じだな……。あーあ、本当、もう、どうすっかな——」

南と——北を、順繰りに、見る。

どうやら、このまま帰るか、それとも、双識に言われた通り、雀の竹取山へ向かうか——考えているらしい。

結論が出るまで——五分を要した。

五分。

またもや、五分だった。

そして、結局のところ、どうせ今からでは間に合うわけもない期末試験を受けるためにこんなどこかも知れないようなところから徒歩で帰るよりは、まだしも雀の竹取山へ向かい、双識と軋識と合流した方が、いくらか合理的だろうという解答に達したようで、零崎人識は——北へと、脚の先を向けた。
一歩、二歩、と、進む。
顔には——酷薄な薄笑いを、貼り付けて。
やれやれだ——と、呟いて。

◆　◆

ジープの中。

軋識が双識に、声を掛ける。

「レン——お前」

「ん？　なんだい？　アス。きみも早くシートベルトを締めた方がいいと思うよ。私は個人的にはエアバッグをそんなに信用するのはどうかと思うんだ、あれって、試そうと思っても試せないだろう？　そこへいくと、シートベルトのこの締め付けは、現実以外の何物でもないからね」

「お前……偶然みたいな、やっちゃったみたいな、お茶目な風を装ってはいたけれど……最初から——人識の腕、折るつもりだったっちゃね？」

「おやおや。どうしてそう思う？　優しさにおいては他に類を見ないこの私が、目に入れても痛くない可愛い弟である人識くんの腕を、わざと折っただなんて、どうしてそんな因縁をつけるんだい？」

「最初から、添え木代わりの鉄板と、それを固定するための包帯を用意していたし——あんまりにも綺麗な骨折だったこともあるっちゃ……それに、そんな理屈を抜きにしても、故意か事故かくらい、横から見ていたらわかるっちゃよ」

「さすがに目敏《めざと》いねえ」

双識はにやりと、唇《くちびる》を歪めた。

そんな双識に、軋識は無言で、顎《あご》でしゃくるように、説明を求める。

「うふふ——何、あいつに言った通りさ。あれがそのまま、私の正直な気持ちだよ。あいつは片腕でいたくらいの方が、丁度いい……力を持て余しているようだからね。制限というか、しばりをつけてやるべきなのさ」

　シートベルトが必要なのさ。

　双識はそう言った。

「まあ……それは俺も、感じてるっちゃが」

「それに、あいつは気まぐれな奴だから、何かに必死になるということがない――気まぐれは零崎一賊の代表的な特性の一つみたいなところがあるから、私としても人のことは言えないのだが、それでもあいつのそれは、少々度を越しているところがある。最初から手負いにしておけば、そのテンションも、少しくらいは変化するだろう」

「でも――下手《へた》すりゃ、雀の竹取山には向かわず、あいつ、帰っちゃうかもしれないっちゃよ？　気まぐれとか、そういう理由じゃなくて、この怪我じゃ無理だっていう真っ当な判断を、自分で下して」

「そこは賭けだな――だからって、あまり強制し過ぎても、何だしね。私としては、人識くんにもそろそろ、もう一皮剝《む》けてもらいたいんだけれどね――ハンドリングの難しい奴だよ、全く。だがそこが可愛いとも言える。全くもって可愛い弟だ。可愛い、可愛過ぎる。もっともっと可愛がりたいなあ。うふふ」

「……なんていうのかな……こんなことを言うと誤解を招くかもしれないっちゃが、レン、俺はお前より年上で本当によかったと、心の底から思うっちゃよ」

「やだなあ、人をロリショタみたいに言うもんじゃないよ。それに、可愛い年上だって、いないじゃないから、きみのその言葉は、残念ながら的外れだ」

「………この変態」

「うふふ」

　軋識の言葉に、不気味に笑う双識だった。

「お前とはもう随分と長い付き合いっちゃが――いまだに、俺には零崎双識という男の性格が、よくわからんっちゃよ」

「それは、お互い様だろ。私ときみは、長い付き合いではあるが、深い付き合いではないからね。互いに隠していることだって——あるだろうさ」

「…………」

「ま、そうは言っても、私はなるべく、あけっぴろげな好男子を心がけてはいるのだけれどね」

双識は陽気っぽくそう言って——

直後、その表情を、一転させる。

「……しかし、それよりも——アス」

「なんだっちゃ」

「その『狙撃手』について、もう一度確認しておきたいんだけれど——」

「……やけにこだわるっちゃね。本当に、今回の件に——あの『狙撃手』が関わっていると、思っているっちゃか？」

「根拠はないけれどね——話を聞く限り、あまりにその『狙撃手』は、準備が周到過ぎる。いやらしいくらいに——周到だ。万全というべきなのかな。その手口は、今回のケースとはそぐわないけれど——しかし、ケースごとに手口を変えてくるタイプという気が、しないでもない——問題は、時機だ」

「時機？」

「そう、タイミング。タイミングがあまりにも——ぴったり過ぎる。先月の今月——だろう？　可能性は、高いと思うんだよね——だって、考えても見て御覧よ。我ら零崎一賊にこうも正面から喧嘩を売ってくる奴が——そうそういると、思うのかい？　こんな短期間に、零崎一賊に敵対する二つの勢力が現れると考えるよりは、両者は同一の存在であると見る方が、よっぽど正当だと思わないかい？」

「……きひひ」

軋識は、そこで——

嬉しそうに、歯をむき出しにする。

「まあ——だったら、逆に、好都合ってもんじゃないっちゃか？　『妹』のことが『罠』だったとしても——まあ、どうせ『罠』なんだろうけれど、その

『罠』を仕掛けたのがあの『狙撃手』だって言うのなら――零崎一賊の『敵』を、一人、きっちりと撃破できるというのなら、それはそれで、問題なしだっちゃ。俺も嘗《な》めさせられた苦汁の、意趣返《いしゅがえ》しができるってもんだっちゃ。一石二鳥、一挙両得だっちゃよ」

「まあ――その通りだがね」

その通りなんだがね、と双識。

少なくとも双識は、それを、軋識のいうような単純さでは、捉えられないようだった。

「俺からも一つ、訊きたいっちゃが」

「うん？」

「どうして――人識なんだっちゃ？　あいつの言う通り、別の奴でもよかったはずだっちゃ――いや、むしろ、別の奴の方が、どう考えてもいいはずだっちゃ。そりゃ、トキの奴は確かに無理だとしても……向いてないにしても」

零崎曲識。

『少女趣味《ボルトキープ》』――零崎一賊唯一の禁欲者。

究極の菜食主義者《ベジタリアン》と言うべきか。

「だからって人識が向いているとは、俺なんかにゃ、とてもそうは思えないっちゃよ。向き不向きで言うならな。家族の勧誘ってのはデリケートな仕事なんだから、あんな子猿にゃ、荷が重いっつーか、まだ早いっつーか……俺はそう思うっちゃ」

「うふふ――そうだね。その通りだね、アス。だから――さっきも言ったろう？　私としては、あいつに……人識に、もう一皮剥けて欲しいと、そう思っているということだよ。とりあえず、今言えるのは、それくらいかな」

「はあん――」

説明する気がないのか、それとも自分でもうまく説明できないのか、定かではないが――双識がそういう曖昧な表現をするということは、ここではそれ以上のことを言うつもりはないということなので、軋識は諦めて、運転に集中する。

バックが終わり——

やっとギアを、ドライブに戻した。

ステアリングを回転させ——アクセルを踏み込み、雀の竹取山を大きく迂回するコースに入る。

隣で、零崎双識が言った。

「それでは——零崎を、始めよう」

「ああ」

零崎軋識もそれに合わせる。

「かるーく、零崎を、始めるちや」

◆　◆

「じゃあ——質問を変えます」

「お好きなようになさってください。質問を変えるのは、貴女の自由です」

「お嬢様は——彼女のことを、どう思っていましたか？　どんな風に——感じていましたか？」

「別にどうも」

「どうも？　そんなはずがありません——正直に答えてください、お嬢様」

「でも、私には正直というものが、よくわからないのです」

「そうですか……では、お嬢様は、彼女のことを、好きでしたか？」

「好きでしたね」

「お嬢様は、彼女のことを、嫌いでしたか？」

「嫌いでした」

「愛していましたか？　憎んでいましたか？」

「愛していましたし、憎んでいました。あるいは、愛していなかったとも、憎んでいなかったとも言えます」

「…………………」

「全部、同じことです。私にしてみれば、きっと、彼女にしてみても」

「……それはどうして？」

「感情に理由が必要ですか？」

「理屈はなくとも、理由はあります。絶対に」

「理由……理由……ですか」

「初めて――考えて、くださいましたね」

「ええ……理由……でも、私には、理由……なんて」

「思い当たる節は？」

「わかりません……ただ」

「ただ？」

「私はずっと――彼女のことを見ていて」

「見ていた？　視覚的な意味で？　それとも――」

「精神的な意味で――です」

「では――彼女を、殺したかった？」

「殺したかった――です」

「でも、彼女は、勝手に、死んだだけ」

「そうです。その通りなのです」

「では――それは、彼女でなければならなかった？」

「え？」

「彼女以外の誰でも――殺したかった？　それとも、彼女以外については、別に殺したいとは、思いませんか？」

「誰でも――誰彼、構わず――」

「お嬢様が、その手で殺したかったのは――一体、誰なのですか？」

「殺したかった――私が、殺したかったのは――」

「たとえば――この私」

「貴女」

「私を殺したいと――貴女は、思いますか？」

「…………………」

「その沈黙には、どういう意味がありますか？」

「…………」

「沈黙の意味を、答えてください」

「私は――」


「結構、貴女を、殺したい」


萩原子荻が『先生』と呼ぶスーツ姿の女――

彼女の名は、市井遊馬と言う。

その呼称通り、とある学園の教師を務めている。

高等部の担当なので、本来、まだ中等部の生徒である萩原子荻とは縁遠い教師ではあるはずなのだが、そこはそれ、萩原子荻の特殊性に絡んで――ということらしい。その辺りの事情は表から裏から明に暗に色々絡んで複雑だが、少なくとも、単純な教師と生徒という関係で、遊馬はこの雀の竹取山にいるのではないということだけは、確かである。

遊馬の勤めるとある学園――澄百合学園が、一体どのような学校機構なのかという問いについては、少しばかりの長い説明を要するだろう。単純に、事情を知らぬ者に通り一遍の講釈をするだけならば――そう、上流階級の子女達が通う、世俗から完全に隔離された、旧時代的な私立進学校、凡俗には縁のないお嬢様方の有機栽培《さいばい》所――とでも言えばいいだろう。対外的には、そういうことになっているのだから、それで別に、嘘《うそ》はついていない。

実際にそういう側面もある。

しかし――そうでない側面もある。

四神一鏡――赤神から檻神までの五大財閥を背後に置き、日本のER3システムとも言われることもある神理楽《ルール》の組織と太い繋がりを持つ、身寄りのない子供達、行き場のない子供達、後腐れのない子供達を蒐集した、血なまぐさい傭兵育成機関――それが、澄百合学園の、知られざる側面……否、ずばりその中核と、言うべきか。

年端もいかないいたいけな少女達を、ある意味殺人鬼よりもタチの悪い、殺戮《さつりく》と戦略の兵器に作り上げる——それが『教師』である市井遊馬に課されている『仕事』なのである。

仕事だから、それはいい。

と、遊馬は思っている。

この世の中には、そういう世界があって、それを否定してしまっては全てが成り立たなくなる、全てが立ち行かなくなる、そういう場所が——そういう居場所が必要な人間がいることを、市井遊馬は、知っている。

人生なんてものは結局のところプラスマイナスが平坦になるようにできているんだよ——なんて、そんな思い上がった戯言《ざれごと》を吐ける人間が、間違いなくプラスであることを、知っている。

だから。

自分の仕事は、道路整備のようなものだ——と。

遊馬は——思っている。

公共事業だ。

世界の辻褄《つじつま》合わせなのだ。

ただし——

「先生。どうですか？」

背後から——声を掛けられた。

萩原子荻だった。

ジャージ姿、ラフにくくった髪の毛。

容貌から仕草から立ち振る舞いまで、とにかく大人びているので、うっかりすると忘れてしまいそうになるが、——この子はまだ、中学一年生だったはずだ。

「…………」

澄百合学園はあくまで、傭兵育成機関であって——そのもの傭兵機関とは、全く種類が違う。たとえるなら自動車教習所のようなものだ——幼少時からその手の技術を叩き込んだところで、所詮は実戦からは程遠い。プロフェッショナルから見れば、彼女達はルーキーですらないのだ。高等部を卒業するところでようやく一人前——それがおおまかな基準である。

それでいいと思う。

それが『学校』の役割だ。

しかし——ごく稀《まれ》に、その基準を大きく逸脱《いつだつ》した生徒が現れることもあった。

それがこの十三歳、萩原子荻である。

十三歳——中学一年生にして、既に実戦部隊。

それも筆頭。

断トツの筆頭——だ。

かなり——末恐ろしい子供である。

否、それだけの問題ではない——末恐ろしいというのなら、中等部どころか初等部、普通ならランドセルを背負って小学校に通っているような年齢でありながら、子荻と同じく実戦部隊に組み込まれている、戦闘の化物——戦争の化身みたいな子供もいるが——

遊馬が恐ろしく思うのは、この萩原子荻が、戦闘能力というべきものを一切——所有していないという点だ。無論、いわゆる武芸十八般……弓術・馬術・槍術・剣術・水泳術・抜刀術・短刀術・十手術・銑鋧《せんけん》術・含針術・薙刀《なぎなた》術・砲術・捕手術・柔術・棒術・鎖鎌術・錑《もじり》術・忍術、その辺りの、最低限の基本的な技能は、一通り押さえてはいるものの——それは、それだけでは、一般常識の域を出ない。

そんな一般常識など出会う先から蹴散《けち》らしてしまっている実戦部隊を、その程度の底の知れた能力で、抑えつけてしまっているという事実——彼女の生まれの特殊性を考慮に入れたところで、それは十分に、異常と判ずるべきだった。

教師としてではなく——戦士としての市井遊馬の本能に、かなりダイレクトに訴えかけてくるものを、萩原子荻は莫大《ばくだい》にして膨大《ぼうだい》なだけの物量で、その身に抱え込んでいるのである。

少なくとも。

このままいけば、将来、間違いなく——彼女が、

澄百合学園の歴史に名を刻む生徒になることは、間違いないだろう。

否。

既に名前は、刻まれているかも、しれない。

過去に一人だけ——確か、『空間』を自由に操ることが出来ると謳《うた》っていた、それまた飛び抜けた『優等生』がいたが——在学中の時点で萩原子荻に匹敵した生徒がいるとするなら、それは彼女くらいのものだろう。

もっとも彼女は、高等部の時点で、澄百合学園を『中退』してしまったのだが……。

「先生——市井先生。あの、どうですか、とお尋《たず》ねしたのですけれど」

「え？　ああ……そうね」

「確かに先生は、今回、あくまでサポート役として協力してもらっているだけとは言え……だからって、あんまり気を抜かないでくださいね。私の都合を差し引いたところで、先生にだって、いざってこともあるのですから」

「大丈夫よ。仕事はちゃんとするわ」

言って——

遊馬は、手元の綾取りに、集中する。

赤い糸。

綾取り。

目を閉じて。

山全体を——己の一部品のように。

「……南側から——一人入ってきたのは、さっき言った通り。のんびりとしたペースで、こっちに向かっているわ——なんだか、右腕をかばうように、歩いているわね……怪我でもしているのかしら？　ふうん……背は低め、歩幅が小さい……。多分、これがあなたの言うところの『彼』——気になる『彼』って奴ね……」

「そう。やっぱり来ましたか。よかったよかった」

「やっぱりって、そんな気軽そうに——あ！」

「どうしました？」

「北側から――二人、来たようよ……かなり背の高い男が、二人……二人とも、かなり脚が長いな……日本人離れした体格って感じ。一人は、帽子を被っているみたい……ふむ」

「帽子を被ってらっしゃるのは、シームレスバイアスさんでしょうね――よかったよかった。もう一人は？」

「うん――もう一人は、脚も長いけど、腕もまた、随分と長いわ――これだけの情報で判断するのは早計かもしれないけれど、ま、多分、間違いないでしょ」

「そう。マインドレンデルさん――今回は、いらしていただけたというわけですね。よかったよかった」

「一応、雀の竹取山の範囲外のところまで、ざっと調べてみているけれど……、うん……、そうね、これで、とりあえずはおしまいみたい……時間的に考えても、どうやら――あちらさんの人数は、この三人――だけみたいだね。萩原さん――あなたの、予測通り」

「そうですか。まあ、そんなところでしょうね。よかったよかった」

　戦場においてもっとも判断の難しいところの、『敵』の人数を、寸分狂わず当てて見せたというのに――まるで当然だと言わんばかりの、子荻の態度。

予測通りではなく――予定通りだと言う風に。

仕組んでいた通り――とでも、言う風に。

　いや、それだけじゃなく――そもそも、最初の一人、『彼』とやらの来訪を、どうやら始めっから当然のものとしていた時点で――

　遊馬はその事実に――ゆっくりと、目を細める。

「ねえ――是非とも教えて欲しいんだけれど、あなた、どうやって、こういうのって、わかっちゃうわけ？　なんか不思議な情報網でも持っているの？　本当にもう、脱帽って感じなんだけれど」

「別に――この程度でしたら、情報網を使う必要もありませんよ、先生。何となく、感覚でわかってしまうだけです――まあ、他ならぬ先生の質問ですから、もう少し正直に答えてしまいますが、基本的にはハッタリなんですよ。ハッタリと、その場凌《しの》ぎの言い訳みたいなものです。三人よりも少なければ単純に万々歳なだけですし、もし三人よりも多かったとしても——あらかじめ、十分に対応できるだけの『策』を、こちらは用意していますから。面倒臭がらずに準備を怠《おこた》らなければ、思惑通りにいっても思惑通りにいかなくても、結局は同じなんです——だからこそ、余裕をもって、構えられるというわけです」

「…………」

嘘臭い、と遊馬は思う。

まあ、元より、相手が教師だからと本音を言うような、健気《けなげ》な生徒では決してないのだが。

世の中を見下して——生きている。

歴然とした事実以外は、何も信じていない。

「それに——私に言わせれば、先生の技術の方が、よっぽど脱帽モノですよ。他に代替できる者のいない、貴重で稀《け》有《う》な能力です。そんな、岩に気軽に腰掛けただけの姿勢のままに——この雀の竹取山、五キロ四方を、完全に掌握してしまっているというのですから——」

「……あなたに褒められるのは、どうも複雑ね。まるでなんだか、『利用価値がある』と、折り紙をつけられた気分だわ」

「素直に受け取ってくださいよ。ただの褒め言葉なんですから」

「どうだか——」

市井遊馬——通称、ジグザグ。

病蜘蛛《ジグザグ》。

曲絃師《きょくげんし》、と呼ばれる空想的な技術者がこの世界には実在するのだが——遊馬はその、成り損ないなのだった。

それは、噛み砕いて言うなら——糸使い。

糸使いと一口に言っても、その範囲はかなりの多岐に亘るのだが、その全てを集約する形の最高位——それが曲絃師と呼ばれる術者達である。

『達』というほどに、実在はしないのだけれど。

曲絃糸——と言う。

目に映らないくらいに極細の糸を、己の肉体と接続されているかの如く自由自在に操り、時にその糸は刃物よりも鋭く、対象の肉体を切り裂き、時にその糸は鎖よりも強固に、対象の肉体を拘束する。多数対一や、待ち伏せの状況などでは非常に有用な、多角的に使用可能な技術であり——遊馬は更にそれを、独自の方法論で、発達させている。

成り損ないがゆえに正当性、正統性には大いに欠けるが——しかし、成り損ないではあっても出来損ないではない、そうであるがゆえの利点がある——と遊馬は思っている。

一部において曲絃師以上に曲絃師である、と——

ジグザグと呼ばれながらも、とうとう曲絃師になれなかった、なりきれなかった、なることを諦めてしまった、それは彼女なりの負け惜しみではあるが——しかし、それだけにかえって見栄も衒《てら》いもなく、逆説的に真理をついていると言えた。

ただし、今回の遊馬は戦闘要員ではない。

たとえ子荻にどれほどの確信があったとしても、その尻馬に乗っかるだけの形で、正面切って零崎一賊の向こうを張ろうというほど、遊馬は愚かではないのだ。

無論、そんなことは子荻も十二分に承知している。

だから、今回の遊馬の役割は——哨戒《しょうかい》兵器。

レーダーとしての存在。

最初から、戦力外の戦力として、数えられているのである。

「……雀の竹取山——その周辺まで含めて五キロ四方。極細も極細、攻撃能力など皆無、防御能力もまるでなし、人が触れればそれで切れてしまうような弱小の糸を——その全てに張り巡らせている。ゆえに——その範囲に限って言うならば、私に把握できない動きはない……けれど、萩原さん」

「なんですか？」

「あまり長時間は無理よ——糸が切れた部分は、次々に修繕《しゅうぜん》しているけれど、実際、今も、そうしている真っ最中だけれど……使える糸にだって限度があるし、私の精神にだって限界はあるんだから。そうね——いいところ、もってあと一時間といったところよ」

「一時間。それだけあれば、万全です」

自信たっぷりに——子荻は言った。

「それじゃあ、早速、皆さんに連絡をしてあげなくてはなりませんね——もたもたしていて、ここまで辿り着かれてしまったらいけません」

「ああ。それはどうやら不要のようよ」

遊馬は言う。

「既に三人とも——それぞれの敵に向かって、動き出しているわ」

◆　◆

零崎軋識——『愚神礼賛《シームレスバイアス》』。

当年とって二十七歳。

彼は恋する殺人鬼である。

十四歳の少女に——思いを寄せている。

それは愛しているというほどには積極的ではないし、好きだというほどに消極的でもない——軋識の言語感覚で言うなら、彼女のためになら死んでもいいとは思うが、自分のために彼女を殺そうとは思えない——と言ったところだ。

恋している。

その少女のことを——恋しく思う。

無論、そんなことは——誰にも言えない。

言えるわけがない。

二十七歳の青年が十四歳の少女に対して、というだけでも体面が悪いというのに——軋識は、零崎一賊に所属する、この世で最も忌避《きひ》される殺戮集団の一人なのだから。

そんなこと、彼女にすら、言えない。

自分で思うだけでも、悶《もだ》え苦しむというのに。

同じように彼女を慕っている『同志』の中ですら——軋識の素性を知っている者は、たった一人しかいないのだ。

——彼女は。

一体どう思うだろう。

果たして——一体、どう思うだろう。

殺人鬼。

軋識が殺人鬼であるということを、知ってしまえば——彼女は一体、どんな風に、思うのだろうか。案外どうとも思わないのかもしれないし——あるいは、異常なほど敏感な反応を示すかもしれない。いずれにせよ、彼女が何をどう思い、どういう思想の下に動いているのかなど、軋識ごときには測るべくもない。

彼女は軋識にとって、特別なのだ。

それくらいまでに——特別なのだった。

零崎一賊の中で最も異端視されているのは間違いなく、今回、行動を共にしている零崎双識だし——零崎一賊の中で軋識が最も危険視しているのは、同じく零崎人識なのだが——

一賊の行動原理の他にもう一つ、基準となる軸を持っているという点において——客観的に見れば、異端なのも危険なのも、自分をおいて他にないのかもしれない——と、軋識は、思わなくもない。

いや、多分、そうなのだろう。

その通りなのだろう。

そんな状況がありえないように、常に気を配ってはいるものの——もしも、あの少女が零崎一賊を敵視したり、またはその逆で、零崎一賊が『彼女達』を敵と看做《みな》したりしたとき——一体自分はどういった行動に出るのだろうかと考えると——

軋識は答が出せない。

全くわからない。

アイデンティティの問題——あるいは本能の問い。

——もっとも。

うまく立ち回っている内は、今の状況というのは、さして悪くはないのだ——悪いばかりではないのだ。実際、今回の件にしたって、赤神家の令嬢が己の妹を殺害してしまったという情報は、軋識の『同志』から仕入れている。かように、軋識の所属を零崎一賊と固定して見たとき、その『課外活動』は、思いのほか有用なのだ——だから。

だから。

零崎軋識のもう一つの名前を知っていた、あの『狙撃手』だけは——何があっても、絶対に殺さなくてはならない。殺さなくてはならない対象だ。最悪の場合、それは、軋識が恋する彼女に対する障害とも、なりうるのだから——もしも双識の言う通り、今回、このケースに、あの、人を小馬鹿にしきっていた『狙撃手』が絡んでいるというのなら——それは、軋識にとっては、望むところだった。

零崎一賊。

十四歳の少女。

ああ、そう言えば——それは、人識と——同じ。

同い年。

いや、だからどうということもないが。

ただの偶然だろう——否、年齢が同じであることぐらい、偶然の範疇《はんちゅう》にも入るまい。

えっと……年齢といえば、確か、双子の妹を殺したという、赤神家の跡取り娘の年齢も——同じくらい……だったか。双識からしてみれば、それは『妹』に相応《ふさわ》しい年齢かもしれないが、二十七歳の軋識からしてみれば、いいところ、『姪《めい》っ子』くらいだろうか——と。

軋識がそこまで考えたとき。

目前に——その女は、現れた。

雀の竹取山に入って——まだ十分くらい。

三合目までも、差し掛かっていないだろう。

双識と並んで、適当に周囲を警戒しながら、明らかにフェイクとして仕掛けられていた、トラバサミやら捕縛網やら何やらの原始的なブービートラップを軽く避けながら——あしらいながら、登ってきた、道とも言えないような獣道の、その正面。

突然——その女は、そこにいた。

消していた気配を、明らかにした——のだろう。

解き放った——というべきか。

脚を大きく開いて、仁王《におう》立ち——

問いかけるまでもなく、明らかに、敵対行為。

ここは通さないという、意志表示だった。

強固な意志だった。

「…………………」

その女の奇妙な出で立ちに——軋識は、ごくりと唾を飲み込んで、慎重に構えながら、肩に提げていた、筒型の鞄を、引き下ろす。たとえ敵や、あるいは障害でなかったとしても——それだけで十分警戒に足る、その女の風体《ふうてい》だった。

メイド服である。

足首まで隠れる長いスカートの、メイド服。

それはあるいは、エプロンドレスと言い換えることも可能だったが……だが、そんな換言に、さほど意味があるとも思えない。何故なら、その女の最も特筆すべき特徴は、そのメイド服にすら、ないからだ。

女は——鉄仮面を被っていた。

分厚い——フルフェイスのヘルメットのような、奇抜なデザインの、黒光りする、鉄仮面。目の部分は深くくりぬかれているが、しかし、その奥も暗く——当然のことながら、表情は全くと言っていいほど、窺えない。

メイド服に鉄仮面。

これまで軋識が見たこともないような、異様な取り合わせだった。シュールというにも限界というものがあるだろう。しかし、それでも、鉄仮面とメイド服がこうもお互いを引き立てあうというのは、ちょっとした驚きではあった。

「うふふ——素敵だね」

さすがに度胸――あるいは踏んでいる場数が違うのだろうか、零崎双識はそんな鉄仮面、それにメイド服なんかに、まるで全くひるむところを見せず――どころか、むしろ親しげに両手を広げながら、一歩踏み出して、勇猛果敢にも、その女に、声を掛けてみせた。

「いい仮面じゃないか――うふふ、まるで時代錯誤だ。素晴らしいなあ、美しいなあ。しかも、鉄仮面で武装しておきながら、素手というのが気持ちいいね――それとも、ひょっとして、そのスカートの中に刃物でも隠しているのかな？　ふむ、思い至ってみれば、その長過ぎるスカートは、確かに如何《いか》にも怪しいな。うんうん、これはどうやら身体検査が必要だね――」

一歩、一歩、一歩と――

メイド仮面に近付いていく双識。

言いながら、さりげなく、己の背広の懐《ふところ》に――右手を差し込む。零崎双識の背広のそちら側には、特別製のホルスターを模したポケットがあって――そして、そのホルスターには、彼の得物が装備されて――

七歩目――くらいだっただろうか。

踏み込むと同時に――メイド仮面は動いた。

双識の顔面――

鼻先を掠《かす》めるような、超高速の、ハイキック。

踵《かかと》から入る――後ろ回し蹴り。

風圧が軋識まで届くくらいの――蹴撃《しゅうげき》だった。

「う、うおおおっ！」

ついさっきまであんなに余裕ぶっておきながら、恥ずかしげもなくみっともない情けない悲鳴をあげつつ、双識が一気に七歩、軋識の側に戻ってきた。

いきなり息が荒い。

ものすごい量の冷や汗をかいていた。

「気をつけろアス！　あいつは敵だ！」

「……分かってるっちゃ」

今気付いたのかよ、と突っ込む気にもなれない。だったら何だと思っていたのだろう。

「しかもあの女、スカートの下にスパッツを穿《は》いていやがった……あんな物体、大人の女性が穿くものなのか？　かなりのがっかりだぞ」

「俺はお前にがっかりだっちゃ」

「何を言う、大事なことだろう。これから先我々は何を楽しみにあの女と戦えばいいんだ。私はもう完璧にやる気をなくした。なんて空々《そらぞら》しい人生なんだ、もう夢も希望もありゃしない。神は果たして死んだのか」

「そうかそうか。ところでレン、ひょっとしてお前も敵なんじゃないっちゃか？」

見れば——

メイド仮面は、その場から、少しも動いていない。

双識に蹴りを向けた足も——

元の位置に戻っている。

寸分狂わず——元の位置に。

そして——何も言わない。

どうやら向こうから襲ってくる気はないらしい。

——受動態。

受身の戦法——のようだった。

「ふむ……見たところ、どうやら、『とおせんぼ』するつもりらしいね——『ここから先は通さない』ということか。うふふ。おいきみ。私の名前は零崎双識という——私達は少し急いでいるんだよ、意地悪しないで、通してくれないかい？　通してくれたら、お友達になってあげるよ」

またもこりずに親しげに、双識はメイド仮面に声を掛けたが——あちらからは、何の反応もなかった。あらゆる意味での、リアクションを返してこない。果たしてリアクション能力が皆無なのか、まるでそういう置物であるかのように、微動だにせず、行く手に立ち塞がっている。

「うふふ——和平交渉の余地は無しというわけか。参ったな。しかし私の和平交渉って、成功したことが一度もないなあ……どうする？　アス。二対一だぞ」

「ふうむ……」

言われて——軋識は思考する。

今の動きを見る限り——相手は、恐らく体術のエキスパートだろう。何かの拳法を極めているはず……。

軋識の角度からではそれは見えなかったが、双識は、彼女がスパッツを穿いていることを確認している——つまり、逆に言えば、双識がその他の点に全く触れていないということは、メイド仮面があの長いスカートの中に、何らかの武器を隠し持っているという線はない——ということだ。いくらなんでも、スパッツに気がいって武器を見落とすなんてミスを、双識はしないはずだ。しないものだと、信じたい。

ならば——あのスカートは、袴《はかま》に近い。

となると、合気道か、古流柔術……ぱっと考えられるのは、その辺りか……。

鉄仮面は武装と言うより単純な変装だろう。

敵対する者を周囲ごと皆殺しにしてしまうのを金科玉条というより基本方針とする零崎一賊の者に、顔を見られることを避けるため—なのだろうと思う。

つまり——素手。

全くの徒手空拳。

対してこちらは——武装済み。

『愚神礼賛《シームレスバイアス》』と『自殺志願《マインドレンデル》』。

ただし……

軋識は双識を、横目で窺う。

そして、すぐに結論を出した。

「……先に行け、レン」

「ん？　どうしてだい？」

きょとんとした表情を見せる双識。

「久々に、きみとタッグを組んでのコンビネーションというのも、悪くないだろうと私は考えていたのだが——」

「韜晦《とうかい》は結構、時間の無駄だっちゃ」

きっぱりと、軋識は言った。

「お前じゃ女を殺すことは出来ても、女と戦うことは出来んっちゃろ」

「ん。おやおや――これはこれは、随分と見透かしたみたいなことを言うじゃないか、言ってくれるじゃないか、このマインドレンデル、『二十人目の地獄』に対して」

「深くはなくとも、長い付き合いっちゃ。そのくらいは分かる――ここは俺に任せて、先に行くっちゃ。なに、すぐに追いつく」

　軋識は、ひらひらと、手を横向きに振った。

　それを見て、零崎双識は――

　うふふ、と笑って。

　それ以上躊躇することも、余計な会話を重ねることもなく――素早く、俊敏に身体の方向を変え、最早《もはや》獣道ですらないただの竹藪へと、頭から突っ込んでいった。

　竹を掻《か》き分けることもせず――

　強引に、無理矢理、割り込むようにして。

　メイド仮面は――それに、全く、反応しない。

まるでそれが最初から分かりきっていたことであるかのように――零崎双識の逃走を、ただ普通に、何もせずに――見逃した。

　その態度を、軋識はさすがに、怪訝《けげん》に思ったが――しかし、鉄仮面で表情が読めない以上、相手の心理を読もうという行為は無駄だと判断し、それについては、考えるのをやめた。

　どうせ、考えたって意味がない――

　これから殺す対象の、くだらない心情など。

「悪いっちゃが――俺はあの甘ちゃんとは違うっちゃよ。俺はレンとは違う――相手が女だろうが子供だろうが、全く関係なく戦って殺す。自分で言うのもおこがましいが、自分で言うのもおぞましいが、零崎一賊史上最も容赦のない殺人鬼――それがこの俺のことだっちゃ。お前はただの、俺の殺人歴史の記録《レコード》の一環として、ここで死ぬ」

　鞄から――彼の、得物を、取り出す。

『愚神礼賛《シームレスバイアス》』。

　彼の通り名であると同時に――得物の名でもある。

分かりやすく言うなら『釘バット』。

　しかし、野球やソフトボールで使用するあれらが『バット』の定義であるというのなら、それはとてもではないが、『バット』とは言えない――『バット』の範囲には、含められない。鉛《なまり》を固めて創造されたその凶器は、そう、昔話に登場する、まさしく『鬼』が持つ――『金棒』に近い。

　半端《はんぱ》でない重量――半端でない破壊力。

　暴力と悪意、残虐《ざんぎゃく》と殺意をそのまま形にしたような『愚神礼賛《シームレスバイアス》』が――零崎軋識の武器である。まるで、零崎軋識という概念を、そのまま具現化したかのような、それこそが――

「――っちゃ！」

『愚神礼賛《シームレスバイアス》』を鞄から抜き出すと同時に――あたかもそれを真剣の居合い抜きのようにして、軋識は、下段から上向きに、『愚神礼賛《シームレスバイアス》』を振り抜くように、メイド仮面に向かって、飛び掛った――零崎双識の歩幅で七歩分、零崎軋識の歩幅では八歩半分の距離を――一気に、一息に、詰める！

　だが――振り抜いた先に、メイド仮面はいない。

　空振り、だった。

「…………！」

　たん。

　足音が――背後から、聞こえた。

　この獣道で――不意打ち気味の『愚神礼賛《シームレスバイアス》』を避けるどころか、一気に、一息に、背後まで、取られた――！　そんな驚愕に襲われながらも、軋識が反射的に振り返れば、『愚神礼賛《シームレスバイアス》』の間合いからぎりぎり外れるくらいの距離で、左足を大きく後ろに引いた形……右前の形で、両の拳《こぶし》を構える、メイド仮面の姿があった。

　無言で――構えている。

　鉄仮面で、表情は、変わらず読めないが。

　それでも――彼女が強く強く、軋識を睨みつけていることくらいは――感覚で、理解できる。

「なんだろうな、これは……ひょっとして、あれっちゃか？　相手にとって――不足なしってところっちゃか？」

軋識は、語りかけるが――返事はない。

メイド仮面は、ただ――構えているだけ。

「いいだろう――これならどうっちゃ！」

そして、軋識の二撃目が――

雀の竹取山――第一試合。
零崎軋識対メイド仮面――開始。

◆　　　◆

「……始まったみたいよ」

遊馬がそう言うと、子荻は、

「そう」

と、頷いた。

「本当のことを言えば、こちらの指示を待たずに勝手次第に動かれても、困るんですけれどねえ……まあいいか。結果的には、同じことなんだし」

「…………」

それは興味があるんだかないんだか――みたいな、どうも頼りない態度だったので、基本的には不干渉を決め込んでいる遊馬も、逆にそれが、気にかかってしまった。

案外それも、子荻の思うままなのかもしれない。哨戒兵器として協力しているだけのつもりが、しっかり使われているのかもしれない――が。

まあこれくらいなら干渉の内には入るまい――と、自分の基準で判断を下し、遊馬は、子荻に、質問した。

「あのメイドさん……どういう人なの？」

「どういう人って――どうもこうも、先刻言った通りですよ。千賀《ちが》てる子《こ》さん。赤神家というより、あのお嬢様だけに仕える――お嬢様が生まれたときから、ずっと身の回りの世話を勤めてきた、家族以上の存在。まあ、忠誠心の塊《かたまり》と言ったところでしょうか」

「忠誠心ね……やけに触りのいい言葉だけど、それってどうなのかしら。千賀てる子——でも、あのメイドさんは、どうも、他の二人とは、全く種類が違うみたいだけれど……？」

「ああ、ひかりさんとあかりさん——そうですね。あの二人は、あくまでメイド、世話役としての本分を外さないプロフェッショナルですが——てる子さんは、こういうときのために存在する、警護者守護者——ということらしいです」

「澄百合学園の関係者——ではないのね？」

「ええ。あくまで、赤神家の所属者というだけ……お抱えというか、秘蔵の戦士の一人といったところでしょうか。今回は特別に、力を貸していただけることになりました。ラッキーでしたね」

「ラッキー……よく言うわね。ほとんど詐欺《さぎ》みたいなものじゃない」

呆れ顔の遊馬。

それがどれくらいの強引なやり口であっただろうかということは、その『お嬢様』を『罠』の『餌』に利用する際に繰り広げた理論武装からも、予想がつこうというものだ。

「けれど——どうなの？　お嬢様に対する忠誠心はいいけれど、それだけであの『愚神礼賛《シームレスバイアス》』……零崎軋識を押さえ込めるものなの？　今のところ、どうやらいい勝負しているみたいだけれど……」

「一対一になっているなら、大丈夫ですよ。零崎一賊は集団の癖に、どうも、最初の内は、一対一の勝負に傾倒するところがありますからね——個人主義って奴ですか？　その方が、こちらとしてはありがたいんですけれど。まあ、そもそも、あまり人数の多い集団ではありませんからね……。ところで先生——もう一度だけ確認させてもらいますけれど、てる子さんと戦っているのは、シームレスバイアスさんなのですね？　マインドレンデルさんじゃなくて？」

「ええ——マインドレンデル、零崎双識は、零崎軋識にその場を頼んで、先に進んだみたいだわ。間違いない。それは、あなたの計画通りなのよね？」

「ええ。さすがに『二十人目の地獄』の相手は、てる子さんでは少しばかり荷が重いでしょうから……それに、性格がうまく読めないのですよね——マインドレンデルさんの場合。有名な割に情報がほとんどありませんし、私としては今回が初対面になりますから——だから、できれば一番強力な駒《こま》をぶつけておきたかったんです」

「……『駒』ね。いい表現だわ」

「あら、言い方が悪かったでしょうか？　差別的な語感になってしまいましたか？　でも——それでも、あの方の場合は——」

「わかってるわよ。いい表現というのは——この場合、文字通りの意味なんだから」

遊馬は——子荻に皆まで言わせず、頷く。

そして——その場所に気を配る。

綾取りの、糸を通じて——気を配る。

そこにいる——そこに構える、一人の男に。

あのおぞましき——暗殺者に。

「あれは確かに、『駒』としか、言いようがない」

◆　◆

零崎双識——『自殺志願《マインドレンデル》』。

『二十人目の地獄』とも呼ばれる。

零崎一賊の切り込み隊長にして特攻隊長、恐怖と絶望の首斬役人——ある意味この世界で、最も有名な殺人鬼の中の一人に数えられるかもしれない。さすがにあの『寸鉄殺人《ペリルポイント》』に関してだけは、後塵《こうじん》を拝することになってしまうのだろうが——しかし、それにしたって、実力と発言力を加味すれば、彼が位置するその立場が、零崎一賊全体にとってもかなりの重要性を帯びていることは、これは、間違いがない。異端でありながら、零崎一賊の代表者——そう言ってしまって、よいだろう。

　さっきのメイド仮面に対しては、とうとうそれを取り出すところまで場面が進行しなかったが、零崎軋識が『愚神礼賛《シームレスバイアス》』という『釘バット』、独自独特の得物を持っているように、零崎双識も『自殺《マインド》志願《レンデル》』という、それがそのまま己の通り名と化すまでに愛用している、一個の得物を所有する——それは、大きな鋏の形をした、刃物だった。

　半月輪の形をしたハンドルの、鋼《はがね》と鉄を鍛接《たんせつ》させた両刃式の和式ナイフを二振り、螺子《ねじ》で可動するように固定した合わせ刃物——形状だけ見るならば軋識のそれよりもまだ常識的だが、常軌の逸脱性でいうなら、こちらの方が遥かに上だ。

　鋏の形ではあるが——鋏には、とても見えない。

　今は——それを、取り出している。

　右手で、それを閉じたり開いたり、しゃきしゃきと鳴らしながら——時折無造作に、その辺りに生えている竹を、まるで紙細工のようにざくんざくんと切断しながら——

　彼は、歩いていた。

　雀の竹取山を——歩いていた。

『自殺志願《マインドレンデル》』を振り回しながら——その行動は、はっきり言って、わざと深い足跡を残しながら歩いているようなものだった。無用心も無警戒も甚《はなは》だしい。実際、彼を追跡する者があったとすれば、それはかなり容易だっただろう。自分が通った痕跡《こんせき》を、かなり露骨な形で、意図的に刻んでいるのだ——まるで童話のヘンゼルとグレーテルである。百メートル離れた場所からでも、簡単に追いかけられる。

　後から来る軋識が迷わないよう——ではない。

　迷っているというなら、正規のルートを外れてしまった、頂上までの最短距離を外してしまった双識の方が、よっぽど迷子なのだから。

　それに——すぐに追いつくとは言っていたものの、あのメイド仮面はかなりの強敵だろう……まさか軋識が負けるとは思わないものの、数分で決着がつく相手だとは思わない。

思えない。

ならば双識がするべきことは、軋識が身体を張ってまで彼を先に進めてくれたことが無駄にならないよう、一刻も早く頂上まで駆け上ることなのかもしれないが——しかし、双識はその選択肢を、あえて選ばなかった。

「……私を先に進めてくれたアスには、悪いけれど——それに、囮として先に送り込んだ、人識くんにはもっと悪いけれど——ね」

最初に予想していた通り——

これは、『罠』だった。

それはもう、確実である。

でなければ、あんなところで、仮面を被ったメイドが待ち構えているわけがない——あの仮面を、いわゆる『零崎対策』と見るならば、向こうは零崎一賊がこの山にやってくることを、あらかじめ知っていたということになるからだ。ただのボディーガードなら、顔まで隠す必要はあるまい。あんなものは、必要最低限の用心とは、とてもじゃないが、言えないだろう。

——ならば。

ならばむしろ——そちらに重点を置く。

零崎双識は——とりあえず、そう決めた。

赤神家の令嬢が零崎であるかどうか——この先零崎に『成る』かどうかというのは、家賊第一主義の双識にしてみれば、かなり優先順位の高い問題だが、しかし、それならばこそそれよりも——待ち構えている『罠』を、全て打ち砕いておく方が、より先決だろう。

——メイド仮面はアスに任せておけばいいとして。

一体この先、この山にはあと何人くらい——ああいうのが準備されているかというのが——大事な問題だ。

「ん……とは言っても、ねえ——」

どうやら向こうは、零崎に対するやり方というものを心得ているらしい――ということは、数に任せて攻撃を仕掛けてくるような愚かな真似は絶対にするまい。あのメイド仮面が単体だったことからも、それは明らかだ。少数精鋭――それもかなり、絞ってくるはず……こちらの人数に合わせてくると考えるのが、妥当か……

では――三人くらい。

多くても――四人、か……。

しかしそれでは――最初からこちらの人数がばれていたことになる……さすがにそれは、ないか……？　しかし、どうだろう、軋識から聞いた、その『狙撃手』のことを考えれば――あのときの零崎関係者は、正に、人識、軋識、そして、そもそものことの原因である、双識……

――ふうむ。

なんだか――嵌まり過ぎだ。

まるで――誰かの、手のひらの上に、いるような……。

「参ったなあ――うーん、久し振りの戦場だから、自分がこういうときにどういう対応をするキャラだったのか、いまいち思い出せないや……まあいいか、来月までには思い出すことにしようっと」

呟きつつ、ハンドルに左親指を引っ掛け、くるくるくると、『自殺志願《マインドレンデル》』を器用に回転させながら――

「うふふ」

と、双識は笑った。

特に意味があるわけではない――といって、別に双識は、逆境に興奮を覚えるような、そんな戦闘狂とは程遠い。双識は、零崎一賊きっての平和主義者なのである――無論、あくまでその範囲を、零崎一賊に限っての話だが。

しかし、それでも。

「うふ――うふふ」

彼は、薄笑いを浮かべる。

――さて、しかし、『妹』ねえ。

赤神家の人間が――零崎一賊。

そんなことがあったら、世界は根底から引っ繰り返ることになる——この世界を支配する四大勢力の内、二つまでもが重なるなんてことがあれば——全てという全てを、最初の一から練り直さねばならなくなるだろう。

世界の崩壊だ。

あるいはそれは——世界の終わりかもしれない。

軋識辺りは、色々考えているようでいて、そういった事象にはいまいち疎いから、その重要性というものを、あまりよくわかっていないようだけれど——まして、あの人識なんかは、言うに及ばずだ——一賊の切り込み隊長として、世界中の色んな出来事に首を突っ込む機会の多い零崎双識にしてみれば、それは只の事実とは——違う。

世界。

世界が——直接的に、絡んでくる。

ことによっては——それは、零崎一賊の鬼子、純潔にして純血の零崎——零崎人識の存在よりも、更に重きを置いて、隠蔽隠匿《いんとく》しなくてはならない最優先事項なのかもしれない。そう、赤神財閥が、その双子の跡取り娘の存在を、既になかったことにしようと動いているのと、同様に……。

——それはさておき。

「妹は、是非《ぜひ》とも欲しいところだからね——個人的なことを言わせてもらえるならば。今回、たとえアテが外れたところで、いつか、出会えるといいなあ——可愛い可愛い、私の妹。ツンデレだったらいいなあ」

その上で、あんなことやこんなことやそんなことまで、積極的にしてくれる、献身性の高い妹だったら最高なのに——と。

双識がそこまで考えたとき。

彼は——狙撃された。

雀の竹取山に入って十五分くらい。

まだ五合目にも——達していない。

脇腹の辺りに——衝撃が走った。

その衝撃にそのまま吹っ飛ばされ——すぐ隣の竹の群れに飛び込む形になり、竹が、その生物学上の特性により、柔軟にしなったことで、ダメージは半分以上緩和《かんわ》されたが——そのまま踏ん張ることまでは出来ず、双識は、ずるずると重力に従い、尻を地面についてしまうことになる。

そこに第二弾。

今度は顔面だった。

額《ひたい》に衝撃。

鞭《むち》打ちになるほどの勢いで、頭部が後ろに弾かれる——今度は衝撃を殺すことはできなかった。全部のダメージを、頸部が引き受ける結果となった。これはまずい、と一瞬で判断し、双識は横向きに転がり、その場から逃れる。その間にも——身体のあちこちに、集約された鋭い衝撃が、走った。

弾丸を、打ち込まれているかのような。


——しかし。

弾丸を脇腹やら額やらに打ち込まれて、こんな風に無事で済むわけがない——否、無事ではないが、こんな風に考え続けることなど、できるわけがない。それに——弾丸だとしても、この攻撃、全くの無音で行われている……火器を使用しているとは、とても、思えない……。では、なんだ？　どういうことだ？　何が起こっている？　一体今——何をされている？

這うように、とにかく思考を中断し、取り敢えずはこの場を離れることだけを考えている内に、また額に来た——しかし今度は正面からではなく、横から掠めるくらいの形で、額に当たったそれは——跳弾《ちょうだん》して、すぐ下の地面に、刺さるように直線的に、落ちた。

「…………っ！」

とにかく——無我夢中の内に、双識はそれを拾う。

そして、そこでようやく体勢を立て直し、大鋏

——『自殺志願《マインドレンデル》』で、目前に並ぶ竹を片っ端から切り倒し、自ら道を作り上げながら——徹底して、逃走した。

「うふふ——うふ！　さっきから、なんだか、どうも、逃げて、ばかりだな——」

自嘲《じちょう》気味に言いながら。

手の内のそれを、双識は、確認した。

「………ちっ」

確認し、直後——舌打ち。

見れば一目瞭然《いちもくりょうぜん》だった、それは——

「……なるほどね——小賢しく、色々と、考えて、来てやがる——！」

それは——ゴム弾だった。

弾丸の形を象《かたど》った——ゴムの塊。

そう、そうしている内にも、背後から——

「くそっ！　メイドの方がよかった！　スパッツなんて頼んで脱いでもらえばよかっただけじゃないか！　なんてことだ、その程度のことに頭が回らないとは情けない！　自分で自分が恥ずかしい！　畜生、とんだ貧乏籤《くじ》を引かされたみたいだぞ、これは！」

◆　◆

…………。

…………。

…………。

…………。

零崎双識の背後——というべきなのか。

それとも、正面というべきなのか。

右側か、それとも、左側か。

上か下か。

とにかく——

少なくとも、零崎双識の周囲のどこか——どの方向かに、その男はいた。

完全に気配を消して——そこにいた。

否——その男には、元々、気配など、ない。
さすがに、『糸』の件があるから、市井遊馬には、彼の居場所はばれているだろうが——しかしもしも、彼女が彼の姿を捉えようとしたならば、そのときには即座に、身を隠す準備がある。
身を隠すのは得意技だ。
彼は——暗殺者だった。
だから、誰にも姿を見られたくなかった。
殺す相手にも——誰にも。
その思想は、常軌を逸して、徹底していた。
「零崎一賊……というより、『殺し名』っていうのは、色々題目唱《とな》えたところで、結局、分かりやすくいってしまえば、アレなんでしょう……？　『殺意』を感じ取って、どんな物理的現象が生じるよりも先に……形而上ではなく形而下で、攻撃的意志を把握し……それが、可能で……ゆえに、攻撃速度、その指向性が完全に固定されてしまっている……銃器での攻撃が……一切、通じないんでしょう……？」
彼は——ぶつぶつと、小声で呟く。
その声は——誰にも聞かれたことのない声。
彼の直接のあるじ以外——誰も知らない声。
「プロのプレイヤーには拳銃が通じない……っていうのも、突き詰めてしまえば、それって、そういう理屈なんですよ、ねえ……？　結局……その理屈で、この前は……スナイパーライフルの弾丸でさえ、かわしてしまった……ですよ、ねえ……？　分かりますよ、その理屈……私自身、プロのプレイヤーで、あなたと同様、『殺し名』に属する者……なのですから」
そう言う彼の両手には——拳銃が二丁、握られていた。大口径の拳銃……見る者にそれだけで恐怖と畏敬《いけい》の念を抱かせる、コルト・パイソンを、片手に一丁、片手に一丁——
ただし——使用している弾丸は、本物ではない。
ゴム弾である。

単純な衝撃だけで言うならば、それでも洒落にならない——当たり所次第で骨くらいは折るだろう威力を発揮するが、それでも本物の鉛玉とは較べるべくもなく——少なくとも、人を殺すことはできない、そういう種類の、弾丸だ。

殺すことができない。

殺すことができない。

殺すこいとができない。

貫通力はほとんどゼロ——こちらの立場から言うなら何発当てようとも、あちらの立場から言うなら何発喰らおうとも——殺すことはできないし、そして、死ぬこともない……。

つまり——

『殺意』なき弾丸——そういうのは、避けられっこないってことでしょう……？　物理的に、肉体の反応速度が、弾丸を上回らない以上は、そういうことですよね……？　そういうことに、なりますよ、ね……？　だからこの場合、ライフルほどの弾速度は必要ありません……。だって、つまり、崖から落ちてくる岩は避けられないってことでしょう……？　落石注意の看板に突っ込みを入れる奴って、今時どうかとは思いますけれど……勿論、この二丁の銃器も、徹底的に今日のために改造済み《カスタム》……匂いを残すような火薬は一切使用しませんし、銃声も、最小限、聞こえない程度に留めています……ま、構造としては、ガスガンに近いんですけれど……」

そして彼は、右手のコルト・パイソンを、一旦脇に置いて、ポケットから、別のものを取り出した——

スタン・グレネード。

閃光音響手榴弾《せんこうおんきょうしゅりゅうだん》。

音と光で、一気に周囲を鎮圧する投擲《とうてき》兵器——

勿論、殺傷能力は、ない——

「全身の骨を砕かれてタコみたいになっても——筋肉が泥みたいにぐずぐずになっても——五感の全てを奪われても——そこに『殺意』さえなければ、対応できない……零崎一賊が恐らくその最たるものですが、『殺し名』というのは、全く、『殺意』に頼って戦うことに、慣れ過ぎています……故に、そこが付け入る隙となる。私は暗殺者ですからね……、零崎一賊を殺して、その標敵になるようなはしゃいだ真似は致しませんよ……私は貴方を殺すつもりなんてありません——だから、マインドレンデルさん」

彼の名は——闇口濡衣《やみぐちぬれぎぬ》。

陰にして隠。

暗部にして闇部。

殺意なき、悪意の暗殺者。

「私を——恨《うら》まないでくださいね」

雀の竹取山——第二試合。

零崎双識対闇口濡衣——開始。

◆　◆

「……まあ、盲点といえば盲点よね……。私達みたいな『外』の世界の住人に言わせれば、『殺し名』の連中の、最も特異で、最も恐るべきところは、連中が『殺意』ってものに、完全に精通しているって点だもんね——『殺意』に慣れ、『殺意』を使いこなすことを、当然としている……ならば、だからこそ、最初から殺すつもりがなければ、その利点を封じることができる——か。うん、理には適っている。でも……普通、そんなことするかなって感じなんだけれど」

「盲点——そうですね。確かに、そうは言っても、私なんかからみれば、姑息《こそく》な手段ですね」

「姑息？　それは卑怯《ひきょう》って意味？　それとも、その場凌ぎに過ぎないという意味かしら。どちらにしても、あんまり萩原さんらしくもない意見よね」

「そうですかね……そうかもしれませんね。まあ、どの道、あの人に関しては、やり方までは、私の指示ではありませんから。その辺り、口出しはしない約束なんですよ」

そんな風に、とぼけてみせる子荻。

遊馬は、ふうん、と、とりあえず頷いておいた。

まるで化かし合いだった。

「これは、敢えて訊かないでおこうと思っていたことなんだけれど……でも、気になっちゃったから、訊いておくわ」

「あら——先生が、自ら決めた領分を破るとは、珍しいですね」

「まだ領分の内の質問よ——その辺り、私の判断はシビアだから、心配はご無用。相変わらず私は、私の肉体も精神も、この戦闘とは全く別の座標に位置していると、認識しているわ」

「ですか。それは失礼しました。それで？　質問というのは、なんでしょうか？」

「闇口濡衣——通称、『隠身の濡衣』。そんな有名どころ——どうやって、あなたの陣営に組み込んだの？」


市井遊馬——その名前も、あるいはジグザグという通称も、この業界内ではかなり大きく轟《とどろ》いてはいる方だが、しかし、それだって、闇口濡衣の知名度よりは下回る。

それも、大いに——下回ることだろう。

『殺し名』の序列二位——『闇口』。

暗殺者集団。

序列だけなら零崎を越える。

ついでに言うならば、『闇口』は、零崎一賊に次いで——できることなら、できる限りは関わりたくないと、忌《い》み嫌われている集団でも、ある……。

勝とうが負けようが、等しく嫌な思いをすることになる——から。

闇口濡衣は、その『闇口』の中でも、間違いなくトップクラスの人材——己が主人以外の誰の前にも姿を見せない、徹底して自分の存在を消してしまった、正に、殺すためだけの存在——

暗殺者の鑑《かがみ》とも言われている。

無論——それは、褒め言葉ではない。

「零崎退治に闇口衆を担ぎ出すだなんて、随分《ずいぶん》とおごったようだけれど」

「嫌ですね、先生……またそうやって深読みをなさる。ただのバーター契約という奴ですよ。濡衣さんの主人と取引をして、彼を一時的に貸してもらったというだけです——変わったことは何一つ行っていません。極々《ごくごく》、平凡なやり口ですよ」

「へえ……で、取引って?」

「はい? なんですか?」

「だから——闇口濡衣を借りる代わりに、あなたは何を、闇口濡衣の主人とやらに——差し出したのかしら?」

「それは企業秘密ですよ」

「…………………」

「言ってしまうと、先生の身に、危険が及ぶかもしれませんからね——私の口からは、とてもとても」

答えるつもりはない——か。

厄介《やっかい》な生徒だ。
詐欺の次は癒着《ゆちゃく》と来る——まるで節操というものがない。勿論、裏を返せば、厄介なその分だけ、しっかりと如才《じょさい》なく、有能である、とも、言えなくはない、が……。
少なくとも、味方の内は、心強い……。
しかし——と、確信を持って、遊馬は思う。
敵味方を抜きにして考えれば——いや、敵味方まで含めて考えても——だ。裏を返しても、逆から見ても、それでも——である。
遊馬自身のこと——澄百合学園の教師を戦場に哨戒兵器として引っ張り出したことは、ひとまずおいておくとして……、それでも尚《なお》、萩原子荻……赤神家お抱えの戦闘士を舌先三寸口八丁で引っ張り出し、あの闇口濡衣を思い通りに使う——なんて、これはもう、逸脱しているなんてものじゃない。はりこみ過ぎだ。そもそも、赤神家の令嬢を餌に、零崎一賊と敵対しようという点だけでも、もう十分だというべきなのに——

——まずいかもねえ。

少しばかりこの娘は——有能過ぎる。

力を——持ち過ぎている。

それは、本当に、遊馬の領分を越えた仕事——絶対にかかわるべきではない、他の者の仕事ということになってしまうが——この分だと、澄百合学園の母体から、萩原子荻に対して、何らかの処置が下されるということも——ありえなくはないのかもしれない。

——萩原子荻。

「ねえ、あなた……人類最強って、知ってる？」

「は？」

その、突然の遊馬からの問いかけに——子荻は首を傾げる。

「人類最強……ですか？　いえ、恥ずかしながら、存じておりませんが……なんですか？　それ」

「ああ、まだ習っていないのね——そりゃそうか。それでもあなたなら知っていてもおかしくないと思ったんだけれど、まだそれほど有名じゃないのかな？　でも、どうせ高校に入学したあたりで授業で出てくると思うから、よく覚えておくといいわ。いずれ、あなたと戦うことになるかもしれない人よ。いや——ひょっとしたら、あなたを、助けてくれるかも、しれない人——かもね。あなたが、誰かを、本当に頼るつもりに、なったときとかに」

「はあ……そうですか。私はいつだって、皆さんに頼りっぱなしで、いつも助けていただいていると、思っていますけれど。ところで先生——」

遊馬の心中をどれくらい察しているのか、それともまるで察していないのか、遊馬の意図がどこまで通じたのか、意味が果たしてどのくらいまで通じたのか——子荻は、普通に、話題を戻した。

「シームレスバイアスさんのバトルの方は、どうなっていますか？」

「ん……ああ……バトルが始まってしまうと、動きがランダムになるから、『糸』がどうも、追いつかなくてね——でも、どちらかと言えば、今のところ、てる子さんが優勢みたい。ざっと、ポイント制で見た場合だけれど。話に聞く『釘バット』、やっぱり狭い場所じゃ使い勝手が悪いようね」

「そう——それはよかった」

「となると——残るは『彼』だけね。あなたが気にしているという——背の低い、『彼』。けれど『彼』、零崎一賊としては、全くの無名どころみたいなのだけれど……」

「誰だって最初は、無名ですよ」

「そりゃそうだけれど……でも正直、私には、萩原さんが気にするほどの人材には感じられ——おっとっと」

　綾取りを続けていた遊馬の手が——止まる。そして顔を起こし、子荻の方を向いた。

「最後の二人も、どうやら、出会ったみたいだよ」

「……そう」

　ここで初めて——子荻の表情が、変わった。

　今までの四人——零崎軋識、千賀てる子、零崎双識、闇口濡衣——今までの四人、それに、『彼』について触れたときにも決して、一度として見せなかった、そう、何というか……不安、とも、期待、とも違う——

　微妙な表情。

　それに一番近い感情を言うなら、『恥ずかしい』とか、そんなところだろうか——とにかく、余裕を失った、曖昧な表情。

　今回、ようやく見せた、萩原子荻の、年齢相応の振る舞いに、遊馬は、一息つけたような気分になって……、

「さすがのあなたも、可愛い後輩の動向は、どうやら気になるようですね」

　と、からかうように言った。

「まあ……そうですね。そうかもしれません」

　大した反論もできないようだった。

子荻は首を振って、言う。

「あの子だけは――何をどうしても、いつだって私の策から、はみ出してしまいますからね。あの子は多分、私達よりもきっと、私達よりもずっと、零崎に近い……戦法なんてまるでなく、あるのは殺法ばかりだっていうんですから」

◆　◆

零崎人識――現時点での、通称なし。

特定の得物――なし、気分次第。

特に何も考えていなかった、そのとき。

西条玉藻は――ゆらりと、現れた。

雀の竹取山に入って――三十分。

七合目に差し掛かったところだった。

「……ゆらーり……ゆらり」

体操服姿。

黒いブルマ――

それに、ずたずたに切り裂かれた半袖の上着。へそどころか、胸の下半分まで露出している。ブルマに縫い付けられた長方形の名札に『さいじょう』と、太いマジックで、平仮名で書かれていた。今、この山の反対側で軋識と戦っているメイド仮面の、あの無骨な鉄仮面が、零崎一賊に身元を知られないようにするための変装だとするならば――その思想とは対極に位置する、あまりにも堂々としきった、西条玉藻の佇まいだった。

「……初めまして」

玉藻は――まず、そう言った。

「あたし……魔法少女、西条玉藻ちゃん、です……」

「…………！」

対して、零崎人識は――

初めましてってお前先月会ったところだろうと

か、その格好はいくらなんでも何のつもりだとか、魔法少女ってどういうことだとか、自分で自分にちゃん付けかよとか、とにかく出会って数秒で既に突っ込みどころ満載の西条玉藻の、どこにも突っ込みを入れることなく――

「あの馬鹿兄貴が！」

と――零崎双識のことを、罵倒《ばとう》した。

唇を――強く噛み締め。

目を吊り上げて――地団太を踏む。

「殺す――七十二回殺してやる！　あの変態、有史以来誰もしたことのないようなとんでもない死に様を演出して殺してやる！　『世界死刑大全集』の来年度版に掲載されてしまうような、驚きの殺し方で殺してやる！」

「…………？」

玉藻はよくわからないというような顔をする。

構わず――人識は怒鳴り続けた。

「ようやっと――ようやっとこいつと出会えたってのに……なんで俺は右腕を骨折なんかしちまってんだ!?　あの日の続きが出来るはずなのに――続きをするしかないって状況なのに、なんだこの有様は！　いかにも、この状況、こいつと俺が、真っ向から戦うしか有り得ない状況が完成しているっていうのに、何の因果で、こんな――財宝を目の前に、発掘手段がねえみたいな……間抜けな目にあわなくちゃいけねえんだ？　普段の行いが悪いっていうのか？　そんなわけがねえ、俺はちゃんと真面目《まじめ》にやってるぞ！　ゴミの分別だって欠かしたことがねえ、それなのに！　苛々《いらいら》する、苛々する、どうして、こんな、理不尽な、理不尽極まりない――！　畜生、俺は、俺は、俺は――」

先月――

零崎人識は、零崎軋識と共に、とある地方都市の高級マンションを襲撃していて――人識はその際、西条玉藻と、殺し合いを演じている。結局そのバトルは、『狙撃手』の関与により、中途半端なところで水入りになってしまって、それは少なくとも人識の側からしてみれば、強く欲求不満の残る結末だったようなのだが――

どうやら、そのことを、言っているらしい。

言い散らかして――いるらしい。

「こんな――こんなコンディションじゃ、勝っても負けても、勝ちとも負けとも、言えないじゃねえか……!」

「……？　何を、言ってる……ですか？」

「だーかーらー！」

緩んだ表情のまま、不思議そうに首を捻る、捻り過ぎてなんだか昔のホラー映画みたいな有様になっている玉藻を、人識は思い切り、八つ当たりのように怒鳴りつける。

「俺はお前と、正々堂々、ベストコンディション同士でやりあいてーんだよ！　やりあいたかったんだよ！　くっだらねえ策戦とか、駆け引きとか、あと、なんか、どうでもいい目的とかどうでもいい仕事とかどうでもいい任務とか、物語上の役割とか、そういうのを全部抜きにして――」

「……ゆらーり」

意味が通じているのか通じていないのか――

玉藻はゆらゆらと、身体を揺らす。

「畜生、あの兄貴のせいだ――本当、後先考えてねえ……あの変態、あの変態、あの変態！　ああ、もう、帰ってりゃよかった、こんな、お預け喰らった犬みてーな情けない気分になるくらいなら、遅刻してでも試験を受けに向かっていた方が、まだしも前向きだった――なんて惨《みじ》めなんだ、無様にも程がある。俺はいつもこうなんだ、大事なところで、どこにも、結局、辿り着けず——誰にも、会うこともなく——」

「よーお」

玉藻が——両手を口元に当てて、のんびりとした大声を——人識の言葉に、割り込ませるように、出した。

「する、にい」

「……あ？」

「あなたは、う」

休憩《きゅうけい》する。

それから、続ける。

「でを、折ってい——て。いて、折って」

「うぜえ！　もっとはきはき喋れ！」

「それが——ふま」

休憩。

はきはき喋るつもりは毛頭ないらしい。

「んなら」

言って、玉藻は——左手で、自分の右手首を、つかんだ。そして、右肘《みぎひじ》を直角に、人識に対して、右前腕部を晒《さら》すようにする。

細い細い、まるで棒のような、前腕部を。

「………………？　何してんだ？　お前」

「だから」

玉藻は言った。

そして。

「こうすればいいいんじゃん」

ぽきん。

左の脚をひょいっと、気軽な、しかし俊敏極まりない素速い動きで、天に向けて——

その膝《ひざ》を、肘と手首の丁度真ん中辺りに、玉藻は食らわせて——

そんな、気合の抜けるような、小さな音を立てた。

人体の根幹を成す部分が決定的に破損したにしてはあまりにも貧弱ではあったが、それは確かに、骨の折れる音だった。

右手首から、左手を離す。

だらん——と、右腕が垂れた。
形が——直線で、なくなってしまっている。
「お——お前」
「これで……互角は、条件」
玉藻は——にたりと、笑う。
そして——左手に、ナイフを、取り出した。
恐ろしく凶悪なデザインの——重厚なナイフ。
「だよね？」
実際のところ——西条玉藻が、どういうつもりで、何の意図があって、そんな真似をしてみせたのか、そんな行動に及んだのか、そんな暴挙に走ったのか——それは、誰にもわからない。わかるはずもない、説明のつけようもない意味不明の行為だ。玉藻本人にだって、きっと、わかりはしないだろう。彼女のことだ、腕を折ったときには、既に腕を折った理由を、忘れてしまっていたに違いない——否、忘れるどころか、そもそも、最初から理由など存在しなかった可能性が、最も高い。

「……傑作だぜ」

しかし、少なくとも零崎人識はそれを——尊敬にも似たなにがしかに足るだけのものとして、受け止めたようである。

それは——

この少年にとって、極めて異例のことだった。

「おい——名前、もういっぺん、名乗りな」

「…………？」

「お前の名前を、覚えてやる」

「……ああ」

玉藻は頷く。

「西東天《さいとうたかし》」

「……さっきとなんか、違わないか？」

「違いました」

ふるふる、と頭を左右に振る玉藻。

「西条玉藻、です……でも、名前を、おし」

休憩。

「えちゃ、駄目だって……言われてい」

休憩。

「るから秘密に……しててね」

お願い、と玉藻はしなを作ったポーズを取った。

そのポーズだけは、やけに様《さま》になっていた。

別にそのポーズを受けたわけでもないだろうが、

「ああ――勿論だ」

と。

「誰にも教えるものか」

心底嬉《うれ》しそうな表情で、そう頷いて――、
武者震いに、全身をただ任せ――、

「それじゃあいくぜ――思い切り！　全力で精一《せいいっ》杯《ぱい》、一生懸命頑張《がんば》って！　いざ尋常《じんじょう》に！　殺して解して並べて揃えて晒してやんよ、西条玉藻――！」

人識もまた――

学生服の袖《そで》から、ナイフを取り出した。

鉈《なた》のように分厚い、頑丈《がんじょう》そうな刃物。

瞬間――もう、言葉もなく。

互いの左腕同士が――鋭く、交錯する。

雀の竹取山――第三試合。
零崎人識対西条玉藻――開始。

◆　◆

零崎軋識とメイド仮面。

零崎双識と闇口濡衣。

零崎人識と西条玉藻――

赤神イリアを餌に使って仕組まれた、萩原子荻の策戦は、開始して三十分の時点では、全てがほとんど予定通りに進行しているといってよかった――子荻本人が一番懸念していた、西条玉藻の件にしたって、誤差の範囲内、十分に修正の利くレベルであり、彼女からすれば、計算通りと断じてしまって、問題がない。相手に合わせて片腕を折るくらいの行為は、子荻から見る西条玉藻の行動としては、まだまだまともな部類である。

萩原子荻。

策師。

己自身の戦闘能力は皆無でありながらにして、まぎれもなく、既に十三歳にして、誰もが認める、認めざるを得ない、澄百合学園の筆頭、総代表——しかし。

しかし——この時点では、まだ、十三歳。

さすがに——経験が、足りなかった。

経験不足だけは、否めなかった。

ひょっとすると彼女自身は、この『経験不足』という言葉を、『万が一』という言葉と同じく、嫌悪《けんお》するかもしれない——自分の行動について、そんな言葉を使って欲しくないと主張するかもしれない。

が、もしそうだというならば、不本意ながら、もう少しきつい言葉を、選ばなければならないことになるだろう。

つまり——

萩原子荻は、失策したのだと。

『失策』。

そう、彼女は、このとき、ちっとも考慮していなかったのである——この世界には、信じられないくらいに滑稽《こっけい》な、偶然としか言いようのない想定外の事象が、歴然として存在していることを——全く、考えに入れていなかったのだ。

別の者なら、それを運命と呼んだかもしれない。

別の者なら、それを運命と読んだかもしれない。

しかし——萩原子荻は、知らなかった。

もっとも、それも、無理からぬだろう。その一点においてのみ、彼女の不注意を責めるのは、この場合、酷《こく》というものだ——客観的にみれば、誰もがこの場合は、彼女を庇《かば》いたくなるだろう。何故なら彼女は、最低限——どころか、自分に出来る最大限の注意を、あますところなく、正に万全に、払っていたのだから。

雀の竹取山——その全域を、『曲絃糸』、市井遊馬の『糸』の力で、完全無欠と言ってもいいくらいに、掌握しているのである。哨戒兵器――曲絃師。だから、まさか、零崎一賊の三人、零崎軋識、零崎双識、零崎人識以外の者が、雀の竹取山に入り込んでいるかもしれないなんて可能性に――思い至れという方が、どう考えても、無茶なのだ。

けれど、もし――もしもの話。

たとえばの話。

市井遊馬が張り巡らした縦横無尽の『糸』の存在に、山に這入る以前から気付き――そして張り巡らされた八方塞りの『糸』の一本にも触れることなく、山中を移動できる人間がいたとしたなら――

零崎軋識も零崎双識も零崎人識も、未だまるで知覚できていないほどに極細の『糸』を、あらかじめ当然のように悟り、メイド仮面も闇口濡衣も西条玉藻も、知っていたところで避けることのできないほどに錯綜した『糸』を、一本も切らずに活動が可能だという――

そんな、架空の生物がいたとするなら。

そんな、想定外の生物がいたとするなら。

市井遊馬にそれがわかるわけもなく。

萩原子荻も――知りようがない。

けれどそれは――確かに、そこにいた。

凶悪どころか邪悪な笑みを頬《ほお》にたたえ。

拘束衣で両腕を封印された、異形の姿で。

黒き長髪を、風に、たなびかせ――

それは、確かに、そこにいた。

「ぎゃは――」

そこは、零崎人識が、西条玉藻との、片腕同士の戦闘を開始した場所から、そう離れていない位置――二人の戦闘を、かなりの本数の竹を挟んででではあるが、もっとも『観察』しやすい位置といえた。

二対のナイフの刃が――太陽の光を反射する。

きらきらと。

その光に、眩《まぶ》しそうに目を細めて――

「ぎゃはははははははははっ！」

それは、哄笑《こうしょう》と共に——行動を開始した。

『人喰い《マンイーター》』。

それは、これから五年の後に、幾度にも亘り世界を危機に陥《おとしい》れた人類最悪を名乗る狐面の男から、戦闘だけに限れば人類最強をも凌駕すると太鼓判を押されることになる戦闘狂……『殺し名』序列一位、殺戮奇術集団　匂宮雑技《におうのみやざつぎ》団《だん》が団員No.18、第十三期イクスパーラメントの功罪の仔《バイプロダクト》、匂宮出夢《いずむ》——十三歳の姿だった。

（前半戦終了）

零崎軋識の人間ノック
2
竹取山決戦
—後半戦—

◆　◆

「貴女《あなた》はまるで、私が悪いことをしたみたいに、さっきからいいますけれど――一つ教えてください。どうして人を殺してはいけないの？」

「どうして、ですか――」

「貴女は人を殺したことが、ないとでも？」

「…………」

「私はまだ――妹を殺しただけですけれど、貴女はきっと、それどころではないのでしょう？」

「確かに――そう言われれば返す言葉はありません。しかし、それでも敢《あ》えて言わせていただくならば、私が人を殺すのと、お嬢様が人を殺すのとでは、意味が全く違います」

「どうして？　同じ人間なのに」

「同じ人間だからこそ――です」

「わからないわ――勝手な理屈だわ。それとも、殺した対象が妹であるというところが、ネックなのかしら？　貴女が殺してきたのは、きっと無関係の他人ばかりなのでしょうから――」

「無関係の他人――では、ありません。私の目的にとって、障害となる者です」

「障害？」

「邪魔者――という意味ですよ」

「邪魔者……」

「お嬢様にとって、お嬢様の妹は、障害でしたか？　邪魔でしたか？　それなら話は通るのかもしれません――あくまで、私にとっては。しかし――お嬢様、そうではないのでしょう？」

「ええ……彼女は私にとって、何ら障害ではありませんでした。それほどの価値もありませんでした。だってあの子は――無能だったんですから」

「無能？」

「才能が無いと書いて、無能」

「…………」

「私と同じ——だから、障害でも邪魔でも、なかった」

「それなら、殺すのはおかしいです」

「でも、憎かったし、嫌いだった。愛していたし、全く好きだったけれど——でもね、そんなことは、無関係なの」

「無関係——」

「ねえ、貴女」

「家族を殺すって、そんなにおかしなことですか？」


雀の竹取山——その頂上付近。

市井遊馬と萩原子荻が、向かい合っている。

丁度《ちょうど》いい頃合いということで、食事中——とは言え、いくらなんでも火を焚《た》くわけにもいかないので、ありふれた携帯食《けいたいしょく》と、五百ミリリットルサイズのペットボトルに入った飲み物——遊馬はそば茶、子荻は牛乳——向かい合って、もぐもぐと二人とも、固形分も液体分もよく噛んで、栄養分を摂取している。子荻は遊馬よりも糖分を必要としているのか、デザートとして角砂糖を三つ、用意していた。それが合理的であるのはわかるが、砂糖をそのまま口の中に放り込むというのは、遊馬の感性からすると少し気持ち悪い。

「……そろそろ、教えてくれてもいいんじゃないかしら？　萩原さん」

「え？」

顔を上げ、遊馬を向く子荻。

ぱちくりと、長い睫毛《まつげ》で、瞬《まばた》き。

「教えてって……何をですか？　先生にはもう、大体のことは説明し終えたと思いますけれど……隠し立てしていることなど、何もありません。もうここからあとは、私としても野となれ山となれですよ」

「とぼけないでよ——」

そば茶で口内を、くちゅくちゅと洗うようにしてから、遊馬は言った。

「確かに、あなたは零崎一賊を、現時点で手玉に取っていると言ってもいいわ――赤神家のご令嬢を餌に使っての一本釣り、大いに結構。D．L．Rシンドロームという病名が伝われば、零崎一賊の特性から考えて、向こうから進んで引っかかってくることは、目に見えているしね――でも」

「でも――なんでしょう」

子荻はにやにやと笑っている。

遊馬との会話を楽しんでいるようにも見えた。

「でも、だからって――貴女がこのやり方を選択した理由が、私にはよくわからないのよ、萩原さん。いえ、策戦として不向きだとか不具合があるとか、そういうことを言っているんじゃなくて、そういうことじゃなくて、ただ、これが最善なのかと言えば――もっと別の手段があったような気が、しないでもないのよ」

「たとえば、大勢で迎え撃つ――とかですか？　言いませんでしたっけ？　零崎一賊相手に無勢に多勢は逆効果……それこそあの濡衣さんの決め台詞《ぜりふ》ではありませんが、不要な恨みを買うだけです」

「それは分かる。それに、各個撃破を狙おうというのも、納得できる――連中の何が怖いって、そりゃ、チームワークが一番怖いんだから。あそこは『殺し名』の中でも一番連帯している集団でしょう？　それはいい……。だけど――萩原さん、だからって、一対一であたる必要は、どこにもないんじゃないの？」

「……あは」

「なによ」

「干渉《かんしょう》――ですねえ。先生らしくもない」

関わるな。

そう命令された気分になった。

遊馬はしかし――そこでは退《ひ》かない。

「化かし合いはもうやめることにしたのよ――腹の探りあいは、もうやめる。これは私自身の安全のためでも、あるしね。自分を騙《だま》し続けることができればよかったんだけれど、でもことここに至って、私は私のことを、戦力外の哨戒兵器だとは、とてもじゃないけれど、思えないわ」

「そうですか……逆に言えば、先生、もう少し打ち明けたことを話せば、より誠心誠意、私に協力してくださるということになるんでしょうか？」

「さあね……それで、話してくれるんでしょう？」

「………」

携帯食を平らげて——

子荻は、舌の上に、角砂糖を乗せる。

しばらく遊ばせた後、こくりと、飲み込んだ。

その、余裕ありげな……ともすれば開き直っているとも見える子荻の態度に、遊馬は、少しばかり立腹する。自明のことではあって、その程度はとっくの昔に了解しているはずなのに、改めて、ああ、この少女にとっては、『先生』である自分すら、他と等列の道具でしかないのだ——と、またも、思い知らされる。

自分では。

この少女を救えないことを——思い知らされる。

またも。

「この間——」

やがて、子荻は言った。

故意に間を持たせたのか、それとも単純に、甘みの余韻を楽しんでいただけなのかは、遊馬にはわからない。

「先生に貸していただいた漫画があったでしょう？星の模様が入った球体を七個集めると、願いが叶《かな》うって言う……」

「ああ。『ドラゴンボール』でしょう？」

「そう。それです。とても面白い漫画でした。色々と勉強にもなりましたし」

でも、と子荻は続けた。

「一つだけ——気にかかったことがあるのです。それがなんだか、わかりますか？」

「……いわゆる強さのインフレーションが激し過ぎるってこと？　それとも、死んだ人間が簡単に生き返り過ぎているってこと？　それとも……えっと、主人公の実兄が後から読み返すと驚くほどショボいってこと、とか？」

「インフレーションは別に気になりませんでした。週刊連載という形式上、仕方のないことですしね……死者の蘇《よみがえ》りについても同様で、それは読み手からの要望みたいなところもありますから、エンターテインメントである以上、問題があるとは言えません。主人公の実兄がショボいことについては、……可哀想《かわいそう》だとは思いますけれど、それだけですね」

「…………」

真面目に同情しているっぽかった。

しかし、それにしても、脈絡がない。

確かに『ドラゴンボール』は名作だが、しかし一体何が言いたいのだろうと、遊馬はいぶかしんだ視線を子荻に向けるが、しかし子荻は何処吹く風で、話を続ける。

「私が気になったのは、天下一武道会ですよ」

「天下一武道会……？　ああ、レッドリボン軍と共に『ドラゴンボール』の初期段階を支えた、格闘大会のこと？」

「ええ。まあ、『ドラゴンボール』に限らず、トーナメント形式の対戦法全般について言えることなんですけれど……たとえば、一番最初の天下一武道会。第二十一回大会でしたっけ？　主人公と決勝戦で戦った相手——彼はとても強かったです。どちらが優勝しても、おかしくない試合でした。そうですね？」

「……うん。そうだったと思うけれど」

何せ単行本で四十冊を越える超大作だ、そんな最初期の頃となると、遊馬も細かいところまでは覚えていないが、言われてみれば、それくらいは思い出せる。

「でも、もしも——もしも彼と主人公との対戦が、決勝戦ではなく一回戦だったら、どうでしょう？　ほとんど互角の試合が一回戦で行われ——どちらが勝ってもおかしくない試合、どちらが勝ったとしても、相当に疲弊《ひへい》していて、二回戦を勝ち上がることはできなかったでしょう」

「……そりゃまあ、そうだ」

「組み合わせ次第では、ヤムチャさんの優勝も十分に有り得た。そうでしょう?」

「………………」

「二回目の天下一武道会でも、三回目の天下一武道会でも、同じことが言えます——一回戦で、決勝での対戦が実現していたなら? 強い者同士が、最初に潰しあっていたなら? 本選以前の、予選の段階で、ふるいにかけられていたとするなら? ……全ての大会で、ヤムチャさんが優勝していたという可能性だって、決して否定できないのです。更に言うならば——実現した組み合わせが、たまたま主人公だったりが勝ち抜ける構造になっていただけで、本当に最強だったのは、優勝するべきだったのは、ヤムチャさんだったのかもしれないとすら、言えるのです」

「………………」

話はわかるが、どうしてそうヤムチャを優勝させたがるのかは意味不明だった。

ヤムチャファン……?

初めて見る……リアルタイムであの漫画を読んでいた遊馬なんかには、それは有り得ない発想なのだけれど……ヤムチャが格好いいシーンなんて一つも思い出せないくらいだ。別に悪趣味だとまでは言わないが、案外この子、将来男で失敗するんじゃないだろうかと心配させられる。

さすがに余計なお世話だが。

「現実のトーナメント、代表的なところではたとえば高校野球の大会なんかでは、だからそういうことがないように、シード制が導入されたりしますけれどね——」

「……ん? ちょっと待って。萩原さん。今、思い出したけれど——確か天下一武道会って、最初の奴はともかく、二回目と三回目……ああ、まあセル編のセルゲームは除くとしても、魔人ブウ編以降にもあったから、それも含めて、二回目以降は……」

「そう」

頷く子荻。

我が意を得たりとばかりに。

「二回目以降は——組み合わせは意図的に調節されていますよね。登場人物の一人、とある超能力者の力によって」

「…………」

「特に、やや恣意《しい》的ではありますけれど、二回目の天下一武道会の結果だけを取り上げるのならば——その超能力者、組み合わせを決めた者の責任というか……成果というかは、普通、無視できないクラスのものだと、私は思うんですよ」

「……つまり？」

遊馬は、結論が見えてきたところで、それを確認するために——質問を投げ掛ける。

「零崎一賊を滅ぼすためには、零崎一賊を一対一で各個撃破する必要がある……というところに、その話は繋がるわけなのかしら？」

「正々堂々、手段を選ばず真っ向から——ね」

子荻は言った。

「まずは幻想を取り払わなくてはなりません——零崎一賊は最悪にして禁忌《きんき》の存在だという、邪魔っけな幻想……換言すれば、零崎一賊がこれまで、守り通すために腐心し、守り通してきたその不文律——それを崩す必要があるのです。最早彼ら自身がそう信じ込んでしまい、疑いもしていない幻想……ほとんど自己暗示に近い」

家族のために——

家族のために実力以上を発揮《はっき》する。

家族を傷つけるモノは何であれ許さない。

「幻想を取り払ってしまえば、彼らは一人ずつの孤独な殺人鬼……そう、『殺人鬼』でしかありません。暗殺者《アサシン》でも守護人《ガーディアン》でも狂戦士《ベルセルク》でもない——普通に戦えば、私達の敵ではないはずなんですよ」

「……大言を吐くわね。随分と」

「それが仕事ですから」

子荻は悪びれもしない。

「私は己《おのれ》の職務を、忠実にこなすだけです」

「折角《せっかく》だから……はっきりと言葉にしてもらえるかしら？　萩原さん。貴女が、一体、何を企《たく》んでいるのか」

「構いませんよ」

そして萩原子荻は、二個目と三個目の角砂糖を、同時に頬張《ほおば》って、口の中でころころ転がしてから、たっぷり間を空けて――今度は確実に、意図的な、効果を狙ってのものだろう――言った。

「来たるべき本戦の前に――零崎一賊の主要人物に、決定的な敗北を経験してもらうこと！　これが今回のテーマです」

「……逆に言えば、今回で全てを決定的にしてしまうつもりはないってこと……になるのかしら？」

「ええ。ま、そうなったらそうなったで、別に構いませんけれど……先生もなんとなく勘づいてらっしゃったのではないですか？　そうです。今回の目的は、あくまで格付けです。零崎一賊の主要人物は私達より弱い……それが既成事実として残れば、それで十分な成果なのです」

「既成事実……ね」

事実ではなく――

あくまで、既成事実。

言い回しの違いというには、意味が違い過ぎる。

「一回戦で負けた人間が二回戦で勝てるわけがない――なんて、本当は言い切れないんですけれど、そこがトーナメントの恐ろしさ。優勝すれば、他の誰よりも強いということになってしまう。最後にここに立っているだけで、最強になれる――」

「……最終こそが最強ってことかしら？」

「ま、そんな感じですね」

「でも、現実がトーナメントみたいに、うまくいくものなのかしら——私にはそれが、少し疑問だけれど」

「あら。先生ほどの人生経験を積んでらっしゃる方なら、そんなこと、分かりきったことだと思いますけれど——この世界が、決してフェアなリーグ戦なんかじゃなくて、トーナメント戦でしかないということくらい」

「…………」

「もっとも、私は、あくまで公正な、審判《ジャッジ》の位置から、動きたくはありませんけれどね」

「……策師が、何をほざいているんだか」

単純な零崎一賊潰しにしてはどことなく詰めが甘いと思っていたが——思っていた通り、とんでもない策謀を、心に秘めていたわけだ。

来たるべき本戦。

つまり——今現在行われているのは、予選なのか。

勿論——これは訊いても絶対にそうとは応えず、曖昧に濁《にご》すつもりなのだろうが、ふるいにかけられ、格付けをされているのは、あちら側、零崎一賊の陣営だけではなく、こちら側——遊馬達だって、同様なのだろう。

策師・萩原子荻の兵隊は決して、遊馬達だけではない。本戦に、それこそシードで選ばれている兵隊もまた、いるはずなのだ——果たしてそれは誰だろう？　市井遊馬や、闇口濡衣を越えるような逸材を、子荻は既に、用意しているというのだろうか？

——それに、そもそも。

まだ遊馬は——知らない。

どうして萩原子荻が、零崎一賊と敵対しているのか——否、こればっかりは子荻に訊いても仕方がない、子荻の背後にある存在の意志だ。

萩原子荻の背後。

——むしろ、問題はそこか。

彼女のことを、遊馬はよく知っているけれど——雇い主と雇われ教師という以上に、よく知ってはいるけれど——

この娘。

お前の手にも、やはり、余るぞ……？

過ぎた力を使いこなせるほどの才覚を、果たして、お前は持っているのか……。

遊馬が、目の前の少女の将来——これから先を思い、若干《じゃっかん》、暗澹《あんたん》たる気持ちになったそのとき——

その現象は起きた。

起きた——否、感知した。

子荻は、当然、気付かない。

気付いたのは、当然のことながら、遊馬だけだ——『糸』が、直接、ダイレクトにその十指に接続されている、『ジグザグ』こと、曲絃師もどきの市井遊馬だけだ——

雀の竹取山に張り巡らされた極細の『糸』。

その『糸』が——ある地点において、ものすごいスピードで、次々に、一本残らず分断されていく、
その、感覚——

◆　◆

時間としては、それとは多少、前後してしまう形になるが——その現象が起こっている地点とは、頂上を挟んで反対側。

雀の竹取山の北側、三合目。

零崎軋識は——己の不利を、痛感していた。

向かい合うはメイド仮面。

軋識から、十分に距離をとった場所で、拳をこちらに向けて、両足を前後に広げ、構えている。全く落ち着いた様子で、呼吸にも乱れ一つない。

対して零崎軋識は——息も絶え絶えだった。

片膝をついて、得物である釘バット、『愚神礼賛《シームレスバイアス》』を地面に突き立てて、なんとか、相手を睨みつけ、威嚇《いかく》している状態だった。

トレードマークの麦藁帽子《むぎわらぼうし》は、既にない。

戦闘中に、どこかに飛んでいってしまった。

「……無口な女だっちゃな」

虚勢を張るために——とりあえず、軽口を叩く。

ほとんど、時間稼ぎだったが。

「知らねーっちゃか？『無口な心は怠《なま》け者』つって——そういうのは、あんまり、いくら、殺し合いの最中とは言っても——」

「…………」

やはり——反応はない。

鉄仮面とあいまって、その過剰なまでの無反応は、殺人鬼、零崎軋識をもってしても、気持ち悪さを感じてしまう。案外、零崎双識ならば、その気持ち悪さこそが快感だとかわけのわからないことを言って、逆に喜ぶのかもしれないが——奴の感覚は同属であるはずの軋識からみても本当に理解不能だ。

——レンに任せるべきだったかもしれない。

軋識は、だからというわけではないけれど——そう思い始めていた。

予想通り、相手のメイド仮面は拳法家で、そしてそれは、軋識にとっては有利な材料だったはずなのに——この有様だ。

原因ははっきりしている。

実力不足ではない——決して弱い相手ではないが、ここが平地なら、殺せない相手ではない。

そう——ここが平地なら。

しかし、ここは、竹林なのである。

「…………」

周囲を取り囲む、無数の竹——

それが軋識の行動範囲を阻害する。

『愚神礼賛《シームレスバイアス》』が、思うように振れないのだ。

振れば——その攻撃は、メイド仮面に炸裂《さくれつ》する前に、何本もの竹に直撃し、メイド仮面の身体には届かない。あるいはこれが普通の樹木だったならば、重量任せにそれらごとへし折って——という手もあるのだが、竹という植物の特性が、それを許さない。

竹は——しなるのだ。

軋識の攻撃の衝撃を、うまく、流してしまう。

　その上、綺麗《きれい》な円形の中身が空洞で、しかも縦に筋が通っているので、『愚神礼賛《シームレスバイアス》』の刺さった釘《くぎ》部が、なかなか抜けない——力任せが通じない。そうこう手間取っている内に、メイド仮面から反撃を食らってしまうのである。たとえば零崎双識が使う『自殺志願《マインドレンデル》』のような刃物ならば、たやすくその幹を両断することも可能だろうが、いくら類稀《たぐいまれ》なる破壊力があるとは言っても、『愚神礼賛《シームレスバイアス》』はあくまで鈍器なのである。

　となると、横向きに、薙《な》ぐ形の攻撃は、全て封鎖されたも同然——メイド仮面だってそれくらいわかっているから、開けた場所にはまず移動しない——だから、軋識に許された攻撃は、縦向きの軌道によるもののみ。

　即ち、上から振り下ろすか。

　あるいは、下から居合い抜くか。

　どちらかだ。

　しかしそのどちらも、横向きの攻撃に較べて非常に避けられやすいという弱点がある——現に軋識は、戦闘が始まってからこっち、一撃すら、敵のメイド仮面に浴びせていない——あちらの拳は、既に十四発ほど、軋識のボディにヒットしているにもかかわらずだ。

　——幸運なのは。

　幸運なのは、メイド仮面の拳が、それほど重くないこと——多少喰らったくらいでは、致命傷にはならない、軽い拳であること、だった。両者の体重差を考えれば、それは当然だし、当然拳が軽いということは、同じく身軽ということで、こちらの重い凶器が、ヒットしにくいということになるので、メリットとデメリットは、表裏《ひょうり》一体だが……。

　しかし、どんな軽くても、あちらは積み重ねることができる以上、不利なのはこちらだ。

　周囲を取り囲む竹が、今の軋識には檻のように感じられる——まるで鉄柵《てっさく》だ。身動きが極端に制限されていて、こんな状況で戦えというほうが無茶だとい気になってくる。場所が竹林だという時点で、あらかじめ気付くべきだったのかもしれないが——このフィールドはあまりに酷い。こんな場所では、零崎軋識の戦闘能力の、七割も発揮できない——

無論。

それこそがこの場所、雀の竹取山を戦闘地域に選んだ萩原子荻の策であり、だから、零崎軋識は見事に、それに引っかかってしまったという状況なのだが——この時点の彼はそんなこと、知るよしもない。それは同時に、零崎双識、零崎人識、あるいは他の零崎一賊の者よりも、萩原子荻は、零崎軋識の戦闘能力を削《そ》ぐことを、何よりも最優先したということでもあるのだが——それもまた、現時点では、彼の知るところでは、ない。

とにかく——考えることだ。

と、軋識は、メイド仮面をにらみつけたまま、動揺しかけている心を、落ち着かせようと試みる。焦《あせ》ってはますます相手の思う壺《つぼ》だと。

焦るな。

急《せ》くな。

呼吸を整えろ。

まだ一撃も入れられていないとは言え、しかしその一撃を入れたら、こちらの勝利は確定するのだ——

たった一撃。

たったの一撃でいい。

とどめの二撃目は必要ない——正に一撃必殺。

それだけの力が『愚神礼賛《シームレスバイアス》』にはある。

自分にはある。

だから——まずは、やたらめったら、『愚神礼賛《シームレスバイアス》』を振り回すのは、もうやめにすることだ。この疲弊感の大半は、メイド仮面の拳によるもの以上に、重い重い『愚神礼賛《シームレスバイアス》』を空振りしまくったことによる、代償なのだから。

――空振りは思いの外疲れるんだ。

だから――もっと、勿体《もったい》ぶっていい。

切り札として、『愚神礼賛《シームレスバイアス》』はとっておく。

相手の土俵に上るようで、あまり気分はよくないが、こうなれば致し方ない、得物抜きの、接近戦――拳による勝負に持ち込むというのも、全然アリだ。

単純な打撃戦に切り替えれば、こちらにも十分に目はある――その場合、きっとこの竹林は、軋識の味方になってくれることだろう。狭い場所では狭い場所なりの戦い方があるのだ。

問題は――

この考えに問題があるとすれば、メイド仮面が、それに対して、どう応じてくるかという点だろう――いや、待て、そもそもメイド仮面は今、自分の立場を、どのように考えているのだろう？

確かに軋識が不利な状況ではある。

が、しかし。

単純にそれを反転させて、メイド仮面が有利、優位な状況であると、単純にそう看做すことが、できるのかどうか――確たる決定打を持たず、一撃を喰らえば敗北が確定してしまう、その状況は、果たして？

不利なのは――お互い様か？

軋識の思考が、ようやくそこまで至ったとき――

「埒《らち》があきません」

と――メイド仮面が言った。

仮面を通しているので、くぐもった、聞き取りにくい声音になっているが――とにかく初めて、メイド仮面が、軋識に対して、口を利いた。

「こんなスリリングな削《けず》り合いかわし合いなどに――全く意味はありません。そうは思いませんか？

零崎軋識さん」

「…………」

呼びかけられる。

まあ、こうも周到に待ち構えられていた以上、名前くらい知られていたところで、今更《いまさら》驚きもしないが——しかし、こうなると、双識が仄《ほの》めかしていた例の仮説も、軋識にとって、なかなか現実味を帯びてくる。

ある種の危機感を伴って——

「家族を守るために——家族のために力を発揮する。汚らわしい殺人鬼の思想などには一片の興味もありませんが、しかし——その点に関してのみは、私も共感できなくもありません。だから」

ずいっと——

メイド仮面は、こちらに踏み込んできた。

「一撃——打ち込んで、いいですよ」

言って——そして続けて、メイド仮面は、鉄仮面の額を、軋識に向けて、突き出すような姿勢をとった。そう、言葉通りに——ここを目掛けて、貴様の一撃を打ち込んで来いとばかりに——

「…………？」

軋識には——その行為の意味が分からない。

挑発——誘い？

意味が——わからない。

全然わからない。

鉄仮面を装着しているから頭部ならば一撃くらいは大丈夫だとでも思っているのか？　まさか、その頭の中に考える脳髄があればわかることだ。無論、さすがに鉄を砕くことはできなくとも、それに包まれている中身を破壊するだけならば、ただ単純に『愚神礼賛《シームレスバイアス》』を振り下ろすだけで、可能であることくらい——これまで何度も、経験がある。重量とは、破壊力とは、そして衝撃とは、詰まるところそういうことなのだから。ただの普通の鉄仮面程度では、『愚神礼賛《シームレスバイアス》』に対する防御にはなりえない——はずだ。

一撃必殺。

二撃目はいらない——のだから。

刀でこそないが、正に二の太刀《たち》不要《いらず》。

『愚神礼賛《シームレスバイアス》』に限っては、残心《ざんしん》の姿勢は一切必要ない――攻撃と防御のコンビネーション、応酬なんて全く必要ない。それだけの自信を、零崎軋識は持っている。持っているからこそ――だから、持っているからこそ、軋識にとって、このメイド仮面の行為は、挑発であろうが誘いであろうがそれ以外の何であろうが、許せるものではなかった。

よりにもよってこの俺に。

打ち込んでも――構わないなんて。

「正気だっちゃか――お前。何を考えている」

「貴方のようなタイプは、身体を傷つけるよりも、心を折った方が手っ取り早いんですよ――私の経験上、言わせていただけるならば。絶対の自信を持っているのでしょう？　自分の得物は神様のように一撃必殺だと、殉教者のように信仰しているのでしょう？　ならば、それを、砕くまで」

「…………」

相手の必殺技を破ることによって、彼岸《ひがん》と此岸《しがん》の実力差を示す――という兵法か？　確かに、軋識や、あるいは『自殺志願《マインドレンデル》』に病的なまでに執着している零崎双識に対し、その策略は非常に有効ではあるだろうが――しかしそれには前提として、相手の必殺技を破るだけの能力を所持していなくてはならないはずだ。が、この場合、能力も蜂《はち》の頭もあったものではない――単純に、力に任せた一撃を、打ち込むだけなのだから。

技術云々は皆無。

ただの耐久度の問題だ。

そんな細身で小柄な、華奢《きゃしゃ》な身体で、『愚神礼賛《シームレスバイアス》』の威力に、耐えられるわけがないのに――だとすれば、やはり、心を折る云々でなく――

――誘い、か。

挑発よりは――やはり、誘い。

繰り出した軋識の一撃をかわしての――

カウンター攻撃。

——だとすれば、向こうも相当、切羽《せっぱ》詰《つま》っている。

メイド仮面の軽い拳は、たとえカウンターであったとしても、軋識にとっては脅威ではない。そのような小細工を弄《ろう》してくること自体、向こうが追い詰められているということだ、と軋識は思った。

実際に、より追い詰められているというのなら軋識の方だったのだろうが、しかしその膠着《こうちゃく》からくる息苦しさから先に音をあげたのはメイド仮面の方だったということか。それまで無口で通していたのを、声に出してこちらに呼びかけてきたことも、焦燥《しょうそう》の表れと見るべきなのかもしれない。

しかし。

やっぱり、仮面のことも含めて——無口、何も喋らずにいる相手というのは、とにかく正体不明で、出所のわからない暗闇に包まれているような、どうにもならない気持ち悪さが付きまとったが——それも双識は、なんだか興が削がれてつまらないなあとか言うかもしれないが——こうして言葉が通じるとさえわかってしまえば、その心理だって、読み取れる。

気持ち悪さは、もうない。

だから。

カウンターの攻撃に耐え切れば。

心が折れるのは——あちらの方だ。

小細工を使うことは、小物の証拠。

そしてちっぽけな失敗は——大きく響く。

——むしろ、助かったか。

ならば——ここで乗らない手はない。

均衡状態拮抗《きっこう》状態を向こうから崩してくれるのならば、望むところだ——『先に動いた方が負ける』なんてのは物語的にはよく聞く言葉だが、まさに今の状況が、それに当てはまる——

「……ちゃ。面白い——その案、乗ったっちゃ」

軋識は、釘バットを杖に、立ち上がる。

そして——殺意を込めて、構えた。

「俺の心を折ると言ったが——俺はお前の身体をへ

し折ってやるっちゃ。ただでさえ低そうな身長が、更に三十センチほど縮むことになるだろうが――まあ、どうせ死ぬんだから、関係ないっちゃか」

「一つ、訊きましょう」

メイド仮面の策略にまるまる乗った形（に見せかける）軋識の言葉を、しかしどうしてなのかメイド仮面は無視をして――逆に、質問をしてきた。

「貴方の――貴方がたの目的は、何なのですか？」

「……？　知らねーわけがねーっちゃろ。俺らの新しい家族かもしれない奴を……迎えにきたんだっちゃ。否、これからのそいつの処遇を考えるならば、救いに来たというべきか――」

「…………」

「お前の言う通り――俺ら零崎一賊は、家族のためになら何でもする。罠だとわかっていてもそこに飛び込むことに、何の厭《いと》いも何の疑いも持たないっちゃ――」

「……そう」

メイド仮面は――静かに頷く。

「わかりました」

「何がわかったんだっちゃ」

「答える必要はありません」

更にずいっと――メイド仮面は近寄ってくる。

「私は私の家族を守る――それだけです」

「…………？」

彼女の言葉に、零崎軋識は、疑問というより、何か違和感のようなものを感じたが――しかしそれを、振り払うように、何かに思い至りそうになった自分の何処かを、力任せに振り切るようにして――

『愚神礼賛《シームレスバイアス》』を振りかぶり。

『愚神礼賛《シームレスバイアス》』を振り下ろした。

いくらメイド仮面が自ら頭を差し出したとは言え――周囲の竹林という条件までは変わらない、だから、軌道は縦に限定される。一撃必殺という条件をより強固に満たすには、下からよりも上からの、幹《から》竹《たけ》割りの軌道の方が相応しいだろう。
速度も威力も——申し分なし。
『愚神礼賛《シームレスバイアス》』——零崎軋識の、二つ名の由来。
その一撃を——

メイド仮面は、受け切った。


「……なぁ!?」

かわしも避けも——防御もせずに。

ディフェンスするでもブロックするでもなく。

身じろぎもせず。

あくまで単純に——その一撃を、受けた。

小細工など——一切なく。

言葉の、額面通りに——一撃を打ち込ませた。

そして——そして、それだけだった。

メイド仮面は、零崎軋識の、『愚神礼賛《シームレスバイアス》』の、爆発的な、その衝撃に——メイド仮面は、見事に、耐え切ったのだ。


無論、軋識の言ったように、身長が三十センチ縮むことも、身体がへし折れることも、なかった——構えたその姿勢のままで、足元がほんのわずかに、柔らかい地面に沈んだだけで——その細い首すらも、微動だにしなかった。

まるで——鉛を殴ったような感覚だった。

手が、しびれている。

全身に電撃が流れたように——震える。

有り得ないことだが。

そればっかりはどう考えても有り得ないことだが、ほんの一瞬だけ——あくまでほんの一瞬だけではあるが、零崎軋識は、己の愛用の得物、釘バット、『愚神礼賛《シームレスバイアス》』が折れたかと思うほどの、反動を体感した。

折れた。

心が、折れたかと、思うほどの——ほんの一瞬だけとは言っても、それは、本来、軋識には、起こってはならないことで——

小細工なんて——なかった。

挑発でも誘いでもなかった。

カウンターなんて——

「……あ、ああ」

均衡を、拮抗を嫌って——先に動いたのは、先に動いてしまったのは、メイド仮面ではなく、自分の方だった……迂闊《うかつ》にも、はっきりと——どうしようもないほど明確に、実力差を、示されて、しまった——絶対の自信を持つ一撃必殺の『愚神礼賛《シームレスバイアス》』を、受けられてしまった——

客観的に見れば。

それはそれほど、動揺することではないのかもしれない——一撃で駄目だったのならば、二撃目に移行すればいいだけなのだから。続けて連撃に移れば、ただそれだけで、済むことなのだから。

いくらメイド仮面が常識外れの耐久度を誇っていたとしても、さすがに『愚神礼賛《シームレスバイアス》』の二連続に耐え得るはずがないのだから——そう、鉄仮面に覆い隠されて窺《うかが》うことができないだけで、メイド仮面のその素顔は、ぎりぎりの苦痛と悶絶《もんぜつ》に、歪んでいるかもしれないではないか——

しかし。

そんな理屈が、わかっていたところで。

零崎軋識は——何もできなかった。

『愚神礼賛《シームレスバイアス》』を——自慢の得物を、取り落とす。

手が滑《すべ》って、取り落とす。

自重で、『愚神礼賛《シームレスバイアス》』は、転がりもせず、地面にめり込んだ。軋識は、メイド仮面に恐れを抱いたわけでもないのに——一歩、後ろに退かざるを得なかった。

恐れを抱いたわけでもないのに。

そんなはずがないのに。

それを見て取って——

今度はメイド仮面が動く。

追い討ちをかける。

折った心に——追い討ちをかける。

「貴方の一撃必殺は、これで無効化しました」

そして——

メイド仮面は声の調子を変えないままに、言う。

「それでは続いて——私の一撃必殺を、お見舞いさせていただきましょう」

◆　◆

時系列は、やや近付いて——

雀の竹取山の、同じく北側。

零崎一賊の切り込み隊長——零崎双識である。

「畜生！　見えねえところからチクチクと陰湿に攻撃しやがって、腹が立つぜェ！　煮《に》え繰り返るようなこの怒りは数万倍にして貴様の臓物《ぞうもつ》に叩き返してやらぁ！　……違うな、こんなキャラでもなかった」

走っている。

既に最初に攻撃を受けた地点から、随分と離れた場所まで来ていた——かといって頂上に近付いていているという感じではなく、むしろその目的地からは遠ざかっている印象……だらだらと迂回しているような、そんな雰囲気があった。

——誘導されている。

いいように、誘導されている。

敵——地味な攻撃をいまいち消極的に仕掛けてくるだけではあるが、それでも敵は敵だろう——は、どうやら、双識を倒すこと以上に、双識を山の頂きに近付けないということの方を優先しているらしく、ここぞというところで、そんな分かれ道で、頂上への道を、塞ぎにかかる。

「分かれ道といっても、道なんてあってないようなものなんだけれどね——ううん。だいぶ近いところまで来ているとは思うんだけれど、やっぱり思い出せないな……こんなスリルにビンビン来るね！　……違う、こんなとんがった熱血面白キャラでもなかった……なんだか調子が出ないなあ」

しゃきん！

右手に持った『自殺志願《マインドレンデル》』で、近場の竹を、八つ当たりのように両断する——倒れてくるその竹を避けながら、更にその奥の竹に、『自殺志願《マインドレンデル》』の刃を向ける。

しゃきん！

しゃきん、しゃきん、しゃきん！

そうしているところに——久し振りの弾丸。

顔面をわずかに外れ、側頭部に炸裂した。さすがに足元が、一瞬だけふらついたが——すぐに取り直して、零崎双識は、逃走を続ける。

「逃走——勿論、逃げているばっかりじゃ埒があかないんだけれど——」

一番初めの攻撃から較べると、随分と敵の攻撃は、大人しくなった——今だって、ゴム弾を一発当てただけで、次の攻撃は続いてこない。多分、恐れているのだろう——何よりも恐れているのだろう、己の姿を、双識に捉えられることを。

隠身。

隠形。

藪の中で——闇の中。

だから、こちらを攻撃することにこだわり過ぎて、自分のいる位置を——勿論、双識からそう離れてはいない位置なのは間違いないだろうが——双識に察せられることを、ほとんど異常と言っていいほどに、避けようとしている。

——性格が見えるねえ。

双識は心の中で、ぼやいた。

——単純に推測すると、こういうのは大体、『呪い名』か……あるいは『殺し名』だとすれば、『闇口』あたりのやり方なんだけれど……。

どちらにせよ——それ以外だったとしても、その手の想像を巡らすことにあまり意味はないが、しかしとにかく、敵がかなりの大物であることは間違いがない。これまでの攻撃の端々に、そのような気配を匂わせている——いわゆる、『強者の気配』。

自他共に認めるほどの執着心で、この世の最強に憧《あこが》れている零崎双識は、その手の気配には敏感だ——単純な強さ、人間の強度の類には、相当に目敏《めざと》い。

そいでいて——

「そいでいて、こうも根暗で陰険な攻撃を仕掛けてくるというのは、厄介だな——もっとさっぱり、気持ちよくやれないもんなのかねえ、うふふ」

今度は正面から飛んできたゴム弾を、なんとかかわすことに成功し——しかし、かわしたことによって、またも頂上に向かう方向から、それてしまう結果となったので、これもまた敵の思惑通りなのだろうが——零崎双識は、更に走る。

とにかく、一旦《いったん》、敵から距離をとることが必要。

ひょっとしたら、まさに今向かっている方向に、敵がいるのかもしれないけれど——

——膠着状態、か。

見事に——持ち込まれている。

零崎一賊はそういう緊張状態に弱い奴が多いからなあ、殺すことばっかりで戦うことに慣れていないから、案外逆境には弱いんだよなあ、と、双識は、この山のどこかで、恐らく今も戦い続けているであろう、零崎軋識と零崎人識のことを、思った。

「ん……その辺かな。私のキャラ的位置づけは。ヒントはつかめた気がするぞ」

ぼそりと呟く。

「うふふ。それはともかく——なんにせよ、敵は打ち砕いておかないとな。この、こそこそしている奴がメインの敵ってことはないだろうから、背後にいるのは——」

この『狙撃』。

遠距離攻撃。

明らかにこの攻撃は——軋識から聞いた、高級高層マンションでの、あの戦闘行為を下敷きにしている——とすると。

となると、『狙撃手』。

零崎一賊に、敵対する者——！

「うふふっ！　いよいよ面白くなってきた！　……

うーん、こんな腕白な台詞を言うキャラだったかなぁ……？　もうちょっと、こう格好いい、中学生くらいの女の子に人気の出そうなキャラだった気がして仕方がないんだけれど……えーんえーん！　戦いたくなんてないよう！　人殺しなんてまっぴらだ！これは絶対に違うな……ヘタレキャラが人気の時代も、いい加減そろそろ終わりだろう」

双識は、うふふ、と笑う。

笑った、そのとき——

感じた。

それは、ひょっとしたら、あるいは市井遊馬よりも、先んじていたかもしれない——雀の竹取山全域を、自らの指で完全に把握している、市井遊馬よりも確実に、零崎双識は、感じ取ったかもしれない。

その——『何か』の到来を。

どこかに——何かが到達したことを。

この山のどこかで、何かとんでもないことが、とんでもないそのままに、起こってしまったという——その事実を。

「……どっちだ？　アスの方か……それとも人識くんの方か？　あのメイド仮面がこれほどの爆発力を持っているとは思えない……いや、しかし——」

近いのか、遠いのか、わからない。

だが——

これは、強い。

まるで——最強の如く、強い。

あらゆる弱さを排し、強さだけに全てのベクトルを向けたが如く、弱い部品が、弱い部分が、一個も見付からないほどに——皆目見当もつかないほどに、強い。

そんな強さが——どこかにある。

それを、感じる。

「……なんだこれ。なんだよこれ。おいおい、そんな人間、いるのかよ……？」

殺意とは違う。

悪意とも違う。

これは——ただの戦意だ。

刹那、ひょっとしたらこれは、自分を狙っている敵がいよいよ本気を出してきたということなのかと思わなくもなかったが、しかし、どう考えても、それどころではない——

この戦意はこんな陰湿さとはかけ離れている。

どこかで——何かが、起こっている。

「……痛っ！」

右足のアキレス腱《けん》の辺りに、鈍い痛み。

背後からのゴム弾らしい。

これで——戦意の主が、この敵とは違うことがはっきりした、そう思いながら、双識はとりあえず、その場を離れる。

不自然でないように——

戦意をひしひしと、感じるままに。

「うふふ……やれやれ。どうやらこんなことをしている場合では、なさそうだな。もうちょっと遊んでやってもよかったんだが、しかし、私のキャラのことなど、こうなってしまえば後回しだ。騒ぐ血気は、抑えさせてもらうことにしよう」

零崎双識は、厳しい目つきになって——

まずは『自殺志願《マインドレンデル》』を、背広の内に仕舞った。

「全く、『呪い名』だか『闇口』だか、それともそれ以外の誰かだか知らないが、考えてみれば、随分と命知らずな真似をしてくれるものだ——このマインドレンデルを相手に、接近戦ではなく遠距離戦を挑むだなんて、馬鹿馬鹿しい」

うふふと笑って——零崎双識は呟いた。

「その程度のことも理解できないのかね——私を少しでも知っている者ならば、敵味方の誰もが同じように指摘《してき》する事実なんだぜ？　……はっきり言ってこの私は、『自殺志願《マインドレンデル》』を使わない方が、圧倒的に強いということは――！」

◆　◆

市井遊馬と、零崎双識――そのどちらが、果たして先に、それの来襲を知覚したのかを、厳密に判断する基準は残念ながらないが――

一番最初に感知した者ははっきりしていた。

遊馬でも、双識でもなく――西条玉藻である。

『糸』を通じて、市井遊馬が知る前に。

膨大な戦意が、零崎双識に届く前に。

西条玉藻が――その被害を浴びた。

彼女がそれをどう感じ取ったのかはわからない。

感知した次の瞬間、意識を無くしていたから。

西条玉藻は――匂宮出夢に、踏み潰されていた。

そして、そんな光景が目の前にありながら、何が起こったのか咄嗟《とっさ》には判断できず、遊馬、双識に次ぐ、四番目に、遅ればせながらその来襲に気付くことになったのが――零崎人識である。

目の前の光景。

うつ伏せにひしゃげた西条玉藻と――

その背中に両足でしゃがみこむ、匂宮出夢。

長い黒髪。

眼鏡《めがね》で前髪をもちあげている。

両腕を頑《かたく》なに封印した、丈《たけ》の短い拘束衣《こうそくい》――

最後に。

悪魔のような、その笑顔。

「ぎゃは――ぎゃははははははは！」

やがて悪魔は――直立する。

西条玉藻の、背の上に。

「よお、おにーさん――僕と遊んでいかねー？」

「……てめえ」

人識は――突如降ってわいたかのようなこの状況に、どう対応したものか決めかねているのだろうか、それとも、この状況は、彼の秤《はかり》を大幅に越えてしまっているものだからなのだろうか、特に感情の読み取れない──どうとでも取れそうなフラットな口調で、まずは、その拘束衣の悪魔に──問う。

「誰だ、てめえ……？」

「僕？　森の妖精さんに決まってんじゃん！　見えねえかい、僕の背中に羽とかさあ！　ぎゃはははははは！　願いを三つ叶えてやろうか？　ぎゃはははははは、ぎゃはははははははは！」

「…………」

「匂宮出夢！　一人でプリキュア、出夢くんじゃないですか！　殺戮奇術集団匂宮雑技団の次期エース──もっともまだルーキーだから、おにーさんなんかじゃ知らねえか？　ぎゃはははははは！」

「匂宮、だと……？」

位置づけとしては、どこか中途半端な立場にあるとはいえ──零崎人識は、まごうことなく、零崎一賊の一員であり、間違いなく『殺し名』に属するものだ。

だから。

序列一位の『匂宮』を、知らないわけがない。聞かされていないわけがない──

その恐ろしさと、その断トツぶりを。

極端な話、分家まで含めずとも、匂宮雑技団、それはその単体としての存在だけで、他の『殺し名』、『呪い名』、その全てに匹敵してしまう物量の戦闘能力を確実に持つ、脅威の実力派集団──

「匂宮……お前みたいなのが、そうだって？」

「あー、あーあ、あー！　その通り！　ピンポンピンポンピンポン！　ご名答でございます！　そういうおにーさんは零崎一賊の『何か』なんだろ？　知ってるぜェ──『殺人鬼』！　一人殺したら全員で殺しにかかってくるんだろ？　全員で殺されにきてくれんだろ？　かっくいーい、最ッ高じゃん！　ぎゃははは！」

匂宮出夢は──高らかに笑う。

それが自らに課された責務であるかの如く。

山全体に響き渡るほどに——哄笑する。

「ひゅー、どるどるどるどるどるどるどる、だん！」

そこで一旦言葉を切る出夢。

そして人識を、その鋭い目で見た。

「僕と遊べよ、おにーさん」

「……いつもそうなんだ」

それには答えず。

出夢の言葉を全く無視する形で。

零崎人識は——俯いて、言葉を口に出す。

独白のように。

「本当に、いつもそうなんだ……いつだってそうなんだ。俺が、何かに到達しそうになると……何かに手が届きそうになると、いつも横から、誰か違う奴がかっさらっていっちまうんだ……かっさらったもんを大事にしてくれるっていうならまだしも、俺がようやく出会えたと思えた大事なものを、平気で台無しにしちまうんだ……わかってるはずなのに、それなのに俺は、いつも期待しちまうんだ……わかってたんだ、わかってたんだ、本当、わかってたんだよ……でも……期待するくらい、何が悪いってんだよ……そんなの、普通のことじゃねえか……」

「は？　何か言ったか？　おにーさん。僕の声、聞こえてマスカー？　ほら、鈴《すず》の鳴るような声だよーん？　ぎゃはは！」

「とりあえず、よお」

やたらとテンションの高い出夢に対し、人識は——対照的なほどに冷めた態度で、出夢が踏みつけにしている、体操服姿の少女を、指差した。

「そこ、どいてやれよ——決着はついてんだろ」

「ああ？」

首を傾げる出夢。

「何言ってんだ——これから、だろ」

そう言って——一旦足を浮かし、
つま先を一瞬、天に掲げ——

元の場所に、一直線に、戻した。

勢いよく、全く減速などせず、むしろ加速して、玉藻の肉体を踏み抜かんばかりに。

「げふっ！」

意識のない玉藻が――肉体反応で、唸《うな》った。

同時に、血も吐き出される。

それでも――意識は戻らない。

出夢は、「ぎゃはは」と笑う。

「お楽しみは、これからだ」

「……………」

「まだ死んでないんだから――終わりじゃない」

「そこをどけと、言ったんだ」

人識は――ナイフを構えて、出夢に向けた。

「そいつは俺の遊び相手だ――やっと巡り合えた、俺の遊び相手だ。俺はそいつに会うために生まれてきたのかもしれないってくらいのな。何かがどうにかなるかもしれないんだ。いいか、お前のじゃない、匂宮。突然横道から現れて、勝手な真似は許さねえぜ――」

「許さねえ？　許さなかったらなんだってんだよ――ぎゃはは！　はは、うおっとおっ！」

出夢の言葉を最後まで待たず、人識は出夢に、構えていたナイフを投擲していた――出夢は紙一重《かみひとえ》で、しかし全く余裕の態度で、両足の裏は玉藻の背から離すことなく、上半身の荷重移動だけで、そのナイフをかわした。

ナイフはそのまま直線に、かなり離れた場所の一本の竹の幹に、綺麗に刺さって――しばらく揺れたのち、そのまま、動かなくなる。

にいい――と出夢は顔面を歪める。

歓喜と、快楽に。

「危ない危ない――楽しい楽しい、ぎゃはは！　なんだよなんだよ、もうすっかりやる気じゃん、おにーさん」

「そいつは、お前が踏みつけにしていいような奴じゃねえんだよ――なんだお前？　突然出てきて、主要登場人物みてーな面してんじゃねーぞ。誰だお前は、異様にエロい格好しやがって——欲情されてーのか、この女」

「この女、ねえ——しかし今は『男』だけれどな。

おっと、かと言って『らんま½』じゃ、ねえけどな！　ぎゃはははは！」

「はあ？　何言ってんだお前。脳味噌《のうみそ》がルイベされてんのか？　いくら夏場だからってそりゃねーだろ」

「別に、おにーさんは知らなくてもいいことだよ——どうせおにーさん、ここで死んじゃうんだから」

「死ぬ？　正しくないことを言うもんじゃねえぜ。どうして俺が死ぬんだよ。お前ならともかく」

「勿論——僕と遊ぶからさ」

出夢は当然のように言った。

玉藻の背を、踏みにじりながら。

挑発するように——踏みにじりながら。

「遊んでくれるんだろ？　殺戮は一日一時間だから、やるんだったら早くしよーぜ——もしも僕に勝てたら、たっぷりといやらしーサービスしてやるぜ、ぎゃはは！　もっともそれは、僕じゃなくて、『妹』がやることになるんだろうけれどな、ぎゃは！」

「……はあ、やれやれ」

大仰に、額に手を当て、首を振る人識。

その仕草《しぐさ》は、兄である、零崎双識の真似だった。

「わかったわかった——しかし、その前に、一つだけ訊きたいことがあるんだけれどな、匂宮の」

「ああ？　なんだよ、質問か？　質問なんだな？　いいぜ、何でも訊いてみ——うわっ！」

今度は——両足が、玉藻の背から、離れた。

もう一本。

本来右腕、骨折している右腕で使う予定で普段から携帯している、もう一本のナイフを——人識の言葉に気を取られたところの出夢に、背面から左腕で、投擲したのだった。

側転するように——勿論拘束衣により両腕を封じられているので、手のひらを地面につくことはでき

ないが——左方向へと跳躍《ちょうやく》した出夢は、そのまま、中でも太い竹の幹に、横向きに着地する。その衝撃にしなった竹が、出夢の小柄な体軀《たいく》を見事に跳ね返し、結局出夢は、玉藻からやや右側の地面に、着地する形となった。

その間に、人識は素早く、ナイフを投げた左腕を、続けて気絶している玉藻に伸ばし、彼女のブルマをつかんで自分の側に力ずくで引きずるように引き寄せて、そのまま自分の背後へと、出夢から隠すように、移動させた。

避けられたナイフが果たしてどこに飛んでいったかは、誰も見ていなかったので、わからない。もっとも、先程のナイフと同じく、すぐには回収不能な場所にまで消えてしまったことは、間違いがないだろうが。

「なんだよ——そんな激弱な小娘が、そんな大事なのかよ、零崎のおにーさん。そんな風にちっちゃい女の子を守ったところで、案外ファンは増えたりしないぜ？　ぎゃはははは！　むしろちっちゃい女の子を苛《いじ》め殺す、僕の方が今のブーム、ムーブメント！　ぎゃははは！」

出夢は、高らかに笑いながら、人識に言う。

「そんな雑魚《ざこ》と遊ぶより、僕と遊んだ方が全然楽しいに決まってるじゃん、おにーさん。よーし、楽しみを増やすために、こうしよう。僕はおにーさんに勝っても、おにーさんは殺さない。代わりにそっちのちびっちゃい女の子ちゃんをぶっ殺す。嬲《なぶ》り殺す、微生物みてーに殺す！　ぎゃはは！　さーさーさーさー、大変だよー？　お姫様のためにナイトさんは必死にならないと！　ま、お姫様っていうには、そいつは随分と貧相ちゃんで貧弱ちゃんだけどな！　ぎゃはははは！」

「……お前、それ以上喋るな」

零崎人識は——

出夢がテンションを上げれば上げるほど、逆に声を低くして——言う。

「お前はこいつを雑魚と呼んだが——俺から見れば、お前の方がよっぽど雑魚のチンピラだ。喋れば喋るほど、お前の弱さが露呈していくようだぜ」

「はあ？　『弱い』？　この僕が？　弱さなんて、一切持たないこの僕が——言うじゃないか！　素敵だぜ、おにーさん！　格好いい、色っぽい！　粋だね！　あーもう、素晴らしいもんなー！　いちいち言うことがブリリアントだもんなー！　はっ、ただの暇《ひま》潰し程度のつもりだったけれど、なんだ、思いの外楽しいことになりそうじゃねーか、ぎゃはははは！　それに、この山には、他にも色々あるみたいだし——参ったな、これじゃ一時間じゃ足りないぜ！　ちょっとくらいオーバーしてもいいかな——いいことにしちゃおっかな！　なんて、自分に甘いところがこの僕の魅力、いいところ！　いいねいいね、豪快だね、また僕、自分のことが好きになっちゃったよ！　ぎゃはははははは！」

笑って——とにかく笑い続けて。

ふっと、匂宮出夢は、真顔になり、

「まずはおにーさんからだ」

と言った。

「そろそろやろうぜ。神様も待ちくたびれている」

「……お前、なんでここにいるんだ？」

零崎人識は、またも出夢の言葉を正面からはっきりと無視する形で、訊いた。どうやら先程、出夢に訊きたいことがあるといったのは、全くのフェイクでもなかったらしい。

「どうも、兄貴とか大将とかの話じゃ、この山には今、『罠』……のようなものが張られていて、そのための人員が、どうやら配置されているっぽいんだが——しかし、まさにその配置されている人員であるところの、玉藻を平気で踏み潰したところをみると、お前、あっち側の人間じゃあねえんだろ？　じゃあ、お前……なんでここにいるんだ？」

「……さあねえ？　僕は敵味方なんて関係ねえ、誰彼構わずぶちまけちゃう悪い子ちゃんなのかもしれねーぜ？　秋田県にいたら真っ先に抹殺《まっさつ》対象に入っちゃってたりなんかして！　いいねえ秋田県！　女子高生が異様に可愛いんだ、あそこは！　秋田県の男子高校生がめっちゃ羨《うらや》ましい、ひゅうー！」

「……それだけ色々舌《した》を廻《まわ》しておきながら……大事なことは一つも言わないってか。饒舌《じょうぜつ》の仮面で覆った無口な心……無理矢理ではあるが、そう考えれば、うん、どっか兄貴に似てるな、お前」

　よし。

　一応、殺したくなってきたかも。

　零崎人識は、そう呟いた。

「ああ――けれど、俺はお前じゃないから、一つ、大事なことを言っておくぜ。言わせてもらうぜ。今からお前が戦うのは俺じゃない――俺はあくまで、玉藻の代わりとして、お前と戦うんだ」

「……はあ？」

　何言ってんだお前、と出夢は鼻白《はなじろ》む。

「なにそれ、仇討《あだう》ちのつもりか？　何？　僕がその少女ちゃんを踏み潰したのをカウントせずに、『まずはおにーさんからだ』とかなんとか言っちゃったことを、根に持ってんのか？　おいおい根暗だな！　仇討ちだなんて、そんなのはプロのプレイヤーとして恥ずべき戦闘姿勢だぜ！　零崎一賊らしくもない！　やめてくれや、そういう恥知らずな――」

「悪いが俺が特別製でね――他の連中とは違う」

　ちらりと、後ろを振り向いて――

　倒れている玉藻の姿を、確認する。

　そして――

「そして今の俺は、俺じゃなくてこいつだから――零崎人識じゃなく西条玉藻だから、両腕を封じられた奴を相手に片腕で挑むなんて、そんな恥知らずなことをするわけにはいかない」

　そう言うと同時に。

　零崎人識は、自らの左腕を――へし折った。

一切の加減をせず、近くに生えている竹の、しなりにくい、堅固な節の部分を目掛けて――左腕の前腕部を、後ろ向きに、力強く、ぶつけた。

竹は、わずかに揺れたが――それだけ。

それだけ。

衝撃を受け流してては、くれない。

衝撃はほとんど、人識の腕に、返ってきた。

歯を食いしばって――その痛みに、耐える。

呻《うめ》き声すら漏《も》らさずに。

人識は、出夢を向いて――

「勿論……ナイフも、使わない。お前とおんなじ、素手素足だ。これで――互角は、条件だろ」

と、言った。

いかいか、ゆらあり、と。

自らの決め台詞は用いずに――そう言った。

過程を知らなければ全く意味不明としか取れないようなその行為を、一部始終見守るしかなかった匂宮出夢は――

しかし、それを見届けて。

「いいね」

と言った。

「僕はあんたが気に入っちまったぜ、零崎人識」

「そうかいそうかい――匂宮出夢。俺はお前に、ちっとも興味が、ねーけどな」

「ぎゃはは」

「かはは」

殺し屋。

殺人鬼。

後々まで深い因縁を残す――後々まで深い禍根を残すことになる、最終的には大袈裟でなく世界を危機にまで陥れることになる、殺し屋と殺人鬼との、この唐突なる沸騰《ふっとう》的な出会いは――

そのままかくも簡単に、戦闘へと移行する。

先にかかかかかかか動いた方が勝ちだとばかりに――

お互いがお互いに、飛び掛る。

そんなわけで、若干変則的ではあるものの——
雀の竹取山——第四試合。
零崎人識対匂宮出夢——開始。
そしてこの開始が、現在、雀の竹取山で行われている、全ての戦闘行為の——終了の契機だった。

◆　◆

「そうですか。では、お話はこれでおしまいです」

「おしまいなのですか？」

「ええ。お嬢様。おしまいです」

「これから私は、どうすればよいのかしら？」

「さあ——それは私如《ごと》きの関知するところではありません。けれど、そうですね、お好きになさったらいかがでしょうか？」

「…………」

「殺したければ殺せばいいいし、殺したくなければ殺さなければいい。幸いなことに、あなたはそれが許される立場にいらっしゃる」

「許される？」

「人を殺しても罰せられない環境に、お嬢様はおられるという意味ですよ——大抵の人間は、その枠から外れています。何せ、狭過ぎる枠ですからね。人を殺すために鍛《きた》えられている戦士達でさえ、ほとんどはその枠の中には入れません」

「そう」

「そうです」

「だったら、私、とてもついているのね」

「ついていますよ？　けれど――」

「けれど？」

「いえ――なんでもありません。危うく出過ぎた意見を言うところでした。私らしくもない。ああ、そうです――これからどうすればよいのかと言われましたが、あくまで参考程度の指針として、無能だったからオデットさまを殺したというのでしたら、有能な人間を、周囲に集めてみたら如何《いかが》です？」

「有能な、人間？」

「そうすれば、人を殺さずに済むかもしれません」

「…………」

「もっとも――それはもう、倫理や善意の話ではなく、ただの自制心の話になりますけれどね。お嬢様は既に、ほとんどあらゆる行為を許されているのですから。でも、お嬢様。思い出してください――オデットさまを殺したときのその感触を。殺したという、その触感を」

「殺した――感触。触感」

「はっきりいって、気持ち悪いでしょう？」

「……気持ち、悪い」

「思い出したくもない、感触でしょう？　その手で殺したというのなら、その手に感触が、残っているでしょう？　そうだと思います。安心してください、お嬢様。その気持ちを、その気持ち悪さを忘れなければ――これから先、お嬢様はきっと、誰も殺したりはしませんよ。それに――実を言えば」

「実を言えば？」

「実を言えば、私は、お嬢様が本当に、オデットさまを、殺したかどうか――怪しんでいる立場の者ですしね」

「…………」

「お嬢様の仰る通り、殺したいという気持ちと、死んだという事実には、それだけでは本来何らかかわりはありませんしね」

「貴女は」

「はい？」

「貴女は、誰かを殺したいと、思ったことはないの？」

「既にその質問には、答えたと思いますが？」

「違うわ——質問の意味が、違う。殺したかどうかじゃなくて——殺してもいいかどうかじゃなくて、殺したいと思ったことがあるか——ないか」

「…………」

「答えてください」

「……ええ、そうですね。私も色々、お嬢様に申し上げましたけれど……でも正直な話をすれば——私も幼児だった、まだ未熟だった頃には、残虐な真似をしたことがあります。自ら進んで、したことがあります。それが殺意であるかどうかはともかくとして、自分の意志で、進んでしたものでした。蜻蛉《とんぼ》や飛蝗《ばった》、蟋蟀《こおろぎ》や甲虫《かぶとむし》、あの手の昆虫類を手にとって、その脚をもぎ、腹を潰し、頭を半分だけ削ぎ取ったりしたことがあります。綺麗な蝶々《ちょうちょう》を捕まえて、蜘蛛《くも》の巣に引っ掛けたことがあります。小さな虫籠に蟷螂《かまきり》を二匹入れて、共食いする様子を楽しんだことがあります」

「残虐というか……残忍ですね」

「ええ、残忍な真似です——でも、今ではもう、そんなことをやろうとは思いません。どうしてだと思いますか？」

「わかりません——可哀想だからですか？」

「いえいえ」

「虫に触るなんて、気持ち悪くてとてもとても」


雀の竹取山——その頂上付近。

萩原子荻は、既にいない。

ここにいるのは市井遊馬だけで——その遊馬も、昨夜からずっと続けて、一睡もせずに続けていた、両手での綾取りを、解いてしまっていた。それはとりもなおさず、この雀の竹取山が、『ジグザグ』、市井遊馬の手指による『糸』の支配から、今や、解放されていることを意味していた——

一人。

独り。

市井遊馬は——待っている。

この頂上まで、登ってくる者を。

勝ち抜いてくる者を。

黙々と、独り言も言わずに——待っている。

「………………………………………………………………………………………………」

そのとき——携帯電話に着信があった。

ベル音は切っているので、ポケットの中で一番小さなレベルのヴァイブレーションで震えただけだ——表情一つ変えずに、遊馬は、スーツの袖に通してあった『糸』を親指と小指、それに、ポケットの中の携帯電話に接続し——まるで『電話』のハンドジェスチャーのように、左手の親指を耳に、小指を口元に、運ぶ。

「もしもし？」

電話の相手は、予想通りだった。

澄百合学園の、幹部の一人。

ただし一幹部というには、強大な力を持ち過ぎている——あの子と同様に、力を持ち過ぎている、そういう人物からの、電話だった。

「ええ、大丈夫——もうすぐ終わる。ええ、うん、ええ、そうそう、うん。何の心配もいらないわ。予定通り、完璧に考えている通り。一個のイレギュラーもないし、わずかなミスもない。全てが意のまま、思いのまま。あんたさえ余計なことをしなければ、この調子で万事順風満帆《まんぱん》に進むんじゃないかしらね——」

本当は心配ごとだらけで予定は狂い、考えは間違っていてイレギュラーは山積み、ミスはあちこちに散見し、意は通らず思いは届かずといった有様だが──しかしそれでも、だからといってお前に余計なことをされては万事沈没幽霊船だとばかりに、遊馬は澄《す》ました顔で嘘をつく。

「ええ、お嬢様についても、何の問題も……ん？　そっちじゃなくて？　ああ、大丈夫──あの子は本当に大丈夫。うん？　『本当に』なんて、言葉の綾よ──全部うまくいっているって言ったでしょ。平気な顔をしていたわよ──さすがあんたの娘と言ったところかしら？」

　心にもないお世辞を吐く遊馬。

　身体の中身が黒ずんでいくようだ。

　事実は、鳶《とんび》が鷹《たか》もいいところなのに。

「ねえ、あの子は口が堅くて、ちっとも教えてくれないんだけれど──あんたはどうなのかしら？　そろそろ私に、教えてはくれないの？　零崎一賊を敵に廻して、一体どうしようっていうのか──あの才覚なら滅多《めった》なことはないとは思うけれど、それでも、万が一ってことがあるでしょう──」

　万が一。

　この世で最も下種な言葉。

　万全。

　あの子は、その言葉が好きだと言っていたが──しかし、人間に万全なんて、本当にあるものなのだろうか？　出来過ぎたところで、十全くらいが精々ではないのだろうか。遊馬は、友人というにはちょっと抵抗のある、一人の性悪な知り合いを頭に思い浮かべながら、そう考えた。

「……そう。教えてはくれないのね。いいわ、所詮私は、兵隊だからね──別に拗《す》ねているわけじゃないわ。己の立場を確認しておくことは、私にとって必要なことだというだけよ。電池が勿体ないから切るわよ。それに、少しは盗聴に気を遣いなさい。次からは面倒臭がらずにどうか無線機を使って。それじゃあね、ノア」

　親指と小指を、拳に閉じる。

何も出来ない、か。

待つことくらいしか——出来ないか。

仕方がない。

そもそもあの子は、助けなんて望んでいないだろう——まして、兵隊、道具としか看做していない、遊馬の助けなど、夢にも思っていないに違いない。一笑に付すどころか、きょとんとした顔をされるに違いない。

——それでも。

私は——教師なのに。

待つことしか、出来ないのか。

従うことしか、出来ないのか。

だが……干渉だ。

己で決めた領域からの、逸脱《いつだつ》だ。

それは遊馬の主義から、反する。

自分はただの哨戒兵器。

戦力外の戦力。

公共事業、道路整備。

世界の辻褄合わせに、過ぎなくて——

そう、それはあの子の、言う通りで——

「…………ああ、もう」

苛立たしげに、遊馬は唸った。

独り言ではない——またも携帯電話に着信があったのだ。半ば強引に通話を終えたので、向こうが掛け直してきたのだろう——全くもって腹が立つ。無線を使えと言ったのに……！　雑な仕草で、一旦切っていた『糸』を、再び、指と電話に接続した——

「もしもし！　……あ」

今度は——予想外の相手だった。

「ち、違う！　誤解しないで！　挑んでない挑んでない、全然ちっともまるっきり挑戦的態度なんかじゃないって！　本性を現したりしてないって！　大好き大好き大好き！　だからきみと戦うつもりなんて毛頭ないって！　友達、友達！　よく思い出して、数年来の付き合い、気心の知れた仲！　喜ばないで、絶対ぬか喜びになるから！　はしゃがないで、嬉しそうな声やめて！　歌わないで！　ああもう、きみは全く、本当にこういうタイミングでしか電話をかけてこない女だよ！　いやいや！　いやもう本当、いやいやダンスを踊《おど》るから許して！　もう本当勘弁してよ！」

とにかく慌てて、弁解をする遊馬。

そうしなければならない相手だった――油断をすればすぐに機会を見つけて遊馬の『曲絃糸』と戦いたがる、困った特性を持っている相手なのだから。

そんなこと、別にやるまでもなく、結果は最初から見えているだろうのに。

「あ、うん……うん、仕事中なの。いや、大丈夫。問題ないよ、もうほとんど、終わりなんだから――あは、私の仕事なんて、いっつも、下拵《したごしら》えと後始末よ」

誤解にはとりあえずひと段落ついたところで、落ち着きを取り戻し、その途端、砕けた口調になる遊馬――さっき思い出した性悪な知り合いとは違って、こちらはさしたる抵抗なく、友人と呼べる相手だった。

……残念ながら全く抵抗がないとは言えないが、しかしそれは概《おおむ》ね、こちらの持つ後ろめたさに、起因するものだ。

「ん？　手伝い？　別にいいけど――私に手伝えることなんかあるのかな？　あはは、きみとの仕事は疲れるからなー。ま、いいよ。ちょっと気が滅入《めい》ってたところだし、いい気晴らしになると思うわ。それで、どんな仕事なの？　……アメリカ？　ふうん――随分と遠出するのね。ま、きみにとっては、大して遠出でもないんだろうけれど。うん、有給はたっぷり余ってるし、平気平気。うん、じゃ、今の仕事が終わったら、こっちから連絡するね。前の連絡先は生きてるの？　あっそう。じゃ、まあ、なんとか調べるわ、それくらい」

そこで遊馬は、ふと思いついたように、
若干躊躇《ため ら》ったあと、
電話の相手に――訊いた。

「ねえ、きみなら、どうする？　意地っ張りで、自分で何もかもをやろうとしている、全てが見えているようで何も見えていない、誰も信じずに一人で戦っているつもりで、世界ってヤツを全然当てにしていない、傲慢《ごうまん》で可哀想な、とにかくむかつく女の子を見つけたら――」

その質問に対して。

どうやら、答は、ほとんど即座に返ってきたらしく――遊馬は、「うん」と、すぐに、頷くことになった。

「だよね。きみならそう言うと思ったよ――潤《じゅん》」

そして。

遊馬は、拳を閉じる。

ぐ、と握り締める。

そして――先程までとは違い、迷いの吹っ切れたような表情で、「うん」と、もう一度、まるで何か、自分のやるべき仕事をはっきりと見つけたかのように――微笑んだ。

「そうよね……人任せにしてちゃ、駄目だよね――運を天に任せてちゃ、駄目だよね。……となると、まずは、この仕事か――まあ、誰が勝ち上がってくるにしたって、もう既に、あの子によって、結末は揺るぎ無く決定しちゃっているんだろうけれどね――」

◆　◆

それを、順当と考えるべきなのか、それともそうでないのかは、ともかくとして――最も早く決着がついたのは、最も早く始まった戦闘であるところの、零崎軋識とメイド仮面とのバトルだった。

決着。

その結果。

その結果は――零崎軋識が仰向《あおむ》けに横たわり、そして、若干かがみ気味に、拳を振りぬいた姿勢のままで固まっているメイド仮面の姿を見れば――誰にとっても、一目瞭然だろう。

「……………………………………………………」

メイド仮面は――沈黙している。
鉄仮面で、表情は読めない。
零崎軋識は――白目を剥いていた。
表情は、歯を食いしばった状態のままで――

そして、心臓が停止していた。

「…………………………………………」


果たしてどれくらいの間、その格好でいたのだろうか――メイド仮面は、ようやく、拳を振りぬいた姿勢から、緩慢にではあるが、その拳を、引き戻し――倒れている軋識の近くへと、脚先を寄せる。

メイド仮面はそこで耳を澄ます。

何も聞こえない。

心臓の鼓動も。

呼吸音も、聞こえない。

「…………………………………」

殺す必要は――なかった。


正確に言うならば、殺せとは言われていなかった。いわゆるデッドオアアライブで、生死は問われていなかった――ただ、確実に零崎軋識を、負かしてくれと、言われていただけだ。

細かい事情は知らない。

しかしどうやら、あの策師……あの策師には、零崎軋識――シームレスバイアスが早い段階で自分達の陣営に負けているという事実が、必要であるようだった。

だから。

メイド仮面は、ただ勝てば――それでよかった。


「…………………………………」


一撃必殺。

メイド仮面の一撃必殺と言っても、別に何か、特別なテクニックを要する必殺技というわけではない――それは零崎軋識の『愚神礼賛《シームレスバイアス》』と同じだ。違いがあるとすれば、零崎軋識にとって凶器は釘バットであり、メイド仮面にとっては両の拳であるというだけである。

即ち、真の必殺とは。

『力任せに——ぶん殴る』。


メイド仮面にそれを教えてくれた拳士は、その技を指して『俺的必殺・問答無用拳』などと嘯《うそぶ》いていたが——無論、それは、相手のどこを殴りつけてもよいというわけではない。『殺すにはここだ』という急所、もっと砕いて言うなら狙うべきポイントが——人体には存在する。必然といえば必然、生きているモノの身体には、即死点が、多数、存在しているのだ。

岩に目があるように、植物に筋があるように。

生物には点がある。

「……………………」

一般的に、人体に即死点を求めるならば——普通は頭部を狙うのが常套《じょうとう》だろう。それこそ零崎軋識が『愚神礼賛《シームレスバイアス》』で、メイド仮面の頭を上から打ったように——鈍器を使用するならば頭を狙う、それが正当な手順である。刃物ならば心臓だろうが——しかし人間の拳の形状が鋭利なエッジを描いていない以上、狙うべきは、やはり顔面だろうか？　脳天だろうか？　それとも後頭部だろうか？

否。

メイド仮面ならばそんな場所は狙わない。

人間の頭——胴体に頸部《けいぶ》で接続されているその部位は、見様によってはそれは明らかに不安定であり、不安定であるということは、折角の衝撃を逃がしてしまいかねないということだ。もしも頭部に一撃必殺をお見舞いしたければ、頭部の方から進んで拳に向かってきてもらうしかない——人体対人体という構造上、『愚神礼賛《シームレスバイアス》』のように、上から地面とサンドイッチするように拳を叩きつけるなんてことはできないのだから。両者に明らかな身長差があれば話は別だが、この場合、向かい合って背が低いのはメイド仮面の方である。

　では、どうするか。

「…………………………………………」

　この場合、メイド仮面が狙ったのは、心臓だった。

　本来なら、刃物で狙うべき部位。

　しかし、本来なら。

　本来ならだって？

　そんなことはない——心臓は明らかな即死点だ。『力任せにぶん殴』れば——たとえそれが拳法の素人であっても、人間一人を絶命させるに足るだけの、究極的急所である。

　心臓の破壊までを行う必要はない——

　ただ鼓動を停めればそれでいいのだから。

　思い切り振りかぶって——

　思い切り拳をぶち込む。

　相手の胸の、中心に。

　それでいい。

　細かいテクニックなど不必要だ。

　忘れてはならない前提、第一条件として、一撃必殺には蹴《け》りよりも突きの方が相応しい——脚は腕より何倍もの力を持つなどと言われ、パンチよりもキックの方が威力があると妄信的に思い込んでいる向きもあるが、しかし実戦においては一概にそうとは言えない——攻撃の瞬間必然的に片足立ちになってしまう以上、どうしたって蹴撃の間は不安定な姿勢になりかねないからだ。

　そこで、安定した突き。

　刃物のような、鈍器の突き。

「…………………………………………」

　しかし——

　それもまた、理想論だ。

　それが即死点、『面』ではなく『点』である以上——ミートポイントが一点でしかない以上、わかってさえいれば、その一撃必殺をかわすのは実は、それこそ素人であっても容易なのだ——そして心臓なんていうのは、どんな生物であれ本能的に、そこが己にとって致命的な器官であることを、知っている場所である。

恐怖で竦《すく》まれるだけでも——一撃必殺は失敗する。

人間は、岩でもなければ植物でもない。

動くのだ。

動く物体の『点』など、そうは貫けない。

ならば、どうするか？

「…………………………」

避けられない状況を演出すればいい。

そのために——まず、軋識に攻撃させたのだ。

そう。

あれは挑発でも誘いでもない、額面通りだが——しかしメイド仮面にとってはそれだけではなく、そして零崎軋識にとってはそれ以上に、挑発でもあり、誘いでもあった。

メイド仮面は避けなかった。

『愚神礼賛《シームレスバイアス》』の一撃を避けなかった。

『愚神礼賛《シームレスバイアス》』の一撃必殺を避けなかった。

そうなれば、零崎軋識だって——メイド仮面の一撃を、メイド仮面の一撃必殺を、回避するわけにはいかなくなる——

かわしもせず——避けもせず。

ディフェンスするでもブロックするでもなく。

身じろぎもせず。

ただ受けるしか——なくなる。

「……………………………」

選択肢を奪う——詐欺師の戦い方だ。

勿論……こんなのは、拳士たる、メイド仮面のやり方ではない——あの策師が、昨夜の段階で、メイド仮面に伝達した、策戦の内の一つである。伝達された策戦はこれ一つではなく、他に合わせて三十ほど、シームレスバイアスが相手だった場合の策戦が用意されていたが——中でも最も卑怯でなく最も卑劣でなかったのが、この策戦だった。

それでも——

メイド仮面からすれば、策戦というよりは姦計《かんけい》だ。

較べてみれば、という話。

確実に勝つための策戦。

零崎軋識が負けたという、事実が必要だから。

雀の竹取山を、戦場に選んだことも、含め——

「……………………」

勝てて当然だ。

殺せて順当だ。

突然鉄仮面を突き出されて、そこを殴ってみろと言われれば、誰だってカウンター攻撃を予想する……それゆえに、全力で打ち込んだりは、しない。

威力も速度も申し分なくても——

フルパワーではない。

ならば、衝撃を非常によく吸収するゲル状の物質で内側を埋めているこの特製の鉄仮面で受けるのならば——耐え切ることは、メイド仮面にとっては、不可能ごとではない。相手の打撃を受けるために、肉体を鋼のように固める体術くらいは、拳士としての当然の技量として、メイド仮面は備えているし——

けれど、もしも。

あのとき、零崎軋識が馬鹿正直に鉄仮面ではなく、たとえばメイド仮面の、肩なんかを狙ったとすれば……状況は、また、変わっていたはずなのに。

違ったものになっていたはずなのに。

「……………………」

戦っていて、わかった。

零崎軋識というこの男は、釘バットなどという乱暴かつ粗雑な凶器を使用しているイメージとはかけ離れて、かなりクレバーだ。ともすればただの単純馬鹿と見受けられてしまうような、粗野《そや》な言動が見え隠れするが——それはあくまで見せかけで、一種のポーズであって、それとは裏腹に、相当に色々と、深く考えているタイプの人間。

思慮深さ。

だから——気付いたはずだ。

己が罠にかけられたことに、気付いたはずだ。

嵌められたことに、騙されたことに。

しかし、それでも——避けなかった。

分かっていて、避けなかった。

一撃必殺を避けなかったメイド仮面の一撃必殺を、避けることを、己自身に許さなかった。

「……………………………」

勿論。

その性格すらも、策師の計算通りなのだろう。折られた心ではその選択しかありえないという以上に、零崎軋識のパーソナリティを見切ったところでの、この策戦だったはずだ。武士道やら騎士道やらと比して語るには、随分と不器用な感は否めないが——それでもこの男、零崎軋識は、自分の道を、貫いた。

いや、実際。

たとえばこれが、この雀の竹取山に来ている他の殺人鬼達ならば、話は全く違った展開を見せただろう——零崎人識ならばメイド仮面の一撃必殺なんて問題なく避けただろうし、そもそもそんな発案を受けたりはしなかっただろう。あるいは零崎双識だったなら、発案を快諾《かいだく》した上で、避けるどころか平気でカウンター攻撃を加えたところだろう。それは彼らが異常だということではない、同じ状況にあれば、大抵の者は、発案を受けない、避ける、反撃する——その三択を迫られることになる。

それなのに。

「……………………………」

ぽつりと。

メイド仮面は、何かを呟いた。

その声は小さ過ぎて、誰にも届かない。

自分にさえも。

けれど、その次の台詞は、明瞭《めいりょう》だった。

「私は拳士だ」

言って——メイド仮面は、仰向けに横たわる零崎軋識の身体を、踏みつけにした。踏みつけにしたところで、もう一度、押し込むように——その足に体重をかける。

足は。

心臓を踏んでいた。

更に、踏み込む。

ぐりぐりと、踏み込む。

「——こんなものですか」

そして——足をどける。

耳を澄ます。

すると、聞こえてきた。

心臓の鼓動も——呼吸音も。

肩を竦める。

マッサージは、どうやら成功したようだった——失敗したならば、無駄な足掻《あが》きはせずにすぐさま諦めるつもりだったのだが……、この零崎軋識という男、相当に太い運を持っているようである。


まあ、いいだろう。

最初から生死問わずと言われている以上、どうせ自分のこの行動も、あの策師にとっては計算通りとは言わずとも、誤差の範囲内なのだろうから。

別に甘いつもりでもない。

ただの背徳《はいとく》感だ。

「考えようによっては——あなたはここで絶命した方がよかったのかもしれませんけれどね。どうやらあの策師さんは、これから先、更にろくでもないことを企んでいるようですし——……では、機会があったら、また試合《しあ》いましょう」

今度は正々堂々。

お互い——手加減なしで。

メイド仮面は、初めてメイドらしく、深々とお辞儀をしてからそう言って、蘇生はしたものの、まだ意識を取り戻さない零崎軋識に背を向けて、歩き出す。

頂上にではない。

頂上には向かわない。

それは、下山する方向だった。

もう——自分の役割は終わったとばかりに。

「……しかし、いくらお嬢様のためとは言っても、あの策師にだけは、二度とかかわりあいになりたくないものですね、本当に——」


そんなわけで。

雀の竹取山第一試合、零崎軋識対メイド仮面。

メイド仮面の、一本勝ち——

殺人鬼・零崎軋識——シームレスバイアスのこの敗北が、萩原子荻の狙い通りの効果を現すのは、これより二年後のことである。

◆　◆

…………。

……………。

………………。

…………………。


闇口濡衣。

隠身にして隠形。

暗殺者集団《アサシンギルド》、『殺し名』序列二位、『闇口』の中でも、もっとも特徴的な、しかし逆に言えば、『闇口』らしいという意味では最も平易な暗殺者——『闇口』の象徴的存在とも言うべき、暗殺者——しかし、今回に限って言うならば、彼は目標対象である零崎双識を殺せとは、命令を受けていない。

むしろ『無理をしなくていい』と言われている。

言われるまでもなく、直接的には彼自身の主人たる人物の御為ではない以上、無理をするつもりも無駄をするつもりも、一切彼にはないのだが——策師、あの策師が、敢えて彼にそう申し渡したことには、意味があると考えている。

要するに今回の仕事は、計測であるらしい。

あの策師は、決してそんな風には匂わさなかったが——零崎双識、『二十人目の地獄』、マインドレンデルという殺人鬼が、どれくらいのものであるのか、調査する——それが闇口濡衣の役割。

勝負の結果は、その結果としてでいい——と。

そういうことなのだろう。

それはメイド仮面に下された、『生死はどちらでも構わないから、零崎軋識に絶対に勝利すること』という指令とは、似ているようで対照的だった——逆に言うならば、今回のところは、零崎双識よりも零崎軋識に重きを置き、零崎双識については、うまくいかなければ次回以降に持ち越し——ということなのだろう。

しかし。

果たしてそこまでする意味があるのかどうか。

闇口濡衣は段々と、そう思い始めていた。

先刻からあの男は、逃げ回っているだけだ。濡衣が何処にいるのかを、何処から攻撃しているのかを、まるで探ろうともしていない——勿論、探ったところでわかるはずもないのだが——とにかく、全く、戦おうという意志を見せていないのだ。

「所詮《しょせん》は殺人鬼……ということなのでしょうかねえ……『殺し屋』でもないし『暗殺者』でもない……所詮は『殺人鬼』……自分より弱い相手しか殺せないということなのでしょうかねえ……まあ、私からすれば、どっちでもいいんですけれど」

私には関係ない。

私のあるじには関係ない。

闇口濡衣は、小声でぶつぶつと呟きながら、竹林の中を素早く移動する。移動するとは言っても、全く無音だ——足跡も残さなければ足音も立てないし、彼が通り過ぎた後は、彼が通り過ぎる前と何も変わらない、枯葉一枚の位置すら、変化しない。

鳥獣どころか虫にすら気取られない体重移動。

彼が動いても、周囲の空気は動かない。

完璧なる追尾。

完全なる追跡。

今日のところは、残念ながらあまりやる気がない、乗り気な仕事ではないのでそこまではいかないが、調子のいいときには、対象の正面一メートルにまで近付いて、刃物をその首筋に差し込んだところで、血が吹き出るまでは気付かれない自信があるほどの、無気配のスペシャリスト。

それが闇口濡衣だった。

あるじにしか姿を見せたことはないし——そのあるじにしたって、それほど多い数、濡衣の姿を見たことがあるわけではない。自分の存在のことなどで、あるじを煩《わずら》わすつもりは、濡衣にはない。

自分は無なのだ。

自分は闇なのだ。

闇口濡衣はそう自覚している。

「対して……あの男、零崎双識。正直、殺人鬼集団零崎一賊のトップランナーだというから、期待していた面もあったのですが……あんな程度ですか……どうも、キャラがどうとかわけのわからない独白をしているばかりのようですし……別に無理に殺す必要はないのですが……またこんな面倒臭い仕事をあるじを通じて頼まれてもなんですし……ここで殺しておきますか……いや、『殺す』と思っちゃ、駄目なんでしたね……いいところ、『再起不能』ですか……」

ちなみに——というか、これは当然ではあるが、メイド仮面のとった策戦とは違い、この『不殺の殺意』というのは、策師・萩原子荻が授けたアイディアではなく、闇口濡衣オリジナルの戦法である。殺さなくていい、無理をしてまで勝たなくていい、どうしても決着をつける必要はないという、萩原子荻からの指示——濡衣にしてみれば、あるじを経由してきた『命令』だが——を受けて、ならばと選んだ手段だ。己の安全率を最大に高めている。

「『殺意』……まあ、その意味じゃ、零崎一賊というのは、『殺意』の塊ですよね……D.L.L.Rシンドロームでしたっけ……いや、余計なことですか……全く怖い怖い……人を平気で殺せるだなんて……とても私には考えられませんよ……そんな連中がいると考えるだけで、憂鬱《ゆううつ》ですよね……さて、それでは」

いいくらいの間を空けたところで。

コルト・パイソン。

両手に構え——狙いを定めようとする。

「…………おや？」

零崎双識が——視界から消えていた。

ついさっきまで、そこに見えていたのに。

「へえ……目を離して、いないのに……瞬きもしていないのに……ふうん……なるほど、思ったより、やる……」

くるり、と、拳銃を、手の内で回転させて——両方とも、逆手に持つ。引き金には親指ではなく小指を引っ掛ける形で、グリップを親指で支える形で。

表情は変わらない。

いや、窺えない。

誰も彼の姿を捉えることはできないのだから。

「けれど……姿を隠したところで、意味はありませんよ……マインドレンデルさん」

追尾術とは決して対象の姿を見失わないということではない——見失おうがどうしようが関係なく追い続けることを可能にするからこその、闇口流の追尾術、そして追捕術、追殺術。

暗殺術。

人間の形をした大きさのモノが、何の痕跡も残さずに移動することなど、そうそう簡単な話ではない。それこそ、濡衣ほどに精通していれば話は別だが……。

「頂上に向かっているはずですから……いやしかし、あのみっともない逃げ回りようからすると、尻尾を巻いてこの戦場そのものからの脱出を図る可能性も、ありますかね……」

余裕の態度で、零崎双識の痕跡を辿る濡衣。

まるっきりの、余裕の態度。

そう。

彼は、忘れている。

忘れているというより——意識していない。

追う立場であるがゆえに——意識していない。

ここを戦場と呼びながら——

これが殺し合いであることを、意識していない。

いくら濡衣に殺意がなくとも。

対象が殺人鬼であることを、意識していない——

『殺意の塊』——零崎一賊に対し。

それは取り返しのつかない、油断だった。

「…………………っ!?」

それでも、闇口濡衣は百戦錬磨、無様な悲鳴をあげたり、あるいは、パニックに陥るようなことはなかったが、しかしさすがに——驚愕に、移動を止めた。

いや、止まらざるを得なかった。


右足——

右足首が、トラバサミに挟まれていた。

ギザギザの鉄の歯が、左右から——がっちりと、闇口濡衣の、捕捉されるはずのない足首を、捕まえ、捉えている。

皮を破り。

肉に食い込み。

骨に届き。

血が流れ出す。

「……な……なんですか……これは」

どうして、こんなものが?

こうむったダメージの量を計算しながら、反対側の左足を、とりあえず、バランスを取るために、後ろに引く——

そして後ろに引いたところに。

またも、トラバサミ。

同じように——足首を挟まれた。

「…………っ！」

その衝撃に——思い出す。

そうだ。

あの策師が言っていたのだ。

この雀の竹取山に、あらかじめ大小様々なブービートラップを、あちこちに仕掛けておいた——と。今回、雀の竹取山に侵入してくる零崎一賊に対し、フェイクとして仕掛けたという、ブービートラップが——

「が、しかし……それは、あくまで、山の浅いところまでのはず……それに、フェイクのブービートラップ如きに、この私が、嵌るはずが……！」

そこで——気付いた。

零崎双識。

あの男だ。

あの殺人鬼だ。

何故すぐにわからない、こんなもの——奴が仕掛けたのに決まっているではないか。あの殺人鬼……、フェイクとして仕掛けられていたブービートラップを、ただ回避するだけではなく、奴はきっと、こっそりと回収していたのだ——再利用するために。

そして。

フェイクとしてではなく——仕掛け直した。

「こ……この闇口濡衣に、トラップ合戦を挑もうというのですか……零崎双識！　随分と、ふざけた真似を——」

コルト・パイソンを一旦収納し、両手がかりの力ずくで、閉じたトラバサミを無理矢理開く。左足、右足の順番で、解放した。大丈夫、傷はそんなに深くない——アキレス腱に傷でもついていたらまずかったが、踏んだ方向が縦向きではなく横向きだったことが、幸いした。

零崎双識……！

まさか、逃げ回っているように見せていたのは、ただの牽制か……今の手間取っている間に、果たしてどこまで移動されてしまったか。遠ざかったのならいいが、逆に近付いてきているのかもしれない……。

攻守が逆転している……？

いや、そんな、まさかだ。

「……どうする……どうしますか……？」

自分自身に問いかけるように、濡衣は呟く。

反撃に打って出られた以上、これより先は危険地帯だと判断し、退くのは一つの手だ——零崎双識についてのデータが十分に集まったとは言いがたいが、しかしそれでも、ここで濡衣が無理をする必要なんて、一つもないのだから。

いや、しかし……。

それでも、この場合は……まだ。

と、そこまで考えたとき。

濡衣の視界がふっと、暗くなる——太陽に雲がかかったという感じではない、もっと露骨なスピードで。一瞬でそれに感づいて、上方を確認するまでもなく、闇口濡衣はその場から、跳ぶように前に転がる——

恐らく、背の高い竹の上にでも引っ掛けてあったのだろう、肉食動物を捕獲するときに使用するような太い鉄製の網《あみ》が——どこかの仕掛けが作動したらしく（恐らくトラバサミとなんらかの繋がりで連動していたのだろう）、降ってきたのだ。

間一髪でかわせたが、トラバサミばかりに気をとられ、頭から上の気配、空気の流れに反応するのがもう少しばかり遅かったらば、危ないところだった——と。

思ったところに、二段構え。

跳ぶように転がった先は、落とし穴だった。

子供の悪戯《いたずら》としてももう成立しないような、あまりにも原始的なトラップ——だが二段構えの二段目としては、これ以上なく有効だ。

「……くう！」

咄嗟に、両手両足を突っ張って——落下を防ぐ。

そんなに深い落とし穴ではない。

そもそも穴なんて掘る暇などなかったはずだから、元々あった自然の窪《くぼ》みを利用したものなのだろうが——しかし深さなど問題ではなかった。

落とし穴の底には、尖《とが》った竹が配置されていた。

斜め向きに切断された、竹槍のような。

「逃走しながらも……それ以前にも、あの馬鹿みたいな鋏でやたらと竹を切断していたのは、この伏線だったのですか……？」

次から次へと——畳み掛けてくる。

なんなんだ……どういうことなんだ？

零崎双識は、殺人鬼のはずだ。

これではまるで、スペシャリストではないか。

あらかじめ、事前に準備していたものではなく、戦場にたまたまあったものだけを使用して、これだけの仕掛けを打ってくるとは……こちら側がフェイクとして仕掛けたというブービートラップの中に、爆薬関係のものがなかったことを、この場合は幸運ととって見るべきか……。

「もう、迷いはありません……今はっきりと決定しました……ここが引き上げどきですね」

落とし穴から慎重《しんちょう》に這い出ながら、濡衣は言う。

「『零崎双識は油断ならない』——これはもう、貴重過ぎるほどのデータでしょう……ならば私は私の職務を果たしました……これ以上は、勝つにしろ負けるにしろ、殺すにしろ死ぬにしろ、逸脱行為です——恨まれてしまう」

あんなのに恨まれるのは真《ま》っ平《ぴら》御免です。

這い出した方向は——後ろ向き。

零崎双識の痕跡とは、逆方向。

零崎双識から、逃げる方向だった。

「今回のところは、とりあえず、勝利は譲って差し上げますよ、マインドレンデルさん——」

後ろ向き。

しかし、それは迂闊だったろう。

迂闊な行為、迂闊な決断だっただろう。

何を焦っているのだろう。

隠身と名うての、闇口濡衣らしくもない。

これまでの戦闘から、闇口濡衣の戦闘の性格は、零崎双識には見通されている——少しでも危機に陥れば、そうでなくとも危機らしきものが視界に現れれば、闇口濡衣は簡単に退いてしまうであろうことくらい、零崎双識にしてみれば最早当然といってもいい、想像の範囲内なのに。

ならば。

その退路を断つのも、当たり前のことなのに。

「……あっ」

竹が——何本も、地面に倒れている。

切り倒されている。

零崎双識の仕業だ。

彼が、手当たり次第に、切断しながら逃げ回っていたから——しかし、それは、落とし穴に仕掛ける竹槍の、伏線であって——けれど。


それだけではなかった。

地面に倒れている竹の中に、一本だけ。

切り倒されていないものがあった。

根元がまだ——地中に繋がっている。

無理矢理にしならせて——思い切り最大限にまでしならせて、切断された竹の群れの中に紛れ込まされている、一本の、まだ生きている竹が、そこにあった。

木を隠すなら森の中。

そして。

逃走のための第一歩を踏み出した左足——トラバサミによる傷のため、ほんのわずかだが、普段とは違う感覚に包まれている、闇口濡衣の左足——その踏み出した、その地点。

土に埋められる形で。

輪状に編まれた、鎖《くさり》があった。

「く……くさり？」

どうして——鎖が？

鎖なんて、ブービートラップには……？


当然の如く、闇口濡衣は知るよしもない。

それが、零崎双識が、彼の愛する弟をこの雀の竹取山に連行するために使用した、頑丈極まりない鎖であるということなど、いくらなんでも。


そこで――竹が、跳ね上がる。

生きている竹だから。

しならされていた分だけ――元に戻ろうと。

「…………………っ！」

萩原子荻が、対零崎軋識対策として、彼の戦闘能力を削ぐために誂《あつら》えた、竹林というこの戦場の――計らずも、裏を取る形の、トラップだった。


まさしく、それは、一本吊り――

◆　◆

「ん……うふふ、どうやらやっこさん、本命のトラップに、引っかかってくれたようだね。本命というか、本丸というか」

零崎双識は、その地点からは、もうかなり離れた場所で、竹が跳ね上がる音を、聞いた。あのトラップは、誰かが引っかからないことには作動しないタイプのものだから、これでどうやら、あの陰湿な攻撃から双識は解放されたことになるわけだ――勿論、敵が一人だったとするならば、だが。

「ちょろいちょろい……経験ってものが違うよ、経歴ってものが違うよ、この零崎双識と較べれば、誰だってね。うふ、うふふ。トラップなんてくだらないものは、アルコールの味を覚えるとっくの前に極めている。玩具箱《おもちゃばこ》みたいなものなんだ、こんな山」

これが。

これが、百パーセントの、零崎双識。

『自殺志願《マインドレンデル》』を使わない——零崎双識だ。

一つ、ただ『二十人目の地獄』とだけ——それだけで呼ばれた頃の、まだマインドレンデルと呼ばれる以前の、零崎双識である。

「で、まあ……どうするかな」

消していた気配を、解放する。

神経を遣う真似が大嫌いだから、普段どころか戦闘中だって滅多にやらないが、闇口濡衣ほどではなくとも、その追跡をかわすくらいの無気配ならば、零崎双識には体現できるのだった。

神経を遣うから——やらないが。

やりたくもないが。

無とか闇とか、そういうのは。

「そうそう、私はそういうキャラだった——思い出したよ。零崎双識は、とりわけとぼけた勝利が格好いい」

うふふ、と笑う。

その笑みは、まさに——確かに、零崎双識だった。

彼以外の何物でも、ありえない。

「ふむ……ちょっと何かと混じってしまったみたいだが——『強者の気配』は、今のところ消えていないな。しかし、誰かと戦闘を開始したか？……人識くんだろうなあ、これは。先にそっちか……いや、その前に、この敵の姿くらいは、確認しておくことにしようか。試験の結果は、いうまでもなくあからさまに『不合格』だけれどね——」

まさかその言葉が、いまだかつてそのあるじ以外は誰も見たことがないという生きながらにして既に伝説的な暗殺者、隠身の濡衣の生身を拝みにいこうという意味を形成しているとはつゆしらず、零崎双識は、その方向へと向かう。幸い、それは頂上へのルートとさして変わらない——人識のところに援護にいくとしても、どうせそれは山の反対側なのだから、頂上は経由しなくてはならないのだから、むしろこれが最短ルートだろうと、そんなことを思いながら。

「どの道、戦闘が始まってしまえば、手遅れだろうけれどね……思わず焦ってしまったが、しかし、焦ったところで、ひょっとしたら無意味だったかもしれないな……うふふ。まあ、これこそ、人識くんが一皮剝けるきっかけなのかもしれないけれどね……しかし、私も一賊の長兄として、出来る限りのことは、しておかないとな――」

後で軋識や人識に語って聞かせるお茶目な笑い話とするために、自分で仕掛けた罠にわざと引っかかったりしながら、双識は、敵に追跡させるためにわざと残した痕跡を、それこそまるでヘンゼルとグレーテルのように、反対向きに辿るように歩いて――

一本の太い竹に逆向きに吊り下げられている、女子中学生を見つけた。

「い、いやあああん」

逆さ吊りだから、当然の理屈でめくれ返ってくるスカートを、その女子中学生は、必死で押さえていて――

◆　◆

残念ながら、これは、かの恐ろしき悪意の暗殺者、闇口濡衣の正体が、可憐な女子中学生だったというような、そんなオチではない。

誰であろう。

吊り下がっているのは、萩原子荻その人だった。

「……ここまでですね」

少し前。

頂上付近。

雀の竹取山――その南側に張り巡らせていた市井遊馬の『糸』が、物凄い速度で断絶されてしまったという事実を受けて——

萩原子荻はそう言った。

「どうやら、予定外の登場人物が、それもかなりの規格外の登場人物が紛れ込んでしまったようですから——ここらで手仕舞いです」

「ごめん……悪かったわ」

遊馬は——そのあまりにも冷淡な態度に、思わず、相手が立場的にはあくまで生徒であることも忘れ、外形的ではない謝罪の言葉を口にした。

「まさか、そんな……あんな奥地に侵入されるまで、気付かないだなんて……ありえない、私の『糸』が——」

「先生の責任ではありませんよ、お気になさらないでください。こういっては失礼にあたるかもしれませんが、しかし、先生の能力は、完全に把握させていただいています——その上で、先生は何の失敗もしていません。単に、それを越える相手が現れただけの話です」

「…………」

それを越える相手。

「誰なのかしら……零崎一賊の、別の誰か？」

「それはないでしょうね——勿論、私が先生に黙って用意した、隠し玉でもありません。疑われてはなんなので、わざわざ口に出して否定しておきますが——」

「思い当たることはないの？　あなたなら——」

「多分……いえ」

子荻は何か言いかけて、やめる。

「先生には、もう、関係のないことです」

「関係ないって……」

「先生の『糸』を越えて、私達の内側に侵入できる人物が、関与してきた以上——ここから先の展開には、先生に参加していただくわけには、いきませんから——戦士として参加していただけるというのなら別ですけれど、哨戒兵器としての市井遊馬は、もう使い物になりません」

「………！」

平然とした顔をして、辛辣《しんらつ》なことを言う――しかし、それは子荻の、言う通りだった。行動を起こされるまで、その存在を知覚することもできないだなんて――レーダーとして二流以下である。

本戦には届かない。

予選落ち。

が、それは――衝撃の事実だった。

役立たずであること。

戦場において、何の役にも立たないこと。

それは――

道具である以上に、屈辱的だった。

そんな遊馬の心境をどう捉えたのか、子荻は、場違いなくらいに、気分を一新するような、爽《さわ》やかな、明るい声音で、

「うんっ！」

と、言った。

「ま、最低限の課題はクリアできそうだから、いいとしておきますか――先生。南側はともかく、北側は、まだ、『糸』、残っているんですよね？　てる子さんとシームレスバイアスさんのバトルは、どうなりました？」

「え……？　あ、ああ。えーっと」

慌《あわ》てて、さぐる。

南側の『糸』に気を取られて、そちらに対する注意がおろそかになっていた――全く、恥の上塗りだ。目を閉じて、集中する。

「……向かい合って、構えてるわ。多分、あなたの策戦通りね――これからまさに、てる子さんが一撃必殺の拳を、零崎軋識の心臓にお見舞いするという、そんな場面みたい」

「ん。よし」

子荻はにっこりと笑った。

計算違いの、この事態の中で。

「となると、マインドレンデルさんが気になる、かな……欲が出ちゃいますね。そちらの様子は如何で

す？　先生」

「そっちは——あ。これ……まずいかも」

「まずいかも？　どういうことです？」

遊馬は、『糸』を通じて感知した事実を、ありのままに告げた——零崎双識が闇口濡衣に対して、どうやら、雀の竹取山のふもとで回収していた各種ブービートラップを、数段レベルの高い罠として、仕掛け直しているらしいという事実を。

「あら、そう……やっぱり無理だったか。まあ、実は予定通りではあるし、一人でよしとしておくか……。しかし、序列が上の濡衣さんでも無理となると……どうしたものですかねえ」

少し口惜《くちお》しそうではあるものの、しかしそれも計算通りだという風に、子荻は大した反応も見せず、ただ淡々と、思考を続ける。

「……そうですね。となると、濡衣さんには、退いてもらうことにしましょうか……貸し一つということで」

「どうするつもりなの？」

「先生。先生に、最後のお願いがあります」

最後の。

その言葉を強調して、子荻は言った。

「レーダーとして、ということではもうありませんけれど、先生、このままここにいて、勝ち上がってくる人を、待っていてもらえませんか？　南側の誰かだと思いますけれど」

「南側の、誰か？」

というと——西条玉藻。

子荻が気にかかるといった零崎。

それと——正体不明の規格外の第三者。

「第三者は、多分、山を登ってこないでしょうから、玉藻か『彼』か、どちらかということになると思いますが——日が暮れるまでに誰も来なければ、撤収してくださって結構です。あのテントと、その中身ごと」

「玉藻ちゃんのこと——心配じゃないの？」

「心配ですよ？　可愛い後輩ですもの」

しれっという子荻。

「ただ、それよりも優先順位の高い仕事ができましたので、そちらは先生にお任せすることにします。よろしくお願いしますね」

その、萩原子荻のつれない態度に。

先程玉藻の話に触れたときに彼女が見せたような、年齢相応の振る舞いは、微塵《みじん》も感じられない。

まるで――

あれも演技だったという風に。

「……あなたは、どうするの？」

それに対しては、何も言うこともできず――何もできない以上、何も言うこともできず――

市井遊馬は、ただ、訊いた。

萩原子荻は、眉間《みけん》に指を置いて、

「うーん」

と、呟く。

「直接的接触は、できればもうちょっと後にしたかったんですけれど……まあ、この状況に、一丁乗じてみることにしますか」

そして子荻は、自分の身体を見下ろした。

「そうですね……さすがにこのジャージ姿というのは、あざとすぎる感があるでしょうし……スタンダードではありますが、澄百合学園中等部の制服に、萌《も》えていただきましょう」

◆　◆

と――つまりはそういった経緯で。

闇口濡衣と入れ替わった萩原子荻が、零崎双識の仕掛けた罠に引っかかったという形を装って、逆さ向きにぶら下がっているのである。

ちなみに闇口濡衣は、トラップこそ作動させてしまったものの、間一髪でそれを回避していたので、子荻からの連絡さえなければ、まだまだ戦闘は続いていたのかもしれなかったが――彼は既に、メイド仮面同様、山を降りようとしている。

気配を消して。

最初からいなかったかのように。

勿論、子荻は彼の姿を見ていないし、声も聞いていない――あくまでレンタルの戦力、下手な深入りをするつもりはなかった。

彼もまた――予選落ちなのだから。

「…………………」

「い、いやあん。た、助けてくださいー」

情けない悲鳴をあげてみせる子荻。

しかし、そんな子荻の呼びかけを聞いているのかいないのか、零崎双識は何も答えず、その視線は、むき出しになった子荻の太ももを、穴が開くほどに凝視《ぎょうし》しているだけだった。

「……。あ、あのー、で、できればでいいんですけれど、お手すきでしたら、た、助けて、欲しいんですけれど」

閊《つか》えてみせたりするのは言うまでもなく見せ掛けだけれど、子荻は逆さ吊りなんていう過酷な環境に、そう長時間耐えられるような特殊な肉体をしていない。早くこの状態から解放して欲しいのは、実際的な本音だった。

「……………」

しかし双識は――沈黙を維持したままだ。

まずい。

ひょっとして、見抜かれたか……？

しかし、この澄百合学園の制服から、警戒心が喚起されることなどはありえない――表向きはただのお嬢様学校で、『殺し名』などの血なまぐさいあれこれとは全く無縁なのだから、吊り下がっている子荻を見て、子荻が敵だったのだなんて、ましてその黒幕だったのだなんて、勘づかれるわけがない。

わけが、ないはずだが……。

しかし、この零崎双識――

あの闇口濡衣をも、出し抜いている以上――

「ああ！　そうだったね、助けてあげないと！」

やがて。

今気付いたという風に、双識は大声で言った。

「きみ、お名前は？」

「え、えっと……」

まさか助ける前に、この状態を維持したままで、まず名前を訊かれるとは思わなかったので、子荻は少し戸惑う。

「萩原、子荻です」

ここで偽名を使う必要はない。

天下に名だたるお嬢様学校・澄百合学園に、萩原子荻という生徒が籍を置いていることは、偽りなき歴然とした事実なのだから。

「子荻ちゃんか！　いい名前だねえ！」

……何故か滅茶苦茶《めちゃくちゃ》嬉しそうだった。

何が嬉しいのか、子荻からでも意味不明だ。

それよりも、頭に、血が……。

宙吊りは、本当に、これ以上は……。

「あ、あのー……」

「おっと、うふふふ、そうだったね！　ところで子荻ちゃん、こればっかりは先に聞かせてくれ、きみはスパッツという穿物《はきもの》をどう思う？」

「え？　ああ、夏場は蒸《む》れるのであまり好きではない……って、なんでこのタイミングでそんな質問が？」

「勿論重要な伏線だよ！　とても大事な意味がある！　あのときのあの質問はこのためだったんだと、いつか納得するときが来るのさ！　さあ！　それでは、子荻ちゃん、この手につかまるんだ！」

言って両手を伸ばしてくる双識。

いや、手を伸ばされても……その手につかまろうとすれば、当然、スカートを押さえている両手を離さざるを得ないわけで……そもそも鎖で片足を吊り下げられているこの状況で、下にいる人間の手をとることに、一体どれほどの意味があるというのだろう。

「早く！　手遅れになる前に！　そんなどうでもいいスカートなんかからさっさと手を離して！」

「そ、その……で、できれば、手とかじゃなくて、

鎖の方をなんとかしていただきたいんですけれど……」

「ん？　そうかい？　私は手を繋ぐ方が先だと思うけどなあ。まあ子荻ちゃんがそういうなら仕方がないか……」

露骨に不満ありげに、ぶつぶつと名残惜《なごり》しそうに言って、背広の内側に手を突っ込む双識。そして愛用の大鋏——

『自殺志願《マインドレンデル》』を取り出す。

——あれが『自殺志願《マインドレンデル》』。

じかに見るのは、勿論初めて……。

実用性には大いに欠けそうだが、確かに威圧感のある、これまでに啜《すす》ってきた血の量を、見ているだけで思わせるような、獰猛《どうもう》そうな凶器だった。正常な精神をしていれば、まず触りたくもないような。

「えいっ！」

双識は軽く片足でジャンプして、鋏を持つ右腕をぐんと伸ばし、子荻を逆さ向きに吊り下げている鎖を——『自殺志願《マインドレンデル》』でばちんと、両断する。鉄とはいえ鎖程度の強度では、『自殺志願《マインドレンデル》』の刃の前には無力らしい。双識の持つ、精通した技術云々の要因もあるだろうが——

鎖が切れたことで、子荻は当然、落下する。

それとは気付かれないように、さりげなく受身。傍目《はため》には、みっともなく、なすすべなく、ただ重力に従って落ちただけのように見えるように。下は柔らかい地面なので、捻挫《ねんざ》にさえ気をつければ、大丈夫。

「……見えなかった」

ぼそりと言った双識。

何が見えなかったのだろう。

子荻は反射的にスカートの裾を直した。

「ありがとうございました……あ、あの、あなたのお名前を聞かせてもらってよろしいでしょうか？」

「私は零崎双識だよ」

「え？　あ、はい——」

まさか抵抗なく一般人（に見えているはずの子荻）に零崎姓を名乗ってくるとは、意外……いや、そういえば、零崎双識は、後天的な属性である殺人鬼集団、零崎一賊の中で只一人、零崎以外の名前を持たない殺人鬼であると、聞いたことがある……そのときはそんな出来過ぎな、と、半信半疑にとどめておいたのだったが。

「その制服は澄百合学園のものだね」

双識は言った。

知っているらしい。

「そうだろう？　襟元《えりもと》や袖口なんかが特徴的なデザインで、他の女子校にはなかなか類を見ないものだから、すぐにわかったよ」

「そうですか——ええ、その通りです」

こちらから言う手間が省《はぶ》けて助かった——澄百合学園自体は有名でも、その制服デザインまでが、知れ渡っているわけではないから……まあ、それについては、生徒手帳を示せばそれでいいだけのことだから、手間というほどでもないのだけれど……いや、ちょっと待て、でもなんで、明らかにいい年してそうな、少なくとも二十歳は確実に越えているだろう零崎双識が、女子校の制服について、詳《くわ》しく知っているんだろうか？　そりゃまあ、たまたま知っているだけだとは、思うけれど……。

「そ、その……零崎さん。助けていただいて、こんなことを言うのは何ですけれど……その鋏、仕舞っていただけますか？」

私、先端恐怖症なんです、と。

必要以上に気弱そうに、そう付け加えた。

何せ相手は殺人鬼だ、どんなきっかけでその殺意が発動するものか知れたものではない、物の弾みで殺されてはたまらない——そう考えての発言だったが、

「うん？　ああ、これか。ああ、悪い悪い、この紳士たる私としたことが、女の子の前で刃物を出しっぱなしだなんて、なんたる失態だ」

と、双識は頷いて、「うふふ」と笑い、

「えーい、こんな危ないもの、ぽい！」

と、愛用の大鋏、自身の通り名の由来でもあるはずの『自殺志願《マインドレンデル》』を、竹林の向こう側へと、投げ捨ててしまった。ブーメランのようにくるくると回転しながら、しかし勿論こちらに帰ってくるようなことはなく、『自殺志願《マインドレンデル》』は竹藪の奥に消えていく。

「ほーら！　これで何の心配もいらないよ、子荻ちゃん！　安心したね、よかったねえ！」

「…………」

この男、馬鹿じゃないのか。

はっきり言って好都合も極まりないこの状況に対し、しかし、子荻の表情は、若干、気付かれない程度ではあるが、自分でわかるくらいには、引きつった。

「さあ！　この手につかまって！」

そして双識は落下したまま蹲っている形の子荻に、今度こそはと手を差し伸べてきた。今度こそはと差し出されてしまえば、今度こそは拒否するわけにいかない。子荻はその手をとった。

零崎双識は至福そうな笑顔になる。

ぽえーん、と。

「へ……変態だ……」

「ん？　なんだって？」

「あ、その……えっと、大変だった、大変な目にあっちゃいました、と……」

思わず本音が口をついてしまい、引き起こされながら、そう釈明する子荻。

「ああ、そうだったねえ、災難だったねえ。誰だろうね、こんな酷い悪戯を仕掛ける奴は」

お前だ。

「きっと私の弟に違いない、こういうくだらない悪戯をする奴なんだよ、人識くんは。今度たっぷりとお仕置きをしておくから、どうかここは私の顔に免じて許してやってくれたまえ、子荻ちゃん」

「は、はあ……」

どうやら『彼』、この間、スコープ越しに姿を見たあの顔面刺青の少年は零崎人識という名前らしいと、新たな情報を如才なく脳内にインプットしながら、もう立ち上がれたにもかかわらず、一向に手を離そうとしない双識をどうしたものかと、考える子荻。

目的達成のためにはやはり度が過ぎるくらいに好都合ではあるはずなのだが、けれどどうしてだか望むところではない……そんな感じ。

「しかし子荻ちゃん、どうしたんだい？　こんな山の中に、一人でいるなんて、私の弟の悪戯のことがなくても、危ないと思うよ？　出会ったのがたまたま公明正大たる紳士である私だったからよかったようなものの、うら若き女の子が、いかにも無用心だ。それとも誰かと来ていて、はぐれたのかい？」

「それはですね——」

やっとまともな会話ができそうだ。

澄百合学園の生徒がこんな山中にいることを、不自然に思わないわけがない——偽装としては完璧なので、敵と看做されることはないだろうが、状況的には、どうしたって不審ではある。


その不審をフォローするに足る理由は、既に用意してある——フォローどころか、うまくすればこれから先に繋げることもできる、絶対の策が。

転んでも只《ただ》では起きない。

どんな状況でも好転させてみせる。

世界を、己を中心に回転させる——

それこそが策師・萩原子荻である。

「零崎さん、バイサール機構をご存知ですか？　この山からそんなに離れていない街に、その支部があるのですが——」

バイサール機構は『殺し名』から見れば若干縁遠い組織ではあるが、しかしその名を知らないということはないだろう——特に現在の零崎一賊にしてみれば、大いに興味をそそられる組織であるはずだ。

なぜなら萩原子荻が『狙撃手』として参加した零崎軋識との戦闘、あのとき利用した……犠牲《つかいすて》にした組織が、バイサール機構の、分かりやすい形での敵対組織だったのだから——

しかし。

子荻がバイサール機構の名前を出した途端、双識は露骨に余所見をしだして、なんだか上の空の雰囲気をかもし出していた。

聞いているようで聞いていない感じ。

……まさか興味がないのか？

全然食いついてこない。

さっきまでと、全然態度が違う……。

相槌《あいづち》すら打ってくれない……。

「…………えっと」

路線変更。

子荻は考えを変える。

これまでの傾向から見て……。

あまり気は進まないが、背に腹は……。

「その支部の隣《となり》に私の病弱なお母さんが住んでいてどうしてもたけのこが食べたいっていうからこっそり忍び込んで採りに来たんです！」

「わーい、素晴らしい！」

予想通りに大反応の零崎双識。

けれど何かを失った気はした。

何か、形はないけれど、とても大切なものを。

しかし、畳《たた》み掛けざるを得なかった。

大の大人がわーいとまで言ったのだ。

あんな屈託《くったく》のない笑顔で。

物凄い喰らいつきようであることは間違いない。

口惜しくはあるが、方向性は間違っていない。

こうなってしまえば、毒皿だ。

「エクセレント！　さあ、もっと私に事情を聞かせてくれ、もっと私を喜ばせてくれ、子荻ちゃん！」

「悪いこととは分かっていましたけれど、お母さんのためを思うと我慢できなくって！　あんな目にあったのもきっと天罰なんです！　でも助けていただいて本当に有難うございました！」

「いやいや！　構わないんだ、全然気にすることはないんだよ、子荻ちゃん！　誰がなんと言おうと私が許す！　きみは間違いなく『合格』だ、百点満点だ、子荻ちゃん！」

「まあ！　とてもお優しいんですね零崎さん！」

「零崎さんだなんて他人行儀な！　子荻ちゃんと私との仲じゃないか、もっと気安く呼んでもらって構わないんだよ！」

「……っ、じゃ、じゃあ、お兄ちゃんって呼んでもいいですか!?」

「いくらでも呼びたまえ、高らかに！」

「お兄ちゃん！」

「声が小さい、もう一度！」

「お兄ちゃーん!!」

…………………。

………………。

毒皿っていうか、泥沼みたいな……。

そして二人は、策師・萩原子荻と殺人鬼・零崎双識は、その後、雀の竹取山をうろうろと、おいしそうなたけのこを求めて、彷徨《さまよ》い歩くこととなった。双識はどうやら、先刻感じ取った『強者の気配』についてはすっかり忘れてしまったらしく、どころか軋識のことも人識のことも、そもそもこの雀の竹取山にきた当初の目的すらも忘れてしまったらしく、日が暮れるまで、日が暮れたあとも、無邪気にたけのこ探しに勤《いそ》しんだ。萩原子荻は計画通り、策戦通り、零崎双識――マインドレンデル、零崎一賊の最重要人物とのコンタクトに成功し、その上かの殺人鬼に取り入るという計画以上の偉業に成功したものの……この後一週間は、生まれてこのかた味わったことのないほどの、深い自己嫌悪に陥ることになったという。

さて、最後はぐてぐてになったとはいえ。

なってしまったとはいえ、一応。

雀の竹取山――第二試合、零崎双識対闇口濡衣。

零崎双識、貫禄勝利！

◆　◆

そして、残る一つの、最後の戦闘——

雀の竹取山、最終戦闘。

殺人鬼と殺し屋。

零崎人識と、匂宮出夢の、バトル。

これから先、様々な方向に派生していくこの二人の因縁、その最初の戦闘の決着は——後から聞けば意外なほどにあっさりと、呆気《あっけ》のない決着が、しかも一瞬で、ついてしまうことになる。

あっさりと。

呆気なく。

一瞬で。

この後の三年間で、都合七回の殺し合いを演じることになる、人識と出夢の、第零回目の戦闘は——

決着したのだった。


左の拳。

零崎人識の左ストレートが、
匂宮出夢の顔面、鼻っ柱に——命中した。

戦闘が始まって、直後である。

二人が交差するように、互いに重なり合ったその刹那、恐らくはいきなり派手なドロップキックでも繰り出そうとしていたのだろう、両足を既に浮かしかけていた出夢の顔面に、人識は、折れているはずの左腕を突き出して——全体重を乗せた突きを、食らわせたのだった。

力任せに、ぶん殴る。

足が地面から浮きかけていたこともあって、出夢はその殴られるままに吹っ飛ばされ、その小さな軽い身体が、空中で二回、勢いよく回転し——そしてそのままの勢いで、背中から地面に、倒れ落ちた。

両足が一回、揃って跳ねて——

ばたん、と、揃って落ちる。

「…………て、てめえ」

　匂宮出夢は、起き上がろうとしない。

　何が起こったのか、理解できていないかのような、混乱と戸惑いに満ち溢れた顔だった。なんとか折れてこそいないものの、殴られた鼻からは、惜しげもなくどくどくどくと、鼻血が流れていた。

　起き上がろうとしない。

　両腕が封じられていることなど、関係ない。

　その気になれば、すぐにでも立てるだろうに。

「お、折れてたんじゃねーのか、その腕……」

「はぁあ？」

　人識は、ぶらぶらと、問題のその左腕を、出夢の目に映るような位置で、これ見よがしに振って見せて――

「阿呆が。あんなもん、折った振りだけに決まってんだろうがよ。竹に腕ぶつけた程度で、骨が折れるわけねーだろ、なんのためにカルシウム取ってると思ってんだ、ちょっと痺《しび》れるくらいだよ。その痺れがまた、人体をどつくには丁度いい具合ってなもんだ。ったく、何を勘違いしちゃってんだよ、俺の大事な左腕、お前みたいな奴のために一本だって折るわけねーだろ」

　おっと左腕は元から一本しかねえか――と。

　零崎人識は、かははと笑う。

「俺の勝ちだな」

「…………………」

「傑作だぜ――匂宮出夢」

「ぎゃ、は、は」

　薄ら笑いを浮かべる出夢。

　それはほとんど、苦笑だった。

　ショックを隠しきれない――という風だった。

　こんな目にあわされるのは……足の裏以外の部位が地面と触れることも、それ以前に、相手の攻撃をまともに喰らうことも――まるっきり初めてであるかのような、そのような有様だった。

　そんな出夢を無視する形で、零崎人識はいとも簡単に、倒れているままの出夢に背を向けてしまい、同じく倒れている西条玉藻の下へと、近付いていった。

何をするのかと思えば——人識は、不自由な右腕をなんとか行使して、玉藻の身体を、背に負ったのだった。おんぶした。人識もあまり大柄な方ではない——というより、かなり小柄な方だが、年齢的にもそれ以上にも、玉藻は更にその上をいく小柄さだ、絵としてみるなら、それほど不自然な構図にはなっていない。

しかし零崎人識を……あるいは汀目俊希を知る者からすれば、それは信じられないような光景だった——その手の甘ったるい行為を、するのもされるのも、病的に拒否する、彼の性格を知っている者からすれば。

「じゃあな、匂宮。ああ、それから、遊び相手が欲しいってんなら、俺の兄貴を紹介するぜ。性格はともかく、見た目だけならお前、あの阿呆な兄貴の好みって感じだしな。だからもう何があっても絶対に俺に手を出すんじゃないぞ。兄貴で駄目なら他の誰でも紹介してやるから、とにかく俺にだけは手を出すな」

「ぎゃはは——」

出夢は血まみれの顔で、それでも笑い続ける。

騙し討ちにあった屈辱など、そこにはまるでない。爽やかな、しかし、加虐的な笑い声。

「ぎゃはははははは！」

「俺……もう行っていいんだよな？」

「ははは……ぎゃはは！」

「…………………」

「おい——零崎人識。僕はお前が気に入ったっていうの、あれ、取り消さないぞ」

「は……はあ？」

「次はお互い、両腕が使える形でやろうぜ——ぎゃははははは！　危なくなりそうじゃん、楽しくなりそうじゃん！　地獄みたいな究極の戦闘が、楽しめそうじゃん、零崎人識！」

「人の話を聞いてないのか、お前は……」

ああもういいよ、勝手にしろ、と言って、零崎人識は、西条玉藻を背負ったままで、のろのろと歩みを進め始める。その方向は、北向き——即ち、山の頂上に向けて。

今となっては、唯一。

只一人、山の頂上を、目指して。

「ぎゃははは——ぎゃはは、ぎゃは、ぎゃははははははは、ぎゃはははははははははははは！ぎゃはははははははははははははははははははははははは！」

『人喰い《マンイーター》』。

匂宮出夢の哄笑は——

かなり距離を取るまで、響き続けた。

やがて、聞こえなくはなったものの……

案外、まだ、笑い続けているかもしれない。

聞こえないというだけで。

笑い続けているのかも、しれない。


「あーあ……また変なのに絡まれちゃったなぁ……どうすんだよ、俺。なんで俺はこうも変な奴にもてまくるんだろう……誰かのしわ寄せをくってるとしか思えねえよ」

ストーカーは兄貴だけで十分なのに。

勘と、太陽の方向を頼りに、雀の竹取山の頂上を目指して、若干急になってきた勾配《こうばい》を歩みながら、心底苦々しげに、そうぼやいたところに——匂宮雑技団の本家メンバーの殺し屋を変なの呼ばわりし、零崎一賊の切り込み隊長、殺人鬼の兄と並べて、ただのストーカー扱いしたところで、
背後から、首に腕が、回される。

「…………ゆらーり」

「……おお。いつから起きてた」

背後にいるのは、当然、西条玉藻。

背後も背後、ぴったりと密着している。

そして——右腕が折れている西条玉藻が零崎人識の首に回しているのは、当然、折れていない方の、

左腕である。

「このまま……ちょっと力を込めれば……終わり。首の骨が、ぽきって感じ」

「……あーあ。わかったよわかったよ。今日のところは、俺の負けってことでいいよ」

「えへへ」

玉藻は笑う。

嬉しそうに。

「勝ちー」

「……ったく、今日はとことんついてねえな……こうなると、逆に試験なんて受けない方がよかったのかもしれねーや。ヤマ張ってたとこと、全然違う範囲が出たに決まってるわ、こりゃ。多分追試での方が、いい点取れるだろ」

「ねえ」

「なんだよ」

「どうして嘘をついたのか……教えてくれる？」

「あ？　なんだ、お前、普通に喋ることもできるのか？　しかも何気にタメ口だし。お前より俺、多分四つ五つ上だぜ？　って、嘘ってなんだよ。俺は嘘なんかついてねーよ、別に」

「だって……左腕、折れてるじゃない」

「………………」

左腕。

匂宮出夢を殴りつけた、左腕——

出夢に対してはああいったものの。

実際には、それは、本当に骨折していた。

右腕と同じく、前腕部橈骨単純骨折。

そんな腕で人間の顔面を思い切り殴りつけたりしたのだ、当然のことながら、そのときに尺骨《しゃっこつ》も折れてしまっている。ついでに言うなら、殴りつけた顔面が、存在として規格外の匂宮出夢のものであったことで、末節骨から中手骨まで、根こそぎになっていた。

今だって——玉藻の身体は背中に乗せているだけで、両腕では、右腕でも左腕でも、ほとんど支えられていない。上半身を前傾させてバランスをとって、なんとか乗っけているだけだ。

「答えないと、首、ぽきっといくかも」

「脅迫かよ……あー。ほら、言っていいことにも、本当のことと嘘のことがあるだろ？」

「ごー、よーん、さーん……次なんだっけ……飛ばして、いーち……」

「わかったわかった。カウントダウン中止。あれは、なんだろう、別に、嘘ってほどでもねーよ。まあ……そうだな。強《し》いて言うなら、プライドを守るためだな」

「プライド？」

「そう、プライド」

「プライドって……あなたのプライド？」

「ちげーよ。あいつのだよ」

当たり前のように口にされた、その短い言葉に——西条玉藻は、「そう」とだけ言って、あとは、黙った。零崎人識からのその答を、彼女がどう思ったのかは、わかるはずもない——西条玉藻の心理など、そればっかりは、萩原子荻にだって、わからない。

けれど。

その答のためかどうかはわからないけれど。

西条玉藻は、黙っておくことにしたようだ。

出夢と玉藻にしか、わからない事実。

本当は、西条玉藻の心臓は、匂宮出夢からの第一撃を受けた段階で——匂宮出夢の登場と同時に、既にその衝撃で停止してしまっていて、零崎人識から見れば、既に戦闘不能状態にある玉藻の肉体をいたぶっていたようにしか見えない、二撃目の蹴りによって、意識を取り戻すところまではいかなかったものの、停止した心臓は、再び動き出したと、いうこと——

奇《く》しくも、それは。

零崎軋識がメイド仮面にされたのと同じように。

「……ゆらーり…………ゆらり」

でも、玉藻は、それは、黙っておくことにした。

その答のためかどうかはわからないけれど。

多分、誰かの何かを、守るために。


雀の竹取山第四試合、零崎人識対匂宮出夢。

零崎人識の勝利。

順列替わって第三試合、零崎人識対西条玉藻。

西条玉藻の勝利。

なお、この二つの試合の勝敗が決定したことによって、雀の竹取山で行われていた全ての戦闘は、事実上終結したことになる。

◆　◆

ひとしきり、笑い終えて――

とっくに凝固《ぎょうこ》した鼻血を、首を左右に揺らして振り払うようにしてから、匂宮出夢は、その上半身を起こす。

「……ふん」

そして、呟く。

横目で窺うように――零崎人識と西条玉藻が消えていった方向を、見遣る。今からでも、出夢が走っておいかければ簡単に捕捉できるだろうが、勿論、そんなことはしない。

する必要はない。

これから先――機会はいくらでもあるのだから。

「なるほどね……零崎一賊ってのは、どうやら随分と面白いようだ。かっ、どうしたもんか……いや、まあいいや。あんまり遊んでばっかりだと、怒られるしな。とりあえず今のところは、素直に職務を遂行しておいてやるか……匂宮雑技団のメンバーとして。とりあえず、今のところは」

ひょいっと、膝を畳んで立ち上がり、そして、人識と玉藻とは逆の方向へと、竹林の中を、大股で歩いていく出夢。

「『断片集』——フラグメントの連中に、これをどう報告したもんかって問題は残るが……まあその辺は理澄《りずむ》の領分だしな、僕の知ったことじゃねえ。あの野郎のことは、秘密にしておきたいところだが……だが、どうするにしたって、これから先は、大変なことになりそうだぜ——そういえば」

ふと、周囲を見渡して——

既に、あれだけあった『糸』が全て、なくなってしまっていることを、確認する。出夢が切断した『糸』も、回収されてしまっているらしい——証拠は一切残さないということか。

「ふん、『糸使い』ね——あまりいい腕じゃなかったようだが。山を全部カバーしてたところ見ると、二十人がかりか三十人がかりくらいでやってたんだろうな。ぎゃはは、その中に一人くらい、話に聞く曲絃師だったりがいたりしたら面白いんだが、さすがにそんなことはないか——いいところ、そのまがいもんだろう。どの道、僕の遊び相手になれるほどじゃー、ねーか」

まあ機会があったら殺してやるか。

まさかその台詞が、自分のこれから、ずっと先の運命にとって、非常に皮肉な意味を孕《はら》んでいるだなんて夢にも思わず——

匂宮出夢は、退場した。

とりあえず、今のところは。

◆　◆

「……あら」

雀の竹取山——その頂上付近。

市井遊馬は、その位置に近付いてくる気配を悟《さと》った——これくらいの距離になってしまえば、もう『糸』は必要ない、そんなものなくとも、それとわかる。

南側からだった。

登ってきたのは当然——顔面刺青の少年。

そして、西条玉藻だった。

「……ふうん。なるほどね——」

二人……登ってきたか。

二人、ここまで辿り着いたか。

顔面刺青の少年が西条玉藻を背負っている形であるとはいえ、それでも、二人は二人である。

これは、遊馬には予想外だった。

そして——多分、子荻にも、予想外だろう。

はっきりと明言こそしていなかったものの、彼女の言葉の端々から感じられるニュアンスからは、ここにまで辿り着ける人間は、たった一人であるはずだった。

なのに——二人。

顔面刺青の少年。

『糸』で、知っている体格——遊馬の『糸』を回避した第三者ではなく、零崎一賊の『彼』であることは、遊馬にとっては自明である。

なるほど、どうやら確かに、『彼』は萩原子荻にとって、イレギュラーであるらしい——と、遊馬は、子荻が昨夜言っていたことを、思い出して、そして理解した。

もっとも。

そうは言っても、西条玉藻の方は、何やら寝入ってしまっているようだが……。

「よう」

何の警戒もしていないかのように、遊馬のところまでずかずか近づいてきたかと思うと、顔面刺青の少年は言った。

「あんたが、赤神イリアか？」

「まさか。お嬢様は十代半ばよ？　私がそんなに若く見える？　お世辞だとしても、随分ね」

「ふうん。えらく若くは見えるけどな」

言って、頷く顔面刺青の少年。

遊馬は既に、この二、三言の会話の間に、ここら一帯に、『糸』を張り巡らせている——さっきまで雀の竹取山に張り巡らせていた無害な『糸』とは違う、人体を攻撃するための『糸』。この少年が遊馬に対し攻撃行動を取ったときに、すぐさま反応できるように。

零崎一賊と敵対したくないというだけで――単純な戦闘能力ならば、市井遊馬は、十分に『殺し名』の人異人外と、渡り合える実力を持っているのだ。

だが――

しかし、零崎一賊ゆえの殺意はともかくとして、この顔面刺青の少年には、どうやら全く、戦意というものは、ないようだった。

「あんた、じゃあ、なんだ……敵か？」

「いえ――私はただのレーダーよ。零崎一賊に手を出すつもりなんかないわ」

「あっそ。でも、さっきからちらちら気にしてるみたいだし、多分、この全身突っ込み待ち少女、あんたの知り合いなんだろ？」

顔面刺青の少年は、そう言いながら、玉藻を自分の背中から降ろした。おやと気付けば、この少年、左腕も骨折している。『糸』で探っているとき、右腕が折れているらしいのは、分かっていたが……戦闘で負傷したのだろうか？

「まあ、知り合いと言えば、知り合いかな」

「じゃ、後は任すわ。あーもう、人の背中で熟睡しやがってよ――よだれでベトベトじゃねーか。俺がマニアだったら大喜びだぞ。困ったもんだぜ、全く」

「……殺さないの？　きみ、零崎なんでしょう？」

「さあ？」

とぼけているわけではないだろうが――しかし、肯定も否定もせず、ただ、肩を竦めてみせる、顔面刺青の少年。

「俺は正直、そういうのはどうでもいいんだよ――で、赤神イリアってのは、どこにいるんだ？　そのテントの中か？　悪いが、いるんだったら、ちっと話をさせてもらうぜ――そのために俺は、学校の試験も受けられなかったんだ」

「いないわよ」

遊馬は、少年の言葉に答えた。

顔面刺青の少年は、それに対し、「は？」と、鳩が豆鉄砲を食らったかのような、唐突に冷や水を浴びせられたかのような、そんな表情を作る。

「いや、今そのテントの中にあるのは、でっかい無線機よ——無線機ってわかる？　どうやら、確実に盗聴を防いで、安全な通信をするためには、どうしてもそのくらいの大きさの機材が必要になるらしくって——」

「む、無線機？　なんじゃそりゃ」

「わからないの？」

「あ、て言うか、無線機くらい、わかるけど——じゃあ、それじゃあ」

「ええ。だから、お嬢様は、ここには、もう、いないの——お嬢様はもっと安全な場所に、移されているわ。いや、フェイクとしても意味を持たさなくっちゃいけないから、一昨日の段階では、確かにここにいてもらったらしいんだけれど、私は会っていないし……あなた達のところに情報が流れたと判断された時点で、ヘリコプターで、運ばれていったそうよ」

確か。

日本海のどこかの島だとか言っていた。

絶海の孤島だとか。

詳しい場所までは、遊馬は聞いていない。

「かー……大将が聞いたら腰抜かすぜ」

顔面刺青の少年は、がっくりと肩を落とす。

ただし、そんな落ち込んでいる風にも見えない。

勝ち登ってきた者が零崎一賊だった場合、それを教えるために、子荻は遊馬を、ここに残したようなものなのだが——しかし、家族愛を何よりも尊重するという零崎一賊の人間にしては、この顔面刺青の少年、随分と淡白だ。

「何なら、話してみる？」

だからというわけではないが——遊馬は、顔面刺青の少年に、水を向けてみた。

「無線機が繋がっている先は、まさにそのお嬢様のいるところなんだけれど」

暇を見ては子荻が赤神イリアと会話していた。

暇を見てはというか隙《すき》を見てはというか。

盗み聞きしていたわけではないので確かなことは言えないが、探りを入れていたというよりは、もう少し、違った雰囲気があったのだが……。

「いや、いいよ」

返ってきたのは、そんな返事だった。

「え……いいの？」

「ああ。話すまでもねーさ」

顔面刺青の少年は言った。

「だってさー、すげーじゃん、お前ら」

「……は、はい？」

「お嬢様のために、みんなで必死になっちゃって、こんな大々的に待ち構えてよ。そのお嬢様ってのを守るために、こんな大々的によ。そのお嬢様ってのを守るために、兄貴とか大将とかは『罠』だっつってたが、たかがそれだけのことで、兄貴と大将、二人ともがここまで辿り着けないなんてことはねーよ」

「…………………」

「頂上にいる零崎が俺一人だって段階で、そういうことになるのさ」

「ど、……どういうことになるのよ」

「他にちゃんと家族がいる奴が、俺達の家族のわけがねーだろ。他に家族がいねーから、俺達はつるんでいるんだから」

きっぱりと、そう言った。

的外れな意見かもしれない。

闇口濡衣や西条玉藻にそんな意志があったわけがない。遊馬だって、それに準ずる立場である。

しかし、少なくとも、零崎軋識を止めた、あのメイド仮面は……彼女は間違いなく、赤神イリアのために戦った。それに、考えてみれば――

萩原子荻の出自を考えれば。

赤神家の直系血族、赤神イリアは、策師・萩原子荻にとって、決して他人では、ないのだから――

彼女を餌にはしたけれど。

けれど、それは、疑似餌《ぎじえ》だったわけで――疑似餌に使うことによって、ことが今現在に至って、結果から考えれば、最終的に赤神イリアは、零崎一賊の手の届かない場所に、安全かつ完全に、移送されたことになる――！

　あまりにも恣意的なものの見方だけれど。

「もっとも、俺はあんな連中、ほとんど家族だなんて、思っちゃいねーけどな」

「……え？」

「かはは、傑作だぜ。じゃ、帰ることにすっか。あーあー、無駄骨折った、畜生、これが本当の骨折り損のくたびれ儲《もう》けかとか、そんな寒い台詞がぴったりきちまう状況じゃねーかよ。ありえねーって。ああ、そんじゃあ、あんた、そいつが目ェ覚ましたら言っといてくれよ。今度はぜってーに負けねえってな」

　聞き捨てならないことを言ったかと思えば、顔面刺青の少年はすぐに反転し、そのまま真《ま》っ直《す》ぐ、歩いていく。雀の竹取山の、北側の方向……登ってきた方向から直線に、今度は降りていく形――恐らく、軋識と双識と、合流するつもりなのだろう。

　合流できるかどうかは知らないが……。

「……この山のそっち側手には、とある人物によって巧妙に仕掛けられた大小様々なトラップが密集している地域があるから、精々気をつけることね」

「へえ？　なんでそんなこと教えてくれるんだ？」

「サービスよ」

「あっそ。俺は零崎人識」

「私は――そうね、ジグザグとでも呼んで頂戴」

少年の名乗りを受けて、市井遊馬は名乗った。

その二つ名を名乗るのは、久し振りだった。

「かはは――ガンダムみてーな名前だな」

「よく言われるわ」

「それに、道に迷ってそうな名前だ」

「そう？　それは初めて言われたよ」

「かはは。ん。じゃあな、ジグザグ。玉藻は勿論だけれど、あんたもきっと、また会おう」
そう言って——振り向いた顔を、元に戻す。
そして止めていた足を、先へと向ける。
そのまま、顔面刺青の少年——
零崎人識の姿は、すぐに見えなくなった。
市井遊馬の視界から消え、感じられなくなる。
ほんの一分程度の、接触だった。
零崎一賊との、生涯初めての、直接接触だった。
しかし——
「……ふう」
遊馬はゆっくりと、『糸』を回収する。
慎重にと言うよりは、名残を惜しむかのように。
そして薄く笑う。
それもまた——
久し振りに浮かべる種類の笑みだった。
「さてと……私もやること、やらなくちゃ——」

第一試合——勝者メイド仮面、敗者零崎軋識。
第二試合——勝者零崎双識、敗者闇口濡衣。
第三試合——勝者西条玉藻、敗者零崎人識。
第四試合——勝者零崎人識、敗者匂宮出夢。
総合優勝——西条玉藻。

雀の竹取山決戦——これにて閉幕。

◆　◆

それぞれの登場人物達のその後については、ここではあくまで、それぞれごと想像に任せるにとどめることにして……だからここから先は後日談ではなく、むしろ蛇足《だそく》になってしまうのだが、しかし一応、この物語の主役であるはずの零崎軋識に最低限の敬意を表する意味で、あるいは雀の竹取山決戦の、一つのわかりやすい象徴として。

数日後。

精神的にはともかく肉体的にはとりあえずの回復を見た零崎軋識は、彼が恋する少女の住処《すみか》を訪れていた——別に慰《なぐさ》めてもらおうとか励ましてもらおうとか癒《いや》してもらおうとか、そういうことではなく、単純に、しばらく零崎一賊としての活動ばかりに偏っていて、そういえば最近は彼女の役に、全然立っていないからというそれだけの理由だった。

それだけの理由。

いや、理由なんてなくていい。

強いて言うなら気分転換だが。

大体、たまには顔を出しておかないと彼女の記憶領域の『要らないモノ』の枠に、いつ放り込まれるかもわからない。

それは軋識にとって、耐え難い恐怖だった。

巨大な住居——高層高級マンション。

先月軋識が、人識と共に襲ったマンションより、階数だけ較べるならば劣ってしまうが、劣っているのは階数だけだ。

他は全て、格上である。

エレベーターは、同志の一人が完膚なきまでに分解してしまって使い物にならなくなっているので、彼女の生活圏までは階段で登らなくてはならない。だから、最上階に住んでいる彼女に巡り合うためには、まず何よりも体力が必要というわけだ。

玄関の扉に鍵はかかっていない。

そんなレベルの低いセキュリティは必要ない。

彼女には、全く。

「暴君、起きていますか？」

極度の引きこもりである彼女が、不在であるわけがないので、ゆえに問題は、このだだっぴろい生活空間の一体どこに、彼女がいるかである。崩れた荷物に押し潰され、遭難してしまった彼女を探して、同志総出で四苦八苦したことすらあるほどだ。

ちなみに、軋識の格好は、雀の竹取山に向かったときのものとは全然違う。麦藁帽子でもないし、シャツでもないし、ルーズなズボンでもないし、サンダルでもない。

勿論釘バットの入った鞄も提げていない。

ネクタイまできっちりと締めた、背広姿だ。靴《くつ》もフェラガモの上等な一品である。並べてみれば似たような格好であっても、しかしその着こなしっぷりは、零崎双識よりもよっぽど、まともな人間に見えるくらいだった。

口調も違う。

どちらが本当の彼であるというわけではないが、それでも敢えてどちらかと言うならば、麦藁帽子スタイルの方が、キャラ作りの成果であると言えるだろう。

「暴君」

「こっちだよ」

声がした。

透《す》き通るような、澄み渡る蒼色の声。

軋識は導かれるように、そちらに向かう。

「久し振りです、暴君。別に用はなかったんですけれど、ちょっと暴君に私の顔を見てもらいたくなって、寄らせてもらいましたよ」

「ふうん、そう。ご苦労さま」

招かれた部屋の中で——少女は、九十インチの大画面で、白黒の映画を見ていた。軋識の知らないフィルムだ。出演しているのが外国人だから、まあ外国のフィルムなのだろうと、興味なく思うだけである。多分少女も、別に興味があって見ているわけではないだろう。

少女は、裸《はだか》に直接、男物のブラック・コートという、いつも通りの格好だった。まるで時間という概念から独立し、永遠に停止しているかのようだと、軋識は思った。

「今日は誰もいないんですね——みんな何をやっているんだか。えっと、暴君と直接会うのは、三ヵ月振りくらいですか？」

「八十二日と十三時間二十三秒ジャスト振り。ジャストっていうのはすごいけれど、でも全部二月だったとしても、三ヵ月にはちょっと足りないかな、ぐっちゃん」

そう言って——少女は振り向いた。

その妖艶《ようえん》な笑みに、軋識は、緊張する。

構わず、少女は近付いてくる。

そして。

「ぐっちゃん、ちょっとかがんでくれる？」

と言った。

言われた通りにした。

その瞬間——少女に、殴られた。

小さな拳で、右の頬を。

「…………………」

「あの映画を見ていたら、ふと昔感じた嫌な気分がフラッシュバックしたから、むしゃくしゃして殴った。何か文句ある？」

「……いえ。ありません」

「そう。本当に？　言いたいことがあったら言ってくれていいんだよ？　お友達なんだから」

「ええ。何もありません」

「そう。じゃあ、殴っていただいてありがとうございますって言ってくれるかな？」

「殴っていただいてありがとうございます」

「うぅん、気にしないでいいよ」

満足げに頷く少女。

そしてそのまま、軋識の隣を通り過ぎる。

ぺたぺたと、裸足《はだし》で。

どうも部屋から出て行くつもりらしい。

「暴君、どちらに？」

「ぐっちゃんの顔を見たら七十八時間ほど睡眠を取っていないことがわかったから、私は少しばかり寝させてもらうことにするんだよ。起こしたら殺すからね」

「わかりました」

「うん、いいお返事だよ。ああそうだ、仕事をあげる。名前が気に入らない企業をひとつ見つけたから、私が睡眠を摂取してる間に苛めておいて頂戴《ちょうだい》。ちゃんとできたら、ごほうびに右足の親指を六十秒、しゃぶらせてあげるよ」

「はい、全力でつとめさせていただきます」

軋識はそう返事をする。

そして、ならば寝られてしまう前にと、訊いた。

そうだ。

今日はこの質問をするために、来たのだと。

「ねえ暴君」

「なにかな？」

「暴君には家族って、いるんですか？」

「いない」

即答だった。

にべもない、即答だった。

「それがどうかしたの？」

「いえ……」

軋識は思わず、苦笑する。

それがどうかしたの、か。

そう言われてしまえば、確かに。

「全くどうもしませんよ、暴君」

慰めも励ましも癒しもいらないけれど。

しばらくの間はこちら側でいようと——

零崎軋識は、そう思った。

TWO STRIKE.

零崎軋識の人間ノック 3

請負人伝説

◆　◆

その頃。

零崎人識は、某地方都市の小型空港、その滑走路で、詰襟の学生服のまま、仰向けに大の字で倒れていた。仮に今の状況で飛行機が飛び立てば、轢《ひ》かれてぺしゃんこになりかねない位置だったが、時刻は真夜中、この空港は既に本日の稼動を終え、閉鎖されている。人識は活動を終えている飛行場の滑走路で、倒れ、胸を上下させながら、肩で息をしているのだった。その表情は全力疾走を際限なく繰り返したかのように疲労に溢れ、小指一本動かすのも不可能だというような有様だった。

その人識の周囲には、数十本のナイフが不規則に散らばっていて——地面に刺さっていたり、そうでなかったり、折れていたり、そうでなかったり、砕けていたり、そうでなかったり、その有り様は様々だ——その更に向こう側に、人識を見下ろすような姿勢で、人識の他にもう一人、夜の滑走路に、存在している。

息は上がっていないし——

元気一杯、笑っていた。

革のパンツに、同じくジャケット。

黒い長髪——眼鏡で前髪を上げている。

匂宮出夢だった。

「——一時間、だ」

出夢は——にやにやとしたまま、語り出す。

「この僕から一時間、きっちり逃げ切るとは、やはりただもんじゃねーな、零崎人識——ナイフを弾幕に、自分は怪我一つ負わないってか。すげーすげーすげーすげーすげー。とんでもねえ綱渡りをやってのけるな。でもまあ、そうは言っても今回は僕の判定勝ちって感じか？　よーしよしよし、これでまずは、雀の竹取山での一戦と合わせて、一勝一敗の五分だ。ぎゃははははは！」

「…………」

哄笑する出夢に――倒れたまま、呆れ顔の人識。

呼吸も苦しそうなまま、

「傑作だぜ……」

と、言う。

顔面の刺青が、力なく歪む。

「何が一勝一敗だ……これでもうはっきりわかっただろうが。お前、俺よりずっとずっと強いんだよ……勝負なんか最初っから成立してないっての」

「ぎゃはは、そうかもしんねーな――だが零崎、今回の場合、僕にそう思い込ませるため、お前が手を抜いたって線が考えられるぜ。お前、最初からいまいち乗り気じゃなかったみたいだし、なんだかんだ言って、この一時間、ずっと逃げっぱなしだったじゃねーか」

「お前みたいな規格外相手に、逃げ回る以外に何があるってんだ――手抜きする余地なんかどこにあったんだ。兄貴に聞いたぜ。お前、次期エースどころか、匂宮雑技団の最終兵器らしいじゃねえか……一介の殺人鬼である俺が、相手になるわけねえだろ」

人識は汗びっしょりのまま、苦笑いだった。

「命乞いでも土下座でもしてやっからよ……もう俺につきまとうなよ。こないだぶん殴っちゃったことは謝るからさ。あんなことで怒っちゃって、俺も子供だったよ。ごめんね」

「謝って済むなら殺し屋はいらねーんだよ。お前には責任がある――この僕を本気にさせたという責任がな。その責任は土下座くらいじゃ回避できるもんじゃねえ。お前には是が非でも、僕のライバルになってもらわなければならない」

「勝手だな、おい」

「現時点で、お前が僕よりずっと弱いのは確かだ――それで僕の殺戮奇術から逃げ切ったのは、本当に大したものだと思うがな。しかし、そんな奴に負けたという歴史を、僕の輝かしい経歴に残すわけにはいかない。ゆえに、お前には僕と互角程度の実力まで成長してもらう、零崎人識。これから僕がみっちり稽古をつけてやるぜ」

「…………………」

やだなあ、と人識は呟いた。

「暇なのか、お前は」

「暇っつーなら暇だよ。僕は秘蔵っ子の秘密兵器だからな、あんまり表にゃ出ていけねえんだよ。『妹』もそうだが、特に僕はそうだな……だから零崎、そんな可哀想な僕の暇潰しに付き合ってやってくれよ」

「そういうことなら、お前、兄貴か大将のところに行かねーか？　あと、曲識のにーちゃんのとことか……あいつら、俺よりずっと強いんだぜ」

「あー、零崎一賊の有名どころか。しかしそうすると、『断片集』の連中がうるせーこと言いそうだからなー。……兄貴と大将ってのは、マインドレンデルとシームレスバイアスのことだよな？　この間、そいつらも山にいたんだろ？　あいつら、そんなに強いのか？」

「ああ、強いね——俺よりずっと」

人識は平淡な口調で言った。

「特に——大将にゃ、俺は手を出そうとも思わん」

「……へえ」

一瞬——出夢は、人識の言葉に興味を惹かれたようだったが、しかしすぐに「ぎゃはは」と、振り切るように笑い、

「その手にゃ乗らねえぜ」

と言う。

「僕の興味はお前にしかねーんだよ、零崎。『断片集』のことがなくっても、他の奴らのことなんかどーでもいい。僕はすっかりお前にいかれちまってんのさ。まあ、とりあえず今日はここまでだ。一時間たっちまったし、僕はもう帰るさ。怪我はしてねーよーだけど、とりあえず、身体を癒せよ。今回はお互い、両腕ＯＫの何でもありのルールだったが、次はまた、何か制限つきの勝負にしようか。煮

えたぎるマグマの上での鉄骨バトルなんてどうだ？　ぎゃはは！」

「そうか、どうしても次があるんだな……」

「ああ。とりあえず僕とお前が勝ったり負けたりを繰り返しながら、最終的に僕がお前をぶっ殺すというのが理想だな」

「わがままな奴だ……最終的に、傑作だぜ」

それでも、これでようやく出夢が帰るらしいということがわかって、人識は安心したようだった。胸を撫で下ろしたのが、露骨にわかる。それは、殺されずに済んだから安心したというよりも、鬱陶しいストーカーが一旦とはいえ姿を消すことに心底ほっとしたという感じだった。

「おっと、帰る前に、僕は一応、今回の勝利のご褒美をもらっとかねーとな」

と、そこで出夢は、足元のナイフをぴょんぴょん跳ねるように避けながら、人識が倒れているところに近付いてきて、拘束されているわけでもないのに動くことのできない人識の頭の辺りにかがみ込み、その頭部を抱え、そして前置きも矯《た》めもなく、唇に唇を重ねた。

「…………！」

人識は暴れようとするが、無駄な抵抗だった。暴れることさえできない。

力を振り絞ったところで、基礎体力が違う。

口腔内に舌が這入ってくる。

匂宮出夢は腕も長いが舌も長い。人識が歯で防ごうとしても、うねるばかりで意味がなかった――舌の強度まで規格外のようだった。やむなく自分の舌で押し返そうとするが、むしろそれは舌を絡めるような結果にしかならなかった。

「ぷはっ」

五分ほどの長い口づけの末、出夢は立ち上がる。

「ごちそうさま」

ぎゃははは、と愉快そうに笑う。

「言い忘れていたけど、零崎、僕が勝ったらそのたびにちゅーさせてもらうからな。その代わり、お前が勝ったら、ちゅーさせてやるよ。んじゃ、気をつけて帰れよ。そのまま朝までそこで寝てたら、飛行機のタイヤでお陀仏だぜ。僕は次の勝負をマジ楽しみにしてっからよ、他の奴に殺されたりすんじゃねーぞ。まあそんときは僕を呼べよ、どこでも駆けつけてやっからよ。お前を殺すのはこの僕だ、ってかあ？　ぎゃはは、ばいばーい」

　明日にでも再会することが言うまでもなく明らかであるかのように、気軽な素振りのそんな挨拶で——『殺し名』序列一位、匂宮雑技団団員№18、第十三期イクスパーラメントの功罪の仔《バイプロダクト》、匂宮出夢は、去っていった。

　しかし。

　別れの言葉も、去っていくその姿も、零崎人識の意識の中には入ってこなかった。大の字のまま……全身がぶるぶると震えている。

「こ、殺す……絶対に殺す……」

　中学三年生にして、見た目の通り、身持ちの軽い遊び人である零崎人識は、勿論これまでにキスをしたことがないとは言わなかったが、だけどキスをされたという経験は、これが初めてだった。

　つまり。

　これまで匂宮出夢から零崎人識に向けての、一方的でしかなかった戦意と因縁が、このとき、逆向きの方向、零崎人識から匂宮出夢に向けても、生じたのだった。

「兄貴にもされたことねえのに……、絶対に絶対に絶対に許さねえ……匂宮出夢……、今度会ったら、すげえキスしてやるからな……」

◆

◆

一方その頃——

　零崎軋識は、その飛行場がある某地方都市から約百キロほど西座標にある、別の某地方都市の、大型オフィス街の横断歩道で、信号を待っている振りをしていた。押しボタン信号だと気付かず漫然と突っ立っている間抜けの振りだ。

ただし、間抜けであるかどうかはともかくとして、このときの軋識を、零崎一賊、『愚神礼賛《シームレスバイアス》』の零崎軋識だと表現することには語弊があるかもしれない。少なくとも、一見、彼をシームレスバイアスであると断ずることのできる者はいないだろう。そこにいる零崎軋識は、よく知られている、零崎軋識の普段の姿とは、全く違う格好だったからだ。

全身、ブランド物で固められたスーツ姿。

ネクタイまできっちり締めている。

麦藁帽子でもないし、シャツでもないし、ルーズなズボンでもないし、サングラスでもない――己の二つ名の由来である釘バットさえも持っていない。

そう。

これは零崎軋識ではなく――

彼のもう一つの顔。

式岸軋騎としての、姿だった。

「ふう……」

ため息をつきながら――軋識は、信号の向こう側に見える――通り向かいの、黒いビルディングを見上げる。

オフィス街。

この周辺は政府の計画都市として名高いが、中でもこのオフィス街はそのモデルケースだった。大企業の本社がかなりの単位で集中しており、人家はマンションまで含めて、全くないと言っていい。会社以外の建物としては、精々、コンビニエンスストア、ファミリーレストラン、ガソリンスタンドなどを、ちらほらと見かける程度だ。昼間の人口と夜間の人口に相当の格差があり、そして今は、真夜中だった。歩道にはほとんど人を見かけないし、道路にも、クルマはまばらに通るばかりだ。押しボタンなど関係なく、信号を待っている意味など、全くないと言っていい。

軋識がいる場所は、背の高いビルディングが多かったが――正面の黒いビルディングは、その中でも一つ、群を抜いていた。窓の数から見る限り、四十階建てという感じだ。構造的には地下もあるだろう……。

とある企業の、持ちビルだった。

一部で有名なIT企業。

しかし、その一部とは――裏世界だ。

「さてと――どうしたものかね」

零崎軋識は、難問を前に、憂鬱そうに呟く――

つい昨日のこと――二十七歳の零崎軋識が、年甲斐もなく恋する十四歳の少女、『暴君』の椅子となっていたときの話である。裸にコートというそれだけの格好で、『暴君』は興味なさげに、ただただ機械的にキーボードを叩きながら、ディスプレイに表示される文字の羅列を眺めていて、そこでふと、「ああ、そうだ、ぐっちゃん」と、その瞬間に思いついたみたいに、軋識に話しかけてきた。椅子に徹していた軋識は、突然声をかけられたことに驚いたが、すぐに、

「なんでしょう、暴君」

と、忠実に反応した。

「あのね、ぐっちゃんにお願いがあるんだけど」

「何なりと」

「少し前に、ひーちゃんに狙ってもらって、諦めたデータがあってね。なんで諦めたかっていうと、そのデータ、ネットワークのどこにも繋がっていない、いわゆるオフラインで保存されていたからなんだけど――」

「なるほど」

『暴君』と、それに連なる八人の同志《パーティ》は、ごく簡単に言うならばサイバーテロリストである。ネットワーク経路が繋がっている限りにおいて、彼らに侵入できない場所はない。意味もなく目的もなく電子世界を闊達に荒らしまわる彼らは、皮肉にもまさし

く自由の象徴でもあった。どんな組織も決定的な対抗手段を持たない、正体不明にして無敵の九人が——彼らだった。

ただし——彼らが無敵なのは、あくまでもネットワークが繋がっている限りにおいて、だ。無敵どころか、オフラインでは全くの無力であると言っていい。それゆえに、彼らが台頭してからは、真に重要なデータはネットワークから隔絶して保存するという『常識』が、あらゆる企業の中で確立されたのだが——

「この時代、完全にオフラインに徹するなんてことは、不可能だからね——一度知った技術を、人はそうそう、破棄できないよ。まあ、そうは言ってもその技術も、ほとんどは私達が計画的に与えたものなんだけど。だから、針の穴ほどの隙間があれば、私達には十分過ぎる。けれど、そのデータは、もう作った連中でも必要としない……というより、もてあまして放置しているのが現状って感じらしくってさ。持っているのも嫌だし捨てるのも嫌だし、だからと言って人の手に渡るのも嫌——ってところかな。人の手に渡るのが嫌なら化物たるこの私がもらっちゃおうと思ったんだけどね、ひーちゃんも頑張ったけど、まあ、ひーちゃん、そういうの専門じゃなかったからね。あの頃はぐっちゃん、留守がちだったし」

「それで——諦めたんですか」

「まあね。ただ——また欲しくなっちゃったんだよねえ、これが」

『暴君』は言った。

それはそうだろう、と軋識は納得する。彼女は諦めるという言葉とは無縁のはずだ——それだからこその『暴君』だ。

「その企業が、最近、ピンチらしくってさ。強引な手法で頭角を現してきた企業だから、敵も多いってことだと思う。私達も含めてね。多分、もうすぐ、潰される」

「そうですか……だから?」

「だから、漁夫の利。鳶に油揚げ——かな」

そう言って、『暴君』は、軋識の膝からひょいと、飛び降り——そして軋識を振り返り、にっこりと笑顔を浮かべる。

「ぐっちゃん。私はぐっちゃんを、八人の中では一番評価しているよ。最も私の役に立ってくれるのは、ぐっちゃんだと確信している」

「………」

「ぐっちゃんには、私も含めた他の八人では絶対にできないことができるからね。私は心から、ぐっちゃんのことを頼りにしているんだよ。ぐっちゃんがいなければ生きていけないくらい」

『暴君』は言った。

「だから——やってくれるよね?」

彼らが無敵なのは、あくまでもネットワークが繋がっている限りにおいて——オフラインでは全くの無力であると言っていい——

ただしそれは。

ただ一人、『街《バッドカインド》』式岸軋騎を除いての話だ。

「勿論です」

軋識は即答した。

迷う理由などない。

そのデータの内容さえも、聞く必要はない。

命令があれば——それに従うだけだ。

嬉しいな、と『暴君』は言った。

「じゃあ、早速行ってきて頂戴。失敗したら殺すからね。そうだぐっちゃん、帰ってきたら、今度はベッドになってよ。さっちゃんの腕枕は悪くないんだけど、あの人、いつもいつでも喋りっぱなしだから、なかなか寝つけないんだよね——」

そして、それから一日後。

下調べと準備を終えて、現地に到着した零崎軋識ではあったが——しかし、それでも、ここに至って、どうしたものだろう、と考えていた。

黒いビルディング。

ＩＴ企業の本社。

だが、それは名ばかりで、実際はこの建物は、最上階にあるという、『暴君』が欲しがっているデータ——ハードディスクに収められているらしい——を、保存・保護するための、鉄壁の金庫であると言うべきだった。社員の名目でビルディング内にいる四百人は、全員がプロの警備員である。本社という記号をフェイクに使ってまで、そのハードディスクを守っているというわけだ。事実上の本社は、もっと別の場所で稼動しているそうである。

「四百人か……中に這入ってさえしまえば、それくらいどうにでもなる数字ではあるんだが……しかしこうも大規模に守らなければならないデータなのかね」

いや。

『暴君』はもてあましていると言っていた。

放置している——とも。


ならば、本社という記号をフェイクに使っているのではなく、そのデータの存在に、本社が乗っ取られてしまったという風に見るのが、正解なのかもしれない。分不相応な力を持つと、力に存在が凌駕されることはある——それは軋識が、どちらの世界でも、よく見てきたことだった。

そう、どちらの世界でも。

「……ってことは、爆弾があるよな」

向こうとしても、最悪の結果を想定してはいるはずだ。オフラインに隔絶しただけで安心することはないだろう——彼らにとって目下の敵は、『暴君』一味だけではないのである。敵も多い——現在危機的な状況にあるというのも、軋識の調べでは、確かなようだった。はっきり言って、いつ、どんな状況で潰されてもおかしくない。それが今この瞬間であっても、何の不思議もないだろう。どうせ潰されるのなら『暴君』に潰されろ、と軋識は思う。それがなによりの幸せだ、と。

しかし——ここまでする連中だ。

恐らく、自分達が潰されても問題のデータは守ろうとするだろう。いや、違う、守ろうと——ではない。自分達以外の誰かの手に渡ることを拒絶するだろう——だ。

だから——爆弾。

この黒いビルディングには爆弾が仕掛けられているはずだ——ビル自体を、確実に崩壊させ、件《くだん》のハードディスクを間違いなくクラッシュさせるようなクラスの爆弾が、ある。軋識くらいのプロフェッショナルになれば、それは外から眺めているだけでわかる。

最悪の結果に対しては、自爆で対応する。

これは、そういう性格のビルディングだった。

「気付かれないように侵入して……気付かれないようにハードディスクを奪取……その後からっぽになったビル自体が爆破されようとどうしようと知ったことじゃないってのが、選択肢かな……締めがいささか派手になってしまうが、それはやむかたなしか……爆発オチなんて最近はやらないけど、暴君好みと言えば暴君好みだ……」

となると、問題は侵入経路。

管理は厳しい——一見、正面玄関には監視員さえいないように見えるが、相当数の監視カメラが仕掛けられている。この本社に来客などありえないのだ、一歩でも踏み込めば、確保・拘束・そして処分だろう。どんな言い訳も通じるとは思えない、問答無用だ。そもそも、今は真夜中——正面玄関は当然、施錠されている。内側にカーテンが引かれ、外側には格子状のシャッターが降りていた。

かと言って裏口や駐車場からなら侵入が容易かと言えば、そんなことはない。このビルディング、金庫というよりは、難攻不落の要塞なのかもしれなかった。籠城戦のために設計されているかのようなビルディングである。それでも当初は、本当に本社として使用していたはずだから、データに合わせて、改築に改築を重ねたという感じなのだろう。

つくづく——力に存在が凌駕されている。

真夜中とは言え、四十階分の窓の中には、電灯がともっているものも少なからずあるが、中で行なうべき仕事などないはずだから、あれはイミテーションのはず——

中にいる者は、全員、警備に当たっている。

四百人。

「ふうむ——打ち込む隙が見当たらない」

中に這入って四百人。

そいつらを皆殺しにすることは、とりあえず決定しているが——その殺しが零崎一賊の手によるものだと露見してもまずい。『暴君』一味としての活動は、一賊の殺人鬼達には秘密なのだ。秘密なんて可愛らしいものではない、露見したらただではすまない——軋識も、そして恐らく『暴君』も。

オフラインでは全くの無力——である。

「レンやトキはともかくとして……他の連中は絶対に許してくれねえだろうっちゃな……おっと」

うっかり、零崎軋識としての言葉遣いになりかけて、慌てて口元を押さえる。誰が聞いているわけでもないが、少しのミスが命取りだ。

釘バット——『愚神礼賛《シームレスバイアス》』は持ってきていない。

あれは、名札みたいなものだ。

そんなものをぶら提げて歩くわけにはいかない。

しかし、そうは言っても——それは、釘バット以外の武器を使用するということではない。式岸軋騎として動くときでも、零崎一賊としての志までを隠すわけではない。勿論銃器など以ての外だ——『愚神礼賛《シームレスバイアス》』以外の武器を使うつもりは、軋識にはない。

ゆえに、素手だ。

徒手空拳で——このビルディングに挑む。

「『愚神礼賛《シームレスバイアス》』が使えないのと語尾を普通に戻していいのとで、まあとんとん……しかし素手、か……素手なあ」

その言葉に――軋識は思い出さざるを得ない。

ついこの間、決定的に敗北を喫した相手。

仮面の拳法家。

一対一で、言い訳のしようもないほど、弁解の余地もないほど、縦から見ても横から見ても、完全に負けた――

「ちっ……あー、やだやだ。女々しいな」

頭から、すっかり焼きついてしまったそんな思い出を振り払う。それはもう、零崎軋識として、散々考えたことだ。今、このとき――式岸軋騎としての今、考えるようなことではない。

この自分の身体は。

全て、『暴君』のためにある。

「…………」

一番評価している。

最も私の役に立ってくれる。

それらの『暴君』の言葉が、全くの嘘っぱち、気分次第の口から出任せであることなど、軋識にはよくわかっている。『暴君』は他の七人にも、同じようなことを言っているのだ。八人の中でも飛びぬけた嫌われ者、『害悪細菌《グリーングリーングリーン》』を相手にさえ、『もしかしたらさっちゃんは私の運命の人かもしれないよ』なんて、調子のいいことを言っているらしい。そして勿論――八人全員が、恙《つつが》無く理解している。『暴君』にとって重要な人物など、自分達八人の中には全くの不在なのだと。

それでも――嘘でも、戯言でも、何であっても。

そう言ってくれるだけで――軋識は動ける。

零崎軋識は、そこまで、『暴君』に参っている。

完全に、魅了されている。

「ま……現実的には……、明日の朝を待って、中の警備員の入れ替わりに合わせて、変装して忍び込むってところかな……中に這入ってしまえば、どうにでもなる」

あちらさんも、表沙汰にできないようなものを最上階に所有しているのだ、何かことが起こったところで、できる限りそれを内々に納めようとするはずだ。増援が来ることはあっても当局が動くようなことは絶対にない。このビルディングの内情を他に知られるくらいなら、間違いなく自爆の方を選ぶだろう。

「つまり……相手が自爆を選ぶまでに、ハードディスクを奪取しなければならないって感じか……、制限時間はおよそ一時間ってところだろう。となると……そうだな」

状況開始は明日の午前九時。

十時までに終わらせよう。

とりあえず、他の選択肢は残しつつも暫定的にそう決めて——軋識は、一旦このオフィス街から離れることにした。押しボタン信号を待っている間抜けの振りにも限界がある。変に目について、警戒されても困る——敵の多い、背水の陣のIT企業。疑心暗鬼になっていてもおかしくはない。

まあ、疑心暗鬼というか。

零崎軋識は——本当に鬼だけれど。

殺人鬼。

「……にしても——」

と、軋識は、首をあげて、空を見上げた。高いビルが林立しているがゆえ、覗く空はほとんどないが、その隙間を縫うように——狭い空に、ヘリコプターが数機、飛んでいる。どうやらこの辺りは、ヘリコプターの周遊コースになっているらしい。どうせ夜になればほとんど誰もいなくなる地域だし、空は誰のものでもない、どれだけ飛び回ろうと、それは勝手というものだが——やけにその羽音が耳につく。飛行高度が低いのだろうか？　まるで、このオフィス街を監視しているかのようだ。思い過ごしかもしれないが、ひょっとすると、軋識の狙うビルディングを、見張っているのかもしれない——

敵は多いと——言っていた。

いや、これこそ、疑心暗鬼か。

鬼が疑心暗鬼になってどうする。

ヘリコプターくらい、どこでも飛んでいる。

ただ、それだけの話――

「……ん？　え？」

空から視点を戻そうとしたところで――ふと、軋識の視界に、奇妙なものが入った。狙いのビルディングの、その屋上である。四十階建ての、その屋上。そこに――小さな、赤い物体が見えた。

赤い、何かが。

「なんだ……？」

下調べは済ませてある。このビルは、屋上に出ることはできないはずだ。軋識がデータを狙うに当たって、まず最初に考えた侵入経路が、屋上だったから（それこそ、ヘリコプターでも使って、最短経路でハードディスクまで辿り着く算段だった）、その辺りの調査についてぬかりはない。そのルートは敵も承知しているということだろう、ヘリポートもホバリングスペースもあったものじゃない、屋上は完全に封鎖されている。

だがしかし、あの赤いの――

気のせいか、人間の形をしているような――

「おい、こら」

背後だった。

ビルディングを見上げる、軋識の、背後に。

彼女は、現れた。

いや――人間が突然現れるわけがないのだから、彼女はずっとそこにいた、と、そう表現するべきなのだろう。

「…………………っ！」

赤毛ポニーテイルの、若い女だった。

ポニーテイルの尻尾が、膝の裏まである。

十九歳か――二十歳くらい。

背が高く、脚がすらりと長い。ローライズの、色の濃いスリムジーンズに、黒のチューブトップ。肩から腹から腰から、惜しげなく外気に晒されていた。靴は登山用と見える、底の厚いブーツである。

溌剌《はつらつ》とした、勝ち気な眼。

唇は勝ち誇るように笑っている——何故か。

「あ……あれ？」

振り返って——軋識は、一瞬、戸惑う。戸惑うというより、硬直してしまったのだった。こういう表現をすると、ともすれば不要な誤解を招くかもしれないが、しかし率直に言ってしまえば——零崎軋識は、その赤毛ポニーテイルの女に、見蕩《みと》れてしまったのだ。

ふっと、意識が飛んでしまった。

それほどに綺麗だった。

それほどに美しかった。

二十七歳の軋識からしてみれば小娘くらいの年齢の、格好から何から、このオフィス街にはあまりにも不似合いなその赤毛ポニーテイルの女に、彼は、瞬きほどの間とは言え、心を奪われて——

「何じろじろ見てんだてめえはこらぁ！」

——繰り出された蹴りを避けられなかった。

ピンポイントで鳩尾《みぞおち》に、ダイレクトで。

登山用ブーツの先端が、食い込んだ。

「う、ぐぉ……おお」

裏まで貫通したんじゃないかというようなその激痛に、反射的に前かがみになる軋識。軋識の身長はその赤毛ポニーテイルよりも更にいくらか高かったが、これで、頭三つ分くらい、一気に低くなってしまった。

「うわははは」

途端、豪快に笑い出す赤毛ポニーテイル。

折角の美人が台無しの笑い方だが、とにかく、とても機嫌が良さそうだ。

「いやあ悪い悪い、あたしって自分より背の高い人間見ると、ついつい蹴りたくなっちまうんだよなあ——」

「………………！」

容姿は綺麗で美しかったが性格はチンピラだった。

軋識は、声も出ないほどの痛みと必死で戦いながら、ちらりと、後ろのビルディングを窺う——その屋上を見る。

何もない。

赤いものなど——何もない。

眼の錯覚だったのか。

そうだ、あんなところに人がいるわけがない——

「こらにーちゃん。人が話しかけてやってんのに無視してんじゃねーよ。あたしなんか相手にできねえってか？　ふざけやがって、大概にしろよ。今度は顔面蹴り飛ばすぞ。蹴りやすそうないい位置じゃねえかこら」

「……お、お前、この、小娘」

機嫌が良かったと思えば、もう怒っている。

なんだこのブレの激しいキャラクター……。

「お前——誰だ」

「あー？　あたしか？　てめえ、あたしの名前を訊いたのか——」

女は——

曲も衒《てら》いもなく、しかし誇らしげに名乗った。

「——名前は哀川潤だ」

「……あいかわ？」

あいかわ——じゅん？

軋識は、その名前に——かすかに、記憶を刺激される。なんだろう……その名前、どこかで聞いたことがあるような……いや、どこかで、というか、誰かから、聞いたことがあるような……。

思い出せない。

記憶力は悪くないつもりなのに——というより。どうしてだろう、その名について思い出すことを、脳本体が全力で拒絶している感じがある……思い出さない方が身のためだとばかりに。

これは、一体——

「あいかわって呼ぶんじゃねえこの野郎！」

下から振り上げ気味に、掬《すく》い上げるような蹴りが、ブーツの先端という打突部で、前かがみになっていた軋識の鳩尾に、両手で抱え込むような形でガードしていた隙間をすり抜けるようにして——先程と寸分狂わず同じ位置に、角度違いで、決まった。

　悲鳴もあげられないほどの衝撃だった。

「な、名乗っておいて、呼ぶななんて……」

「あいかわと呼ぶからいけないんだ。あたしを呼ぶなら潤と呼べ。苗字で呼ぶのは敵だけだ」

「………………」

　いや。

　この状況、どう考えても、お前、敵だろ？

　何者だ、この小娘——と軋識は考える。狙うＩＴ企業の関係者か？　四百人の警備員の一員か？　いや——そんな感じじゃない。では、軋識とは別口の、ＩＴ企業を狙う側の人間なのか……多い敵の内の一勢力か。軋識がビルディングのそばで怪しい動きを見せているのを見て、様子を見に来た——

　常識的に考えればそんなところだが。

　常識が通じる相手には、とても見えない。

「うわははは——」

　赤毛ポニーテイル……哀川潤は、また、笑う。

　おおらかに。

　とても快活に、心の底から、楽しそうに。

「おいこらにーちゃん。お前、何してんだ？　こんなところで前かがみになって。あたしのことをじろじろ見る前は、このビルのことをじろじろ見てたみたいだけどよ——この建物、お前の獲物なのか？」

「………………」

　痛みのあまりに答えられない振りをする。

　回答を保留して、腹を押さえる仕草。

「答えろよ！」

　ごつんと頭を殴られた。

　弱っている者をいたわる人間ではないらしい。

「まあ……そんなところだ」

　軋識はそう答えた。

　嘘をついてもしょうがない——今はそれを表に出していないとはいえ、零崎一賊の二枚看板、その一枚シームレスバイアスに、蹴りを二発もかましたのだ。更に加えて拳骨一発。この小娘が只者でないのは確かである。ならば様子を探るためにも、こちらから切り込んでいくのが正道――

「このビルディングの最上階に、とあるデータが保存されていてよ――この企業が潰される前に、それを盗み出すのが、俺の仕事だ」

どうせ。

軋識が何を話したところで、哀川潤という小娘が何者だったところで、こうなった以上、この赤毛ポニーテイルは殺すしかないのだから――

蹴られたからという零崎的な理由ではない、今は軋識は零崎一賊としては動いていない――ただ単純にただ純粋に、『暴君』のためだ。恋する十四歳の少女のために、この仕事にはわずかな禍根も残すわけにはいかない――!

「へえ。よし」

哀川潤は――ひょいと、軋識越しに、黒いビルディングを確認し、赤色の尻尾を振るかのように、ぐるりと首を回してから、とても気軽な調子で、

「なら、手伝ってやろう」

と言った。

「て……手伝う?」

「おう。なんかよー、長い間会ってねえ友達が仕事でこの辺に来るっつーから、驚かしてやろうと思って待ち伏せしてたんだけど、いくら待っても一向に来やしねーんだよ。ムカつくからもう帰ろうと考えてたんだけどさ――うわはは、丁度いい暇潰しを見つけたぜ」

「暇潰しって……こっちも遊びでやってるんじゃないんだ――」

「いやいや、遠慮すんなよ、にーちゃん。あたしは困ってる奴を見ると苛めたく――違う、困ってる奴を見ると虐待したくなるんだ」

「…………!」

言い直して、より酷くなってる!

何故言い直した……。

「ふっふーん。どりどり」

至極愉快そうな口振りで、哀川潤は手元の財布をいじりだす。手元の財布？　あれ、この小娘、さっきまで手ぶらで、そんなもの、持っていなかったはずだが……って。

その財布。

「俺の財布じゃねえか！」

「なんだよ、札入れに五万七千円しか入ってねえぞ、しけてんな。あ、でもキャッシュカードが三枚もある」

い、いつの間に……蹴ったときか？　上着の内ポケットに入れていた財布を、ブーツを履いた足で抜き取ったというのか？　そんな芸当、可能なのか？

軋識の脳内を、疑問符が走馬灯のように回る中、哀川潤はそんなことに構いもせず、財布から取り出した三枚のキャッシュカードを、月明かりに照らすように、空に掲げる。眼を細めて、そのカードを、矯めつ眇めつしている……

何をしている——カードに記された口座番号や口座名を確認しているのだろうか？　当然のように架空口座だから、そんなものを見られても、軋識は痛くも痒くもないが……。

「えーと、これが七千八百万四千三百五十四円、こっちが五千万ジャスト、最後が八千五百万七千円。へー、結構貯めこんでんじゃん」

「お前、カードを見たら残高が分かるのか!?」

人間スキマー!?

「暗証番号も分かるぞ。１１９２、１５４３、１６０３。鎌倉幕府に鉄砲伝来、江戸幕府か。日本史が好きなのか？　にーちゃん」

「ちょっと待て！　そんな情報がカードに入ってるわけが……！」

「勘で大体わかんだよ。いや、勘よりも確かなものかな？　それに、これは……ジャガーのキーか。いいクルマ乗ってんじゃん」

「キーまで!?　それはズボンのポケットに——」

「よし。まあ、こんだけありゃ十分だろ。あとはあたしに任せとけ。お前の仕事、ばっちし請け負ってやるよ」

そう言って、カードを財布に戻し、当然のように、哀川潤は、それがもう自分の所有物になったことを見せつけるかのように、軋識の財布を、ジーンズの尻のポケットに仕舞った。ジャガーのキーは、昔の漫画によく出ていたセクシー系のキャラクターよろしく、チューブトップの胸の間に入れたのだった。ち、チンピラどころじゃねえ……。

強盗だ……。

「う——請け負う？　小娘——お前、何だ？」

「あー？　あたしか？　てめえ、あたしの職業を訊いたのか——」

「あたしは請負人だよ」

「うけおい——」

「真ん中に『負ける』という字が入っているところが、最高格好いいだろ？」

そう言って——

哀川潤は、軋識に背中を向けて、あらぬ方向へと歩き出す。軋識の『獲物』である黒いビルディングとは、真逆の方向——しかしその確固たる足取りは、彼女に明確な目的地があることを示していた。

——いや。

そんなことは——どうでもいい。

最早、考慮すべき事案はない。

——殺さなければ。

零崎一賊のことや、『暴君』のことを差し引いても——ここまで露骨に舐められて、それを見逃せるほどに、零崎軋識は温厚な人間ではない——！

と。

悠然とした歩みで、赤毛ポニーテイルを揺らしながら進む哀川潤に、背後から襲い掛かる決意をしたところで——実際、前かがみの姿勢を解除し、踏み込んで、哀川潤との距離を一気に詰め、右手に立てた爪を、その細い首筋に容赦なく打ち込もうとしたところで――

「…………っ！」

軋識は、後ろに、飛び跳ねた。

身体が勝手に――回避動作を取った。

対する哀川潤は、全く何もしていない。振り向きすらもせず、軋識の行動にはまるで気付いていないがごとく、前へ前へと歩くばかりだ。

な――なんだ？

隙だらけなのに。

むしろ素人よりも隙だらけなくらいなのに。

どこからでも、どういう風にでも打ち込み――殺せそうなのに。

軋識の身体がそれを拒んだ――いや。

本能が、拒んだ……？

「あ……おい、待て！」

している内に、哀川潤は角を折れ、その姿は軋識から見えなくなった。馬鹿馬鹿しい、これで見失ってしまえば、本当に財布とキーを奪われただけだ。殺す云々はともかくとして、とにかく追いついて、返してもらわないと――

手伝うと言っていた。

請け負うと言っていた。

冗談じゃない、『暴君』からの仕事を、第三者からの横槍で、邪魔されてなるものか――

「小娘、待てって言って――！」

駆け出し、哀川潤のあとを追って、角を折れる――そこに見えたのは、ガソリンスタンドだった。

このオフィス街における、ファミリーレストランやコンビニエンスストアと並ぶ、数少ない、サービス業種。この街の特性上、さすがに二十四時間営業とはいかないが、こんな時間でも、まだ活動している真横ようだった。タンクローリーの停められている真横の、洗車コーナーの辺りで、赤毛ポニーテイルの女と、ガソリンスタンドの店員らしき男（制服姿に、帽子を被っている）が、何かを話し合っているようだった。

ガソリンスタンドに、何か用なのか……？

と、考えたところで、ぴんと来る。

なるほど……難攻不落の要塞を相手にするときの、常套手段だ。要塞の外で騒ぎを起こし、内側から扉を開けさせるという作戦……日本神話の天照大神、天の岩戸の例を紐解くまでもなく。恐らく、このガソリンスタンドでガソリンを数リットル購入し、あのビルディングのそばで小火《ぼや》を起こすつもりなのだろう。ビルディングそのものに放火すると、『暴君』が欲しているデータ本体が失われる可能性があるから、この場合の目的にはそぐわないが、しかしそれでも向こうとしては、近くで小火が起これば延焼に対して神経質にならざるを得まい。

ふうん。

まあ、一応、考えてはいるのか……。

あの小娘、何も考えていない、気分次第のただのちゃらんぽらんのようでいて、やはり、素人ではないらしい……好意的に見れば、軋識の財布を奪ったのも、ここでガソリンを購入するための資金ということなのかもしれない。

そうは言っても、軋識に言わせれば、当初の予定通り、朝を待って、変装しての侵入という案の方が、ずっと成功率が高いように思われた。騒ぎが起これば、どれほど偶然を装ったところで、そこに何者かの意図が見られてしまうだろう。ビルディング自体が自爆する可能性、自爆する危険性を孕《はら》んでいる以上、できる限りまで——少なくともビルディング内に這入るまでは、隠密裏にことを運ぶ必要がある。

まあ、所詮は小娘か、と、どうしてか若干がっかりしたみたいな気分で、軋識は、二人に近付こうとする。やれやれ。いきなり蹴られて混乱していたが、大分冷静になってきた。ゆっくりと事情を説明してあの小娘にはお引取り願うとしよう。どうしてもというなら、財布とクルマくらい、くれてやればいい。どうせあんなの、零崎軋識にとっては財産のほんの一部でしかない。

と。

哀川潤がガソリンスタンドの店員を蹴り飛ばした。右側に回り込み、跳躍からの旋風脚だった。顎に決まり、店員はぶっ倒れた。

「何をしてるんだお前は！」

「あー？　なんかごちゃごちゃうるせーからちょっと脚で撫でてやったんだよ。全然あたしの話聞かねーで、駄目だ駄目だ駄目だって、インコみてーに繰り返すんだもん」

「話聞かねーって……！　話し合ってたんじゃなくて言い争っていたのかよ！」

あと。

それを言うならインコじゃなくてオウムだ。

見れば、店員（まだ成人したばかりと見える、若い男だ）は、見事に気絶してしまっていた。キックがいいところに入ったのか、それとも、威力自体が段違いだったのか、わからないが……完全に泡を吹いてしまっている。数々の戦闘を繰り返してきた軋識ではあるが、人間が泡を吹くところを見るのは、これが初めてだった。見たところ、この青年、哀川潤より背は低い。彼女より背が高かろうが低かろうが、どの道蹴られる運命ではあるらしい。

「ガソリンスタンドでガソリンを購入するくらいの当たり前のことで、どうして諍《いさか》いになるんだ!?」

「ガソリン？　なんでそんなものを買わなくちゃいけないんだ？」

「え？」

違うのか？

じゃあ、一体、何を——

「あたしはな——えっと」

哀川潤は、倒れている店員のそばに寄っていって、その懐をまさぐる。またぞろ財布を探しているのだろうかと思ったが、そうではなかった。探していたのは、財布ではなく——キーの方だった。

クルマの鍵らしきものを——

店員の胸ポケットから、取り出した。

それを自慢げに、軋識に見せる。

「これを貸してもらおうとしてたんだ。それだけなのに馬鹿かふざけるなとか、この野郎、罵倒また罵倒でよ。あたしを罵倒してはならないというこの世界のルールを、どうやら知らなかったみたいなんだ」

「そ——それ、何のキーだ」

「ん？　そりゃもう、そこのタンクローリーのキーに決まってんじゃん」

そう言って哀川潤は、こともなげに、脇に停めてある——巨大なクルマを指さした。

タンクローリー。

特装車。

筒型の金属製タンクを積んだ貨物自動車。

タンクトレーラーとも言う。

「えーっと……」

全部わかった。

わかりたくもないことが全部わかった。

この赤毛ポニーテイルが何をしようとしているのか、その邪悪な微笑みとタンクローリーとの組み合わせから、全部分かった。彼女が考えていたのは、確かにちまちまと、ガソリンを買うなんて算段ではなかった——しかし、軋識が何とか、その最悪の予想を否定するロジックを組み立てる前に、哀川潤の方から、

「つまりだ！」

と、頼んでもいないのに説明を始める。

「このタンクローリーに乗ってあのビルの正面玄関に特攻ぶちかますんだよ！　鍵がかかってようがシャッターが下りてようが、このタンクローリー様の前じゃ無力だぜ！　うわ、あたし、超冴えてねえ!?」

「…………………っ！」

「うわははははは！　いっぺんやってみたかった

んだ、ガソリンを大量に搭載したクルマで特攻！　下手すりゃっつーか、うまくすりゃ爆発しちゃうんじゃねえの、いえーい！」

　楽しそうに笑い飛ばす哀川潤。大口を開けて、本当に楽しそうだった。邪悪ではあったが、それは逆に無邪気とも取れるような、そんなちぐはぐな笑顔だった。

　それに対し——軋識の表情は、引きつっている。

　そうだ。

　全部思い出した。

　思い出したくもないことを全部思い出した。

　請負人と聞いた段階で気付いてしかるべきだった。そしてその場で——全てを放り出して、全速力で逃げるべきだった。たとえ逃げ切れないとわかっていても、そうするべきだったのだ。恐らくは精神に負荷をかけないためだったのだろうが、思い出すことを拒絶した自分の脳を、こうなれば恨まざるを得ない——

　哀川潤——軋識は禍々しきその名前を、同じ零崎一賊の、『自殺志願《マインドレンデル》』、零崎双識から聞いたのだ。

　曰く、人類最強の請負人。

　嵐の前の暴風雨。

　今からおよそ五年前に勃発した、早くも禁じられた神話として語り継がれつつある、『殺し名』も『呪い名』も、玖《く》渚《なぎさ》機関も四神一鏡も、裏世界の全てという全てを巻き込み、全てという全てを巻き添え、そしてその全てという全てに取り返しのつかないほど甚大なダメージを与えたという、正に空前絶後、究極の『大戦争』を引き起こした張本人——

　死色の真紅、哀川潤！

◆　　◆

その頃。

萩原子荻は、澄百合学園中等部・初等部合同寮の一室で、机に向かって突っ伏していた。高等部まで含めた、澄百合学園総代表の身分である子荻だったが、しかし、中等部一年生のこの段階では、それを知るのは上層部のごく一部の者に限られていた。不要な嫉妬ややっかみは、策を行使する上で障害になるとの、子荻自身の判断である。それを公表するのは、早くても三年後、高等部に進学してからだろうというのが、現時点での読みだった。そんなわけで、子荻は、あくまでも澄百合学園中等部で教導を受けている一生徒として、合同寮で、何ら特別扱いを受けることなく、生活しているのだが——

「ぎはらは、先輩——」

寮の部屋に設置されている、二段ベッドの上の方から、そんな声がした。もぞもぞと布団が不気味に動いたと思ったら、その中から、ゆらありと、散切りの小さな頭が出てくる。

西条玉藻だった。

「……はぎはら、よ」

突っ伏したままで、子荻は答える。

しかし、その回答は見事に無視された。

ただただだるそうに、玉藻は、

「寝ないんですかあ」

と、言ってくるだけだった。

「………………」

萩原子荻は特別扱いを受けることはない。

しかしこの西条玉藻は、特別扱いを受けている。

仕方がない、この戦闘狂の不思議系少女と同室になれるような生徒は、一人だって初等部には所属していないのだ——かと言って、この戦闘狂の不思議系少女を一人で放置しておけるほど、この学園の危機管理意識は低くない。というわけで、彼女はこの合同寮の、中等部エリアで暮らしているのだった。無論、中等部にも、玉藻と同室になれるような生徒は、ほとんどいない——というか、はっきり言って萩原子荻一人である。

そんなわけで。

子荻と玉藻は、ルームメイトだった。

「もう遅いですよう－。あたし、こんな明るいと、寝られませんー。ぎはらは先輩、最近ずっと夜更かししてますけど、何やってるんですかあ？　またずっこい策でも練ってるんですかあ？　悪い人だなあ」

「……メールが」

「はい？」

「メールが、一日、百通来るのよ……」

困憊《こんぱい》しつくした響きの台詞だった。

人前で弱味を見せることをよしとしないこの少女の台詞にしては、それは非常に珍しい態度だった——勿論、相手が西条玉藻だからというのは、あるだろうが。

ぐでーと、軟体動物がベッドの枠に引っかかっているような奇妙な姿勢の玉藻に、子荻はとても弱々しい口調で、「もう嫌……」と、続ける。

「文面を考えるのも、さすがに限界だわ……」

「……誰から、ですか？」

「零崎双識……あの変態からよ」

「変態……」

「女子中学生の友達が、心底嬉しいみたい……」

うっかりメールアドレスを教えたのがまずかった。零崎一賊の内情を探るのに都合がいいと思ったのだが、そんなこちらの意図はお構いなしで、最近流行っている音楽のことや最近流行っている映画のこと、当たり障りないどころか子荻にとってはどうでもよ過ぎる話題を、のべつ幕なしに展開し続けてくる。その内話題のネタも尽きるはず、そのときこそと思っていたのだが、どうやら見込みが甘かった。

正真正銘の変態だ。

ストーカーよりなお悪い。

「お陰で他の策も滞り気味だわ……不思議ね、なんでこんなことになっちゃったんだろう……」

「誰かに代わってもらったらいいんじゃないですかあ？　あたし、やりましょうかあ？」

「その策は既に実行したわ……あなたにやってもらうのは論外として……、私の文癖をプログラムした人工知能に任せたのだけど、すぐに『何か雰囲気が違うねえ』なんて、見抜いてきた……あの男、女子中学生に関してはプロよ」

どんなプロだ。

玉藻以外の人間だったら、ここでそんな風に突っ込みを入れただろうけれど、

「それより、ぎはらは先輩」

と、玉藻はあっさり、話題を変えた。尊敬すべき先輩の塗炭《とたん》の苦しみは、別にどうでもよかったらしい。

「次の戦闘はいつですかぁ……あたし、そろそろ、我慢できなくなりそうですよう」

「もう少し——我慢なさい」

突っ伏したままの姿勢ではあるが、子荻は口調を真面目な、緊迫感あるそれにして、玉藻に言う。それはそうだ、玉藻が『我慢できなくな』ったとき、一番最初に被害をこうむるのは、間違いなく同室の自分なのだから。

「えー。ひしときくんに会いたいのになー。刺したいのになー殺したいのになー」

「随分とお気に入りなのね。あなたが敵の名前を憶えるなんて、珍しいわ」

間違って憶えているけれど。

まあ、訂正はするまい。

「あなたはどうせ忘れちゃうと思うから、この機会に、先に言っておくけど……今度の戦闘では、恐らく『裏切同盟』の皆さんに動いてもらうことになると思う。玉藻。あなたはその別働隊として、零崎一賊をかき回して頂戴。私としてはあなたがあの変態の興味を引いてくれると一番助かるんだけど、人識くんがいいなら、人識くんでも構わないわ。あの顔

面刺青くんもあの顔面刺青くんで——私にとっては問題だし」

「はあい」

嬉しいのかどうなのか、いい返事の玉藻。

その心境は、誰にも読めない。

「……一応再確認しておくけど、この前の雀の竹取山での戦闘……、あなたは、何も憶えていないのよね？　何者かから攻撃を受けて——気がついたら、先生の膝枕だった？」

「そうですよう。ぎはらは先輩はあたしを疑うんですかあ？」

「そういうわけじゃ——ないわ。ふうん」

まあいい。

西条玉藻が計算通りに動かないことなど、萩原子荻にとっては計算通りのようなものである。というより、たとえ何かを隠しているのだとしても、玉藻はもう、それを既に本気で忘れている可能性が高い。

「それより、私が一番気にかかっているのは、零崎軋識さんなのよね……あの人、今、どうしているのかしら。うーん、零崎双識さんの対応にかまけていて、ちょっとそちらがおろそかになっていたかもしれないわ」

「きさしさん？　誰ですか？　それ」

「……忘れているならいいわ」

と。

そこで、机の上で充電器と繋がっていた携帯電話が、Eメールの着信音を鳴らした。画面を見て差出人を確認するまでもない。

子荻は手を伸ばして、携帯電話をつかむ。

「はあ……私、一体何をやってるんだろう……」

◆　◆

一方その頃——

零崎軋識は、全身を強く打っていた。

タンクローリーは、ガソリンなどの液体を安全に輸送するための特装車である。その構造は一般車とは比べ物にならないほど頑丈になっていて、たとえ想定外の行動、たとえばアクセルベタ踏みで最高速度を維持したまま、シャッターと鍵によって厳重に締められたビルディングの正面玄関に突っ込むというような突飛な行動に出たところで——それで積荷が漏れ出すとは限らない。

バンパーはひしゃげ。

フロントガラスは粉々。

前部の原型はすっかり失われたけれど。

それでもなんとか——爆発はしなかった。

ガソリンが漏れ出て、事故の衝撃で引火するということもなかった——最悪のケースではビルディング自体に仕掛けられている爆弾の誘爆も想定していたのだが——

九死に一生。

運が良かったとしかいいようがない。

ビルディングの正面玄関を中心に、タンクローリーのちょうど前半分がビルディングの内側に、タンクローリーのちょうど後ろ半分がビルディングの外側になったところで、クルマは停止した。ブレーキを踏んだ気配はないから、車体に組み込まれた安全装置が作動したのだろう。もうちょっと突っ込んでいたら、正面玄関から直線の方向にある、来客受付コーナーに衝突していただろうから、そこでもまた九死に一生だった。合わせて十八死の一生である。いや、掛けて八十一死に一生か？

シャッターと正面玄関を根こそぎにした段階でエアバッグが作動した。助手席にも設置されていたそのエアバッグで、軋識は全身を打ったのだが——エアバッグという代物が決して柔らかいものではないことを、彼は初めて知った。どこかの骨が折れたかもしれない。それくらいの、衝撃だった。それでも、今度、零崎双識に教えてやることくらいはできそうだ——エアバッグは十分に信用のできる代物だと。

「と、とんでもねえ……」

人類最強の請負人、哀川潤。

本当に、実行しやがった……。

軋識に対するはったりというか、悪質な脅しみたいなもので、ぎりぎりになれば取りやめるのではないかという可能性を、果敢ない希望のように果敢に信じていたのだが——完全に無駄だった。彼女は軋識の説得、いやさ懇願などまるで聞かず、むしろ暴力的に軋識を助手席に詰め込み、フルスロットルでビルディングに特攻したのだ。『愚神礼賛《シームレスバイアス》』を持ってさえいれば、まだしも抵抗は可能だったかもしれないが、素手の零崎軋識は、哀川潤の前ではまるで鎧袖一触《がいしゅういっしょく》だった。

「確かに……侵入には成功したようだが……」

こんなのは、侵入とは言えない。

こういうのは突入という。

隠密性も蜂の頭もあったものじゃない、ここまで派手なことをしてしまえば、さすがに当局だって動くだろう。事前に根回しをしていればともかく、それは今更止められない。一時間と見ていた制限時間は、更に短くなった——恐らくは三十分。警備員の四百名も、これで強く刺激してしまったことだろうし——監視カメラの映像を確認するまでもなく、すぐに連中はこの一階フロアにまで、駆けつけてくるはずだ。

こうしてはいられない。

当初の計画とは全然違うが、こうなれば人類最強の請負人を壁にしてでも、とにかく目的のデータだけは——

「おいこら、にーちゃん」

クルマの外から、声がした。

哀川潤だ。

ふと見れば、運転席に彼女はもういない——膨らんだエアバッグが、虚しくパンパンになっているばかりだ。どうやら、哀川潤は既に車外に降りたらしい。タンクローリー奪取のときもそうだったが、恐るべきフットワークの軽さだ。ちょっと眼を離せば、もう次の行動に移っている。

「早く出てこいよ——面白いことになってるぜ」

「…………？」

面白いこと？

面白いことと言えば普通は面白いことだが、哀川潤にとっての面白いこととは、なんだろう……。

そう思いながら、エアバッグを押しのけるように、軋識はタンクローリーの助手席から降りる。ドアが歪んで開かなかったが、そこはそれ、力技で蹴り飛ばした。まあ、多分哀川潤は最初から返すつもりなんかなかっただろうが、このタンクローリーはこの後、あのガソリンスタンドよりもスクラップ工場に向かう確率が高そうだった。

哀川潤は赤毛ポニーテイルの毛先を人さし指に絡めながら、タンクローリーのひしゃげたバンパーに腰掛けていた。そして、軋識の姿を認めると、すうっと、エレベーターホールの見える方向を、「ほれ」と指さした。


人。

人。人。

人。人。人。

人。人。人。人。人。人。人。人。人。人。人。

人人人人人人人人人人人人人人人人人人人人人人人——

沢山の人が——所狭しと、倒れていた。

うつ伏せに、仰向けに、横ばいに。

互いが互いに互い違いに、重なり合うように。

エレベーターホールへの道を、埋め尽くしていた。

サラリーマンのようなスーツ姿……皆、首から、このＩＴ企業の社員証をぶら下げている。確認するまでもない——ここに倒れている人群は、軋識が狙うデータを守護するためにこのビルディングに詰めていた、警備員だ。

さすがに四百人は——いないようだが。

それでも、この場で確認できるだけで、五十人は下らない人数が、倒れている。

「…………っ!?」

タンクローリーで撥ね飛ばした……わけではない。タンクローリーが突っ込んだ角度と、人々が折り重なるように倒れている位置がまるで合わない。

ならば何故。

ここに倒れている警備員達は――零崎軋識と哀川潤、この無法な侵入者に対抗するために、駆けつけてくる勢力だったはずだ。

「予想に反して爆発はしねーわ中途半端なところで停まっちまうわ、つまんねーなって思ってたけど……中はなかなか面白いことになってるみたいじゃねーか」

「どういう……ことだ」

「どういうこともこういうこともねーだろ、にーちゃん。あたしらよりも先んじて、このビル内に這入った奴がいるってことだ――うわはは」

「なっ……!」

そうだ。

データを狙っているのは軋識……ひいては『暴君』だけではない。むしろ『暴君』は漁夫の利、鳶に油揚げを狙う立場――軋識の他に、より正当に、そのデータを欲する者がいる。その者達が武力に訴えてきたとしても、それは何ら不思議はない。まだるっこしいことをせず、直接的に――企業が潰れるのなど、待つこともなく――

だが――いつの間に?

先程まで、軋識が信号を待つ振りをして外から観察していた限りにおいて、このビルディングに全く異常は見受けられなかった……では、哀川潤を追って、軋識がガソリンスタンドへ向かった間に……いや、そんな数分でここまでの芸当ができるわけがない。ならば、軋識の眼を盗んで、何の痕跡も残さずに、誰にも気付かれずに侵入できる者が、いるとでもいうのだろうか……?

この世の中に。

そして――このビルディングの中に。

いや、しかし、そうとしか考えられない。ここに倒れている警備員達がいい証拠だ。

何者かがいる。

軋識と哀川潤以外の何者かが——この建物内に。

どうする——と言っても、どうするもこうするもない。侵入者がいるとすれば、その目的は、最上階のデータ以外にはありえない——この建物は、それを守るための金庫、要塞でしかないのだから。ならば、軋識がやるべきは、一秒でも早く最上階に向かい……仮に、何者かがデータを既に確保していたなら、更にそれを奪うこと——！

タンクローリーで特攻というのは手段として最低ではあったが、しかし怪我の功名だ……明日の朝を待っていれば、確実に手遅れになっていた。その点だけにおいては、この赤毛ポニーテイルの小娘に感謝してもいいのかもしれない——

「うーむ」

と。

そこで哀川潤は、不機嫌そうに言った。さっきまでむしろ機嫌は良さそうだったのに——気分屋にもほどがある、と軋識は思ったが、「どうかしたのか？」と、気を遣うように、訊いてしまう。哀川潤があの哀川潤だとわかって以来、どうも距離感がつかみづらい。とりあえず、余計な刺激をしてはいけないので、自分が『哀川潤』を知っていることは、伏せているのだが。

「…………」

「どうか、したのかって、訊いて……」

「飽きた」

「は？」

きょとんとしてしまった軋識を尻目に、哀川潤はゆっくりと、バンパーから腰を上げた。そして、汚れを払うように、尻をぱんぱんと、手で叩く。

そして、

「飽きたぁー！」

建物中に響き渡るような大声で、怒鳴った。

………。

怒鳴られたところで……！

「お、お前……この小娘、さっき面白いって言ったところじゃないか……飽きたってどういうことだよ！」

「あー、うっせーなー。飽きたもんは飽きたんだよ。あたしに飽きられる方が悪いんじゃねえか。つまんねーつまんねーつまんねー。こっから先は一人でやれ。あたしはもう何も手伝わないぜ」

ぷいっと、軋識から顔を逸らす哀川潤。子供が拗《す》ねているみたいに頬を膨らませているが、しかし、子供だって、こんな無責任な真似はしない。タンクローリーで特攻して、軋識の計画をあらかた台無しにしておいて、今更手を引くだと……？

驚いたらいいのか呆れたらいいのか怒ったらいいのか、軋識は軽く混乱状態に陥ったが、しかしすぐに、考えてみればこれはそれほど悪い状況ではないのではないか、と、思うようになった。

出会って五分だが、この赤毛ポニーテイルの小娘が他人を引っ張り回し、かつ引っ掻き回すことに長けていることは理解できた。他人の邪魔をするために生きているような女だ。何事に対しても下調べと準備を丹念に繰り返した末、きちんと計画を立てて動こうとする軋識のような人間にとってみれば、迷惑千万にもほどがある。さすが、あの零崎一賊きっての変態、無計画の象徴のような、マインドレンデルが憧れる存在というだけのことはあった。

人類最強の請負人とか言って。

明らかに手伝ってもらわない方が得だ。

ここからなら——まだ修正は利く。

軋識のペースを、取り戻せる。

他に侵入者がいるらしい、ミスも予断も許されないこの状況、ならばこの赤毛ポニーテイルの気まぐれには、むしろ積極的に乗っておくべきじゃないのか……？

「そ、そうか。じゃ、じゃあ——俺はこれで」

かと言って変な言い方をすれば、何せ小娘のことだ、『なんだ。あたしの力なんていらねえってのか、この野郎』などと、ツンデレな反応を見せてこないとも限らない。軋識は哀川潤を刺激しない程度の、そんな曖昧な言葉と共に、エレベーターホールの方向へと一歩を踏み出した。哀川潤はと言えば、「おーう、ばいばーい」なんて、気の抜けた返事を返してくるのだった。

「あ……そうだ」

軋識は、少し進んだところで、哀川潤を振り返る。

「早くこのビルから出て行った方がいいぜ。タンクローリー突っ込ます前に散々忠告したことではあるけれど、聞いてくれてなかったみたいだからもう一度言っておくと、このビル、自爆仕様になっているから……侵入者がいつどういう風にここに這入ったのか知らないが、最悪、もう起爆装置は動いている可能性はある」

三十分どころか。

十五分——あるかないかかもしれない。

「へえ」

哀川潤は、軋識の言葉ににやりと笑う。

「あたしの身を心配してくれるのかい。優しいね」

「いや、そういうわけじゃ……」

早く出て行って欲しいだけだ。

嘘偽りなく、心からそう思っている。

「だが、不要な心配だな。いや、無駄な心配と言うべきか」

自慢げな風に、哀川潤は言った。

「何故ならあたしは、踏み込んだ建物は例外なく崩壊するという呪いのような伝説を持つ女だからさ。ビルが爆発するくらいのこと、あたしにとっちゃ日常だ」

「…………」

何だよ、それ……。

もう相手をしていられないと判断し（時間的にも精神的にもだ）、軋識は踵を返し、もうそれからは哀川潤を振り返ることなく、倒れている警備員達をステップでかわしながら、エレベーターホールへと辿り着いた。

ただしエレベーターは使わない。

この状況で閉じ込められたら洒落にならない。

使うのは、エレベーター脇の非常階段。こちらを使用する――そう、これが零崎軋識のペースである。扉を力任せにこじ開けて、軋識は一足飛びに、階段を駆け上がる。

軽やかな一定速度で昇りながら、軋識は考える。

現在警戒すべき対象のこと。

軋識達より先に侵入していた者……それに、警備員だって、全員がああなっていたとは限らない――何せ四百人という人数だ、まだ動いている者が残っていても不思議ではない、先んじられた侵入者にかまけて、そちらに対する警戒も怠ってはならない。

何より、ビルディングに仕掛けられているであろう、爆弾――

と。

ここで、迂闊にも哀川潤を警戒すべき対象から外してしまったことが、零崎軋識の、今回の件における最大の失敗だったが――彼自身がそれに気付くのは、もう少し時間がたってからのことである。

◆　◆

「……おいこら」

軋識の姿が、完全に見えなくなったところで――赤毛ポニーテイルの小娘、即ち哀川潤は、誰にともなく、しかし明らかに誰かに向けて、何者かに向けて、そう声をかけた。

「邪魔者は消えたぜ――いつまでかくれんぼしてるつもりだ？　どっかにいるってことはバレバレなんだよ。いい加減、出て来いや」

反応はない。

しかし、哀川潤は確信を持った口調で、

「苛々する奴だな」

と続けたのだった。

倒れている警備員の内の誰かに話しかけているのだろうか――いや、そうではない。ビルディングのこの一階フロアに充満する、嫌な気配――感じの悪い雰囲気そのものに、話しかけているようである。それは零崎軋識が気付かなかったものだった。無理もない、それに気付ける者はプロのプレイヤーの中でも、恐らくほとんどいない。だがそれは――あると気付いてさえしまえば、どうしようもなく臭い立つ――腐臭のようなものだった。

何者か。

「おい」

哀川潤はもう一度呼びかけたが――

現れる気配はない。

当然と言えば当然――だが。

「くだらねえなあ――そっちから来ないってんならこっちからいくぜ？　どんな上手に隠れようとも、あたしから逃げることなんかできるわけがねーんだよ――そこだっ！」

だんっ。

と、身体を反転させるようにして、赤毛ポニーテイルを大胆に、鞭《むち》のように振り回しながら、哀川潤は、背後にあった、来客受付コーナーに向かって、跳躍した。反転した段階で、既に右手は拳の形を作っていて、思い切り振りかぶられている。

「おらぁ！」

そしてそのまま、彼女は、その来客受付コーナーに飾られていた、中型サイズの花瓶へと、その拳を向けた。当然、会社としての役割はフェイクであるこのビルディング、来客受付コーナーが来客受付コーナーとして働いたことは、ここしばらくはなかったはずだが、外から見たときのフェイクとして飾られている花瓶――

その花瓶が派手な音を立てて、粉々に砕け散る。

徹甲弾でも命中したがごとき破壊力だった。

しかし、結論から言えば――

その何者かが潜んでいたのは、『そこ』ではなかった。そもそも、中型サイズの花瓶の中に、どうやって何者かが潜んでいられるというのか。何者かが、小動物か何かでもない限り、そんなことは不可能である。

しかし、結果からすれば――

その何者かをあぶりだすことには、成功した。花瓶が砕け、その鋭利な破片が飛び散った範囲内に、どういう風にしてか隠身していたのだろう何者かは――その破片を回避するために、姿を現さざるを得なかったのだ。

女だった。

近代的なビルディングの中においてはとても不似合いな、艶やかな和装の女――垂らされた前髪で、その表情は窺いにくいが、その下にかすかに覗く両のまなこは、尋常でなく冷たい。視線で人を殺すことができる者がいるとするなら、間違いなくそこに分類されるであろう女である。年齢は軋識と同じくらいと見て取れる。片手に鉄扇を持っていて――それを静かに、哀川潤に向けていた。

「なんだ。そっちかよ」

哀川潤は、目算が外れたことについて特に何と言うこともなさそうに、照れる風もなく悪びれる風もなく、女を振り返った。かなり堂々と予想を外したというのに、むしろ機嫌がよさそうである。

「そっちじゃねーかなーとも思ってたんだよ。うわははは。なんだ、どんな妖怪変化が出てくるのかと思ったら、とんでもねー美人が出てきたな。なんだいなんだい？　この惨状、あんたがやったのかい？　すげーな」

「闇口憑依《やみぐちひょうい》」

ゆっくりと――女は名乗りを上げた。

「闇口憑依と――申します」

「……？　やみぐち？　ああ……」

哀川潤は、途端、うんざりしたような顔になる。

さっきまではまたぞろ機嫌がよさそうだったのに——これでは軋識でなくとも、付き合っていられないと思うだろう。

気分屋にもほどがある。

「なんだ、お前、『殺し名』かよ。しかも闇口衆だってか。零崎一賊に較べりゃまだマシだけど、あんまりお友達になりたくねーなあ」

あぶりだしておいて、勝手なことを言う。

女——闇口憑依もそう感じたらしく、

「では」

と言った。

「このまま見逃していただいて、構いませんね？」

「そうはいかねえ」

相手からの申し出を、哀川潤はにべもなく断る。

「仕事はもう請け負っちまってるからな。闇口が相手だろうが零崎が相手だろうが関係ねえよ。ここでお前を足止めするのが、あたしの仕事だ」

「若い……」

ぼそりと、憑依は呟いた。なんでもない台詞ではあったが、それは何故か——根深い嫉妬が込められているかのような、言葉だった。哀川潤はそれに全く気付かない素振りで、「闇口ってことはよー」と、会話を続ける。

「あんたの上に誰かご主人様がいるんだよな？　闇口ってのは忠実なる兵士の家系だって聞いたことがあるぜ。そのご主人様から、なんだっけ、最上階に保存されているというデータ？　を、回収してくるよう言われたってことか？　にしても——」

五十人以上の警備員が——倒れている。

哀川潤はそこで、フロアを見渡すようにする。

「——やることが派手だよな、『殺し名』ってのは。秘密裏にことを運ぼうとか、そういうの、考えたことがないのか？」

「……あなたに言われたくはありません」

「けど、不思議なんだよなあ」

憑依の言葉を意にも介さず、哀川潤は言う。

「お前が『殺し名』だって言うなら、なんでこいつら——一人も死んでないんだ？　全員、当て身だか薬品だかで、意識を奪われてるだけじゃねえか」

「わかりますか——素晴らしいですね」

憑依はここで、わずかに微笑んだようだった。前髪で——それは、ほとんどわからないけれど。

「わかりますかも何も、一目瞭然じゃねえか。なんなんだよ。『殺し名』が殺しをしないなんて——気持ち悪いぜ」

「あなたの方こそ、何者です？　その言い草から推定するに、どうやら『殺し名』ではないようですが——」

「あたしは人類最強の請負人だ。知らねえのか？」

「……存じ上げておりませんね」

「嫌でも知ることになるぜ。後の世の隅から隅までずいっと、ずずいーっと響き渡ることになる、このあたしの伝説はな——！」

鉄扇が動くのと——

哀川潤が動くのとは、同時だった。

しかし、先に敵方に到達したのは哀川潤の蹴りだった。軸が一本あるかのように空中で斜め向きに回転し、その向こう脛《ずね》の辺りが、闇口憑依のこめかみにヒットした——頭部が千切れて吹っ飛ぶのではないかというような、眼にも留まらぬ速度の蹴りだった。

憑依は、その一撃で、倒れ込む——否。

闇口憑依ではなかった。

倒れたのは——警備員の一人らしい、男だった。

先程までその辺りに倒れていた、スーツ姿の男。

倒れていたはずの男が——再び、倒れ込む。

「……あれ？」

片脚で着地し、それを確認する哀川潤。

不思議そうに、自分の蹴りで倒れた男を見る——ところに、後ろから、忍び笑いが聞こえた。哀川潤はその笑い声に、「あん？」と、振り返る。

憑依は後ろにいた。いつの間にか、いや、いつの間にかどころの話ではない。哀川潤の攻撃が決まる寸前まで、どころか決まった瞬間さえも、憑依はそこにいたはずなのだ――

「わたくしはこちらですよ――赤毛のお嬢さん」

「ふうん？」

哀川潤は片脚立ちのまま、ぷらぷらと反対側の脚を回してみせる。

「なるほど――ちょっと面白いぞ」

憑依は――鉄扇を掲げる。

己の身体と哀川潤との間に、壁を作るかのように。

「もう一回！」

そんな鉄扇にはまるで構わず、哀川潤は、再度、跳んだ――今度はジャンプ一番の、膝蹴りだった。

闇口憑依の顔面に向けての最短距離を結ぶように、哀川潤の右膝が、下から上への急角度で、衝撃的に決まる。

が、決まった鼻っ柱は、憑依のものではない。

哀川潤の膝が食い込んだのは、先程とはまた違う警備員の顔面――それは、つい先頃までそこに転がっていた、スーツ姿の女の顔面だった。

女は後ろ向きに倒れる。

哀川潤は、それを避けるように、今度は両脚で着地。

「ふふふ」

忍び笑い。

哀川潤はその方向を、首だけで見る。赤毛ポニーテイルが、くるりと、意志を持った別の生き物のように動いた。

闇口憑依は、そこにいた。

高速移動――なんてものではない。

回避行動とさえ言えない。

「なるほどな」

哀川潤は、シニカルな口調で言う。

「闇口っつーのは兵士というより忍者っぽいところがあるってのも聞いていたが、どうやら本当だったらしいな。うわはは、全く、いつまで待ち伏せしても小唄《こうた》の奴が現れないわけだぜ。あんたみたいなのがいたんじゃや、あいつはこの一辺に近寄りもしねえよ。多分小唄も、そのデータとやらを狙ってたんだろうな……。あーあ、久し振りに小唄といちゃつきたかったのに——まあいいか。それにしても、よりにもよって変わり身の術かよ。それ、どういう理屈になってんだ？　ちゃんと納得のいく説明はできるんだろうな」

「説明？　これから死に逝く者に対して、説明の必要があるとは思いません」

「あー？　あたしは死なねえよ」

哀川潤は、当然至極のように言った。

「そんなことより、あんた、もっと別の忍術も使えるのか？　さっきまで姿が見えなかったのって、隠れ身の術だったりするわけ？　こう、壁と同じ色の布を持って、その辺に突っ立っていただけとか……もっと他の忍術も見せてくれよ。見たい見たい見たい見たい」

「あなたは……」

何か言いかけて、憑依は、やめたようだった。

無駄なことだと思ったのだろう。

それは恐らく、正解だった。

「なんだよ、見せてくれないのかよ。うわははは、それなら、力ずくで見るまでだけどな——面白くなってきやがった。行くぜ、こら！」

哀川潤は憑依の位置に向かって——

三度、一息に距離を詰め、攻撃を繰り出す。

同じ結果だった。

ローリング・ソバット気味に哀川潤の踵《かかと》が入ったのは警備員の左脇腹だった。三人目の警備員の身体はくの字形に折れ曲がり、その場に沈み込んだ。

憑依はまた——違う位置にいる。

変わり身の術。

では、まさか、ないだろうが。

「そうそう——一つだけ」

憑依は、鉄扇を掲げながら、言った。

「誤解を解いておきますと、赤毛のお嬢さん、この惨状は——わたくしの行なったことではありませんよ。わたくしの相棒の——やったことです」
「あん？　相棒だと？」
「『殺し名』が殺しをしないなど——気持ち悪いことこの上ない。お嬢さんのその意見には、わたくしも同意いたしますが、そればかりは仕方ありません。ご寛恕《かんじょ》いただくしかないのです。それはあの子の主義ですから——」

◆　◆

　四十階分のフロアを、二十五階まで、ペースを落とすことなく駆け上がった零崎軋識は、二十五階と二十六階の踊り場に——上から階段を降りてきた、人の影を見た。ここまで誰とも会わなかったから、ひょっとするとこのまま最上階まで辿り着けるのではないかとも思ったが、それは皮算用だったらしい。勿論、障敵に遭遇した際に備えての体力は残してあるので、ここで取り乱したりはしなかったのだが——

　その人影に、驚きはした。

　相手は、子供だった。

　以前、零崎一賊の極端児である零崎人識と、一賊の敵が潜むマンションを襲撃したことがあったが——そのとき現れたナイフ使いの奇妙な子供と、同程度の年齢と見える。十歳前後、どう多く見積もっても、ティーンエージャーには達していない。

　子供らしい半ズボンに、ニーソックス。育ちのよさそうな、大人しめの落ち着いたシャツ。黒髪が長く、一見、少女と見紛うばかりの、背筋の凍るような美少年。背筋どころか血まで凍りついてしまいそうな美しさである。まるで巨匠の描いた一枚の絵のようだったが——唯一。

　唯一、少年がその小さな両手で握って肩に乗せている、とてもその矮軀では扱いきれそうもない、水玉模様の大鎌が、異彩を放っていた。

　警備員——ではない。

いやしくも企業の本社を装った『金庫』である、こんな子供を、警備員として配置しておく理由はない。まして、あんな大鎌を備えていれば、カムフラージュにもフェイクにもならないだろう。

　ということは——侵入者。

　軋識とは別の——先んじてビルディング内に這入り、警備員を一掃した、侵入者。『暴君』と同じく、最上階のデータを狙う者——

　それが。

　上から、降りてきたということは——

「…………っ」

　しかし、今、軋識の頭を占めているのは、そういった、データやハードディスク云々とは、全く別のことだった。そう……精神の中の、式岸軋騎の部分を超越して、零崎軋識としての意識が、表層に浮かび上がっていたのである。

　零崎一賊。

『殺し名』——としての。


「お……お前」

　声が震える。

　子供であることはどうでもいい。あのナイフ使いを引き合いにだすまでもなく、この世界においては、子供だということと、相手の内実との間には、何の関係もない。

　ただ——大鎌。

　そのデスサイズが——どうでもよくなかった。

　重大な問題だった。

　零崎軋識の知る限り、デスサイズを武器・凶器として常備する者達は、裏世界に存在するありとあらゆる属性の中で、まるで選り抜かれたがごとく、たったの一つだけ——

　死神。

『殺し名』七名における、例外的存在——！

「参りましたねえ」

　美しい少年は——至極気だるそうに、言った。

「まあ、とりあえず名乗らせてもらうことにしましようか――こんにちは、おじさん。僕は石凪萌太《いしなぎもえた》という者です」

◆　◆

その頃。

零崎双識は、とある高級ホテル、それも超に超を重ねてまだ足りないクラスの高級ホテルのスイートルームで、窓から夜の下界を見下ろしながら、携帯電話をじっと、まんじりともせず、見つめていた。そのまましばらくディスプレイを眺めていたが、やがて「うーん」と、悩ましげな声をあげる。

「返事が来ないなあ――どうしたのかなあ。心配だなあ。ひょっとすると何か事故にでもあったのかなあ、私に返事を出せないような状況が子荻ちゃんに訪れているのかもしれない。うん、これは心配だ。よーし、もう一分たったし、そろそろもう一度催促の――」

と、そこまで言ったところで、携帯電話が音を立て、メールの着信を知らせる。差出人は『萩原子荻』だった。

「おっと！　うふふ、なんだ、もう、焦らす焦らす。子荻ちゃんったら小悪魔なんだから。萌えるなあ。なになに、『私もそう思います。お兄ちゃんさんってとっても物知りなんですね、素敵です。では明日も授業がありますのでそろそろ寝ますね。おやすみなさい』か。うーん、可愛らしいねえ。やはり女子中学生はいい。特にお嬢様学校の女子中学生はいい。なあ、トキ」

双識はそう言って——後ろを向く。そして、ベッドの上で脚を伸ばし、ファゴットの手入れに集中していた一人の男に、とても自慢げな調子で、呼びかけた。

「みんなは私のことを変態変態というが、この通り、わかる人にはわかるものなんだよ。私の魅力というのがね。見なさい、この女子中学生の優しい文面を。本当の魅力というのは、わかるべき人にしか伝わらないのかもしれないな。トキ、きみのような無愛想な人間には察しろという方が無理かもしれないが、この後半の『そろそろ寝ますね。おやすみなさい』というところが、このメールの肝なんだよ。自分が眠いからもう寝るということを言っているだけに思えるだろうが、実はそうじゃない。これはメル友である私を気遣ってくれているんだよ。『このままメールのやり取りを続けていたいのはやまやまですけれど、お兄ちゃんのお時間をこれ以上取らせては申し訳ないので、私はそろそろ遠慮します。もう夜も遅いですから、お兄ちゃんも早く寝ないと身体に悪いですよ。明日もメールをくださいね』という、隠された文面が、私くらいになると見えるのさ」

「……確かに僕には、自分が眠いからもう寝るということを言っているだけにしか思えないが」

ぷあーと、ファゴットを鳴らし、応じる男。

「しかし、レンがそういうなら、そうなのだろう。悪くない」

「わかってくれたみたいだね。おっと、こうしてはいられない、返事を出さないとね。うふふ、今夜は寝られないよ。まあこれも子荻ちゃんのためだ」

嬉々として携帯電話のボタンをプッシュする双識。恐るべき速度で文面を構成している割に、なかなか入力が終わらない。どうやら、入力文字数の限界まで、文面を作るつもりのようだ。ちなみに双識の使っている電話の入力文字数の限界は、五千文字。原稿用紙にして十二枚半という量である。

ベッドの上の男は、ぷあーと、低音を出す。

そして「ふむ」と呟いた。

「レン――ひょっとして、まさかとは思うが、きみはお嬢様学校に通う女子中学生の友達ができたことを自慢するために、この僕を呼び出したのか?」

「うん? そうだよ?」

一旦入力を止めて、双識は頷く。

それから慌てて、

「ああ違う違う、今のは本音だ」

と、付け加えた。

本音らしい。

「この前の、雀の竹取山でのことは、トキも聞いているだろう?」

「ああ。アスから聞いた。悪くない。……人識には、まだ会っていないが、近い内にあの子にも話を聞いてみたいと思っている」

「いやあ、それは無駄だと思うなあ。人識くん、あの山では私達とは別行動をとってもらっていたのだけれど、その間に何があったのか、ほとんど教えてくれないんだよ。誰と戦ったのか、どういうことが起こったのか……最愛の兄であるこの私に教えてくれないのだ、トキが訊いたところで、閉じられた貝のごとしだろうよ」

「僕が弟だったとしても、きみが兄ならレンには何も話さないと思うが――しかし、レンがそういうなら、そうなのだろう。悪くない」

「まあ、どうでもいいことではあるんだけどね。結局、赤神家のご令嬢は、我らが家族ではなかったようだから——それだけは人識くんが断定してくれたよ。だから問題は、そのご令嬢を餌に、我々を釣り上げようとした者達がいるということなのさ。零崎一賊の『敵』だね」

「ふむ。それで？」

「恐らく、近い内にその者達と、全面戦争になる。ここ数年の内に、これまで零崎一賊が経験したこともないような、途方もない戦闘が起こるだろう。かつて人類最強が引き起こした、『大戦争』を髣髴《ほうふつ》とさせるであろう戦闘がね。それを、トキには伝えておこうと思ったんだ。そうなったときには、恐らくきみにも力添えをいただくことになるだろうからねえ——『少女趣味《ボルトキープ》』こと零崎曲識くん」

「悪くない——しかし、関係ないな」

振り払うように、ファゴットを吹き鳴らす。

静かな低音の、しかし激しい、旋律だった。

それが——零崎曲識の、旋律だ。

「僕が菜食主義者だということは知っているだろう——戦争などまっぴら御免だ。きみも変わり者だが僕も変わり者なんだ。もしもそんな事態になれば、僕は真っ先に逃げ出させてもらう。『逃げの曲識』と呼ばれているのは伊達じゃない」

「それは伊達でいいと思うけどなあ。きみだって私やアスと並び称される実力者なんだ、ちょっとは頑張ってくれよ。といっても、まあ、わかっている、別にきみに何か具体的なことを期待しているわけじゃないさ。ただ、一応含んでおいてくれれば、それでいい」

「含んでおけばいいだけか？」

「ああ。それ以上は求めない」

「それなら、悪くない——いまいち信用ならないが」

手入れは終わったようで、零崎曲識はファゴットを、丁寧な動作で分解し、一つ一つの部品を、脇に置く。その所作のいちいちが、なんともクール極まりない仕草だった。

「しかし、レンがそういうなら、そうなのだろう。

悪くない」

「よろしくね」

そう言って、メール打ちに戻る双識。

そんな双識の後ろ姿に、

「そう言えば」

と、零崎曲識は問う。

「そのアスは、今どうしている？」

「うん？　知らないよ。あいつ、最近、なんだか付き合いが悪いんだ。それこそ雀の竹取山で、みっともない負け方をしてしまったらしくてさ——馬鹿馬鹿しい。そんなことでいちいち凹んでいてどうするんだか。しかも相手はメイドさんだったんだぜ？　私だったら負けて悔いなしだよ」

「きみのような変態とは違ってアスはデリケートなんだ。それは欠点でもあるが——しかし、かけがえのない長所でもある。案外ああいう男の方が、往々にしていい音楽家になるものなのさ」

「アスは別に音楽家じゃないんだけどねえ……」

「そんな零崎も、悪くない」

零崎曲識は静かに言った。そして、ファゴットを残したまま、ベッドから降りる。

「もう帰るのかい？」

「ああ。話は終わったのだろう？」

「うん。まだ自慢話が残っているけど」

「それはもう十分に聞いた。僕も暇じゃないんだ、今度からその程度の用件なら、電話で済ませて欲しい。レン、これは切なるお願いだ」

「いいじゃないか。暇じゃないなんて嘘をつくないぜ。この比類なき暇人さん。トキとはしばらくよ、零崎曲識に予定があるなんて話、聞いたことが会ってなかったしね、用事をダシに、久闊を叙したかったというのが、本当の本音だよ」

「確かに、久し振りにレンの顔が見れたことは——悪くない」

「帰り道、気をつけてね——おっと、と言っても……そもそもきみには帰る場所なんかないんだっけ、トキ」

「…………」

零崎曲識は答えない。

そのまま、無言で、部屋から出て行こうとする。

双識は、そんな零崎曲識の背中を、微笑ましそうに眺めてから、更に重ねて、

「それとも、これから向かう先でもあるのかな？」

と訊いた。

それに対し零崎曲識は、一旦歩みを停めて、「さあ、どうだろうな」と、静かに答えた。そして続けて、しかしどこかで――と言う。

「零崎を始めるのも、悪くない」

◆　　◆

一方その頃――

闇口憑依は、一転、焦燥にかられていた。

鉄扇を構えた艶やかな和装の女――闇口憑依。

彼女は、あの竹取山決戦で零崎双識を苦しめた、『隠身の濡衣』こと、闇口濡衣の姉である。姉であるからと言って、弟の姿を見たことがあるわけではないのだが――ゆえに、『隠身』に関しては、他の闇口衆の者に対しても、一日の長があった。その『隠身』を見破った――その見破り方は、いささか型破りではあったが――赤毛ポニーテイルの小娘に、確かに最初は驚かされたが、しかしそれでも、姿を見られたところで、焦りはなかった。

自分は弟ほど、粘着質ではない。

隠れることだけに終始するつもりはない。

小娘が言うところの、変わり身の術。

空蟬《うつせみ》こそが――闇口憑依の真骨頂だった。

『空蟬の憑依』。

無論、闇口憑依もまた、零崎軋識と同じく、このビルディングの最上階に保存されているデータの内容を知らない。そんなことは、仕える べき主人の奴隷たる自分が知る必要のないことだ。ただただ、己

は、主人からの命令に従うのみである——弟が自分自身の主人に従っているように、憑依は憑依の主人に従う。

それが闇口の本分だ。

闇口衆——『殺し名』序列二位。

憑依の主人が欲しているデータの内容が何であったところで、この企業が今や、多くの立場から様々な意図を持って狙われているということは明白だ。憑依が知っているだけでも、十二の勢力が、最上階のデータを狙っている。『仕事』に邪魔が入ってはならない。

ゆえに憑依は、データの奪取は連れてきた相棒に任せ、一階フロアで見張り番を担当していたのだ——まさか正面玄関からタンクローリーで突っ込んでくる馬鹿がいるとは思ってもいなかったが。

赤毛ポニーテイル。

生き生きとした、やけに潑剌とした——

笑いながら攻撃してくる、奇妙な小娘。

只者でないことは確かだった。

それでも最初は、焦りはなかった。力任せや勢い任せで、闇口憑依の空蟬は破れない——これはそもそも戦闘技術ではないのだ。小娘がどれほどに憑依を狙ったところで、無意味に、ただ無意味に、ただただ無意味に、憑依以外の人間を攻撃し続けるばかりである。

どんな攻撃も憑依には当たらない。

弟の闇口濡衣の売りが、誰にも姿を見られたことがない、主人以外には声さえも聞かれたことがないという圧巻の事実なのだとすれば——闇口憑依の売りは、主人以外の誰からも攻撃を受けたことがない、触れられたことさえもないという圧巻の事実である——しかし。

それでも、闇口憑依は、焦燥にかられていた。

自分よりずっと年下の小娘に対し、焦っていた。

というより……戸惑っていた。

——なんだ。

なんなのだ――こいつは。

「うわははは――面白いなあ！」

今度は心臓部を狙っての肘打ちが憑依に決まる――否、決まらない。小娘の肘打ちが決まったのは、憑依が空蝉に使用した、名も知らぬ警備員の心臓部だ。

何度繰り返しても無駄なことだ。

無駄なことなのに――

これで、早くも四十回目だ。

四十人目の、空蝉だ。

「……あ、あなたには――学習能力がないんですか」

たまらず、憑依は言う。

鉄扇を構えるのも忘れて。

「どんなバリエーションの攻撃をしようが、わたくしには意味がないってことが――」

「うわはははははは！」

楽しそうに笑いながら――両手での引っ掻き。十爪が、左右から交差されるように、憑依の両肩を襲う。絶対の速度、絶対の角度で、普通に対応すれば、避けるどころか防御することさえもできないだろう――しかし憑依の空蝉の敵ではない。

敵ではないが。

こうも、いつまでも続けられると――

「ああ、もう、若い！」

空蝉を使用、小娘の背後に回り込む。

警備員がフロアに叩きつけられるのを見た。

全く容赦のない手口だった。

「…………………」

小娘の目的が、データなのか何なのか、実際のところはよくわからないが……、しかし、彼女にとっての目下の敵はこの闇口憑依であって、警備員達ではないはずだ。それなのに、憑依に空蝉で入れ替わられることが明らかでありながら、意識を失っている警備員に、ああも手加減なしの攻撃を加え続けるとは……。

この小娘には人間の感情はないのか？

『殺し名』でもない癖に。

「い——いい加減になさい」

「あー、何か言ったか？」

今回の空蟬ではかなり距離を取ったからだろう、ようやく、小娘は、息を吐く暇もなく連続で続けていた攻撃を停止した。しかし、まるっきり休憩というわけでもないらしく、開いたその距離を大股歩きでどんどんと詰めてくる。攻めの手を緩める気は全くないようだ。

「こんなことを、いつまで繰り返す気ですか——うんざりです」

「うんざり？　何を言っているんだ。こんなに面白いのに」

「いくらやっても、あなたではわたくしに勝つことはできませんよ——もうわかったでしょう。これだけの間、攻撃がかすりもしないんですよ？　見苦しい足掻きはおよしなさい——負けず嫌いにもほどがあります」

「負けず嫌い？」

憑依の言葉に、小娘は邪悪げな風に、せせら笑う。

「違うねえ。あたしは勝つのが好きなのさ」

勝つ。

当然のように、不遜のように、そう言ってのける。

空蟬の憑依を相手にしながら。

「それに、見苦しい足掻きでもねえよ。あんたのその入れ替わり……どうやら大分、からくりが見えてきたぜ」

「な……」

からくりが見えてきた——だと？

空蟬の？

ふふん、と小娘は得意顔で言った。

「まずは距離だな——あんたが入れ替われる人間は、あんたから限られた間合いにいる人間だけだ。あまり離れた位置にいる人間とは、入れ替われないってわけだ。それから、入れ替わる対象の人間との間に、別の人間がいると、入れ替わりは不可能みたいだな。さっきから、一番そばに倒れている警備員としか入れ替わってないみたいだぜ？　こいつらが『殺し名』に接しながらも殺されていないのも、その術に必要な条件だからなんだろう？　生きている人間としか入れ替われないんだな。そしてその人間は、意識があってはならない……意識のある人間とは入れ替われない、だから全員、気絶させられている。これだけ続けてその術を見せられていれば、それくらいはわかる。それより何より、いくら入れ替わったからと言って、あんたにダメージが全くないということでもないらしいな。うわはは、前髪で隠れてよく見えないが、確かに疲れが顔に出てるぜ、お姉さん——」

「…………」

全然違う。

入れ替わる対象の人間と自分との距離は関係ないし、間にどんな人間がいようとも関係ない。ただ単に一番手近だから、一番そばに倒れている警備員としか入れ替わっていないだけだ。死体であろうと入れ替わることはできるし、意識のあるなしも究極的には関係ない。秘中の秘でいうならこの場で小娘自身と入れ替わることすら可能である。警備員達が殺されていないのは、ただの相棒の主義だ。憑依だったら殺している。それより何より、空蝉で入れ替わりさえすれば、憑依には全くダメージはない。全てのダメージは、入れ替わった対象が代償することになる。

四十回も繰り返して、何もわかっていない。

何一つからくりが見えていない。

当然だ、空蝉はそんな程度の低い技術ではない。

だから精々小娘が指摘した内で、当たっているのは——前髪に隠れた憑依の顔に、疲れが出ていることだけだ。

「…………………」

疲労。

そう……疲労である。

闇口憑依は——疲れていた。

焦る以上に、戸惑う以上に。

疲れていた。

四十回も連続で空蝉を使うのは初めてだった。明らかに、それは想定外の回数だった。というより、たとえ空蝉を使用していなくたって、この短期間にあれだけの攻撃を回避し続ければ、同じくらい体力を消費するだろう。

闇口憑依が空蝉を使えば、普通、相手はもっと早い段階で諦める……、少なくとも、もっと別のアプローチを打ってくる。

それなのに、この小娘は、どうして……否。

諦めが悪いだけなら、まだわかる。負けず嫌いでも勝つのが好きでも、どちらでもいい。学習能力がない——でも、いっそいいだろう。

だけど。

「なんであなたは——そんなに元気なんですか！」

憑依はとうとう、たまりかねて——怒号を上げた。

どうしてこの小娘——疲れない？

四十回も連続で、全身全霊を込めた攻撃を繰り返しておきながら……何故そうも、潑剌としていられる。攻撃というものは、される方は当然ダメージを食らうが、する方だって相応の体力を消費するものだ。それなのにこの小娘、むしろ戦闘が長引けば長引くほど、どんどん元気になっていくような印象すらある。

この小娘、底なしか？

赤毛ポニーテイルを振り回しながら——

小娘は、「ああん？」と、ふてぶてしく言った。

「何を言ってるんだ、あんたは。あたしが元気なのは当たり前だろうが。あたしが元気花マル女の子と呼ばれているのを知らないのか！」

「あなた……名前は何というのです」

「おっと、ようやくあたしの名前を訊いてくれたな。うわはは、あたしは訊かれない限り自分から名乗らないことにしているんだ。やれやれ、本当に元気花マル女の子と呼ばれたらどうしようかと思ったぜ。あたしは哀川潤。人類最強の請負人だ」

「哀川潤……哀川潤……、哀川潤、あなた、一体何がしたいんですか……！　どうしてわたくしの邪魔をするんです……！」

「何がしたいって？　まあしようと思ってることは、あの背の高いにーちゃんの手助けなんだけどよ――今はとりあえず、あんたをぶっ倒すことがあたしのしたいことだ。うわははは、『殺し名』にも結構いかす奴いるじゃん。なああんた、あたしが勝ったら、その技術のレシピ、教えろよ。あたしもやってみたい――」

ぜ！

と、踏み込むや否や、闇口憑依の右頰に向けて、全身を発条《ばね》のように使用し、全体重を乗せた裏拳を、炸裂させた。

否、勿論。

そんな攻撃は、空蟬には通用しない。


が――しかし。

今回、憑依が入れ替わった対象は、その辺りに倒れている警備員ではなかった。赤毛ポニーテイルの裏拳で吹っ飛ばされたのは――

ガソリンスタンドの店員だった。

つい先程、タンクローリー強盗にあったばかりの、その際赤毛ポニーテイルの女に蹴りつけられた、あの制服に帽子の若い男である――ガソリンスタンドにそのまま放置されていたはずの男が、そこに、倒れ伏せていた。

闇口憑依の姿は、もうない。

少なくともこのフロア内には。

空蟬で入れ替わった――つまり。

ビルディングの外にまで、脱出したようだ。

疲労が限界だったというのもあるだろうが、恐らくは、これ以上この小娘には付き合っていられないという、とても闇口らしい判断によって。

闇口憑依。

戦略的撤退だった。

「距離は関係なかったのか……うーむ。しかも間に人間どころか、ビルの壁みたいな遮蔽物があっても関係ないんだ。すげーな。本当、一体どういう仕組みなんだろうな？　さすが忍者。つーか、ひょっとしたら架城《かじょう》のおっさんみてーな手品師なのかもしれねーな。あーあ、逃げられちゃった。うわはは、しかし、一日の内にあたしの旋風脚と裏拳、両方食らった奴は、お前が始めてだぜ。ついてんじゃん」

赤毛ポニーテイルは、何のいわれもなく憑依の空蝉と自分の裏拳の被害にあったその店員に、その資格があるわけもないのに、まるで囃《はや》し立てるようなことを言って、それでもう意識を切り替えてしまったように、あっけらかんと、

「おっと」

なんて具合に、天井の方を見る。

「あのにーちゃんの方は、大丈夫かなー。あの女……えーっと、なんて名前だったっけ、忘れちゃった、まあいいや、あの女、確か相棒がいるとか言ってたし――相棒も忍者なのかな。うわははは」

軽快な足取りで、小娘は歩き出す。

エレベーターホールとは、逆の方向へ。

◆　◆

『殺し名』七名。

その序列は、上から順番に、匂宮雑技団、闇口衆、零崎一賊、薄野《すすきの》武《ぶ》隊《たい》、墓森司《はかもりし》令塔《れいとう》、天吹正規《てんぶきせいき》庁《ちょう》、石凪調査《ちょうさ》室《しつ》となっている――つまり、その数字だけを参考に客観的に見るならば、序列三位と序列七位、『零崎』にとって『石凪』は、怖れるべき対象ではない。

だが――序列だけでは語れないこともある。

たとえば零崎が、序列三位でありながら、『殺し名』の中では、同じ『殺し名』の者にさえ忌避される、最悪の集団と称されるように――中でも、石凪

は、『殺し名』の中で最も特異な、例外的性質を備えている。

死神。

石凪の人間は——文字通り、死の神なのだ。

零崎一賊の『愚神礼賛《シームレスバイアス》』として、どういう何であっても、一旦敵に回せばそれを打ち砕くのが零崎軋識の主義ではあるが——たとえ『呪い名』が相手であっても、一歩も引かない自負があるが——

それでも、石凪だけは別である。

最下層にして特権階級。

異質の、格が違う。

『愚神礼賛《シームレスバイアス》』を構えた零崎であるときでさえ、なるたけ係わり合いになりたくない対象なのに、その上、今のこの身は、零崎ではない——『暴君』に仕える『街《バッドカインド》』、式岸軋騎である。

『殺し名』序列七位、石凪——しかしそれは、実在が疑われるほど、表に出てくることの少ない連中であるはずだった。いくらデスサイズという動かぬ証拠があるとしても、軋識にしてみればにわかには信じがたい事実である。しかしその一方、疑問に思っていたことに、得心がいかないわけでもない。一階フロアに蹴散らされていた警備員達——軋識がタンクローリーで侵入するのに先んじてあれを行なった侵入者は、一体、いつの間にどうやって軋識の眼を盗み、この黒いビルディング内に侵入したのかと不思議に思っていたが、属性が石凪の者であるならば、その程度の神業、余裕でやってのけるだろう。

人類最強の請負人に続いて、今度は死神……どうしてこう次から次へと、想定外の事態が起こるのだ？　自分の恋する『暴君』は——一体どんなデータに手を出そうとしている——？

「ああ——誤解しないでください」

美少年——石凪少年は言った。優しげな、軋識を心からいたわるような、子供らしからぬ優雅な口調で。

「その反応からすると、どうやらおじさんは『石凪』をご存知のようですが、今回僕は、別に死神と

して動いているわけではありませんから。今の僕は、むしろ『闇口』として動いているんです」

「やみ――ぐち？」

闇口衆。

『殺し名』序列二位――この間、雀の竹取山で、恐らくはその内の一人と、零崎双識が試合《しあ》っているはずだ。自らの主人のため、殺すことだけに終始する、暗殺者集団、零崎一賊に次いで、忌み嫌われる『殺し名』――

『石凪』が『闇口』として動いている……？

なんだそれは。

聞いたこともない。

「ふふ」

石凪少年は微妙に笑う。

綺麗ではあったが、嘘くさい笑顔だった。

「まあ、大人と子供の約束でしてね――僕が一生懸命働いている内は、可愛い可愛い僕の妹が、奉公に出なくて済むんですよ」

「ほうこ……う？」

「ほら、僕って可愛らしい上に天才じゃないですか。僕が素直に仕事をすると言えば、大抵のことは通るんですよ。と、いうわけで、今日も今日とて甲斐甲斐しく、この僕は労働に身を窶《やつ》しているのですが――ところでおじさんは、このビルディングに何の用ですか？」

石凪少年からの率直なその質問に、軋識は、

「俺はおじさんじゃない」

と、関係のない答を返した。

時間稼ぎみたいなものだ。

じっと、さりげなく、軋識は少年の身体を観測する――半ズボンにシャツ……大鎌を抱えているだけで、荷物入れらしきものは持っていない。上から階段を降りるように現れたということは、石凪にして闇口だというこの少年、既に最上階で用事を済ませてきたということになる……だが、ハードディスクらしきものは持っていない。隠して持ち運べるよう

な大きさではないだろうし、その性質上、コピーも不可能なはずだ。

　どういうことだろう。

「まだ——二十七歳だ」

「そうですか。僕は十歳ですよ」

　ひゅんひゅんひゅん——と、言いながら、石凪少年はデスサイズを振り回した。鎌が風を切る音が、ここまで聞こえてくる。身体のサイズに比較して大き過ぎる鎌だったが、だからと言ってこの石凪少年、その武器を持て余しているということは、なさそうだった。

　勝てるだろうか。

　殺せるだろうか。

　他の何であれ、いざ戦闘となれば、向かい合えば大体のことはわかる——相手の実力、相手の使う技、相手の作戦……しかし、そんな経験すらも石凪が相手となれば、その計算は全く立たない。

　何せ相手は神なのだ。


　正直、どうしていいのかわからない。それでも、この状況、戦わざるを得ないのだろう。自分の恋する『暴君』のために——

——う。

　ずきり——と、心臓が痛んだ。

　心臓……？

　どうして、今更。

　その傷は、もう完治したはずだ。

　雀の竹取山での、あの戦闘——あの敗北。

　ダメージなど、残っているはずが——

「…………っ！」

　ないのに。

　痛み出した傷のせいで——一歩が踏み出せない。

　階段を昇れない。

　むしろ、後ろに下がってしまいそうでさえある。

　軋識の意志とは、まるで関係なく。

　あるいは、意志通りに。

　身体が戦闘を、拒否している——

「ぐ――ううう……！」

「誤解しないでくださいよ、おじさん」

石凪少年は、そんな軋識の心境を見透かしたかのごとく、見る者の心が安らぐような純真ぶった笑顔で、そんなことを言った。

「別に、おじさんと戦おうって気は、僕にはありませんから――というより、もうその必要がなくなったって感じですかね？」

「……あ、ああ？」

「おじさん。家族ってなんだと思います？」

石凪少年は唐突に、そんなことを訊いてきた。

何の脈絡もなく――しかし、家族について。

よりにもよって、家族について。

「僕に可愛い可愛い妹がいることはもう話しましたが――しかし僕には父親がいないんですよ。いえ、僕がここでこうして存在している以上、どこかにはいるんでしょうが、聞くにつけ本当に馬鹿な父親らしくって……お陰で僕はこうして苦労に苦労を重ねているというわけなんです」

「…………」

「血が繋がっていれば家族なんですかね――それとも心が繋がっていれば、それが家族ということなんでしょうか？　血と心。その違いが、僕にはわかりませんよ」

そんなこと。

軋識にだって、わからない。

零崎一賊は家族だ。

しかしそれなら――零崎人識は何だ？

あの極端な零崎は……そして自分は何だ。

零崎一賊。

血の繋がりではない、流血の繋がり。

「僕には夢があるんですよ」

石凪少年は滔々《とうとう》と言った。

「いつか、あの不愉快な連中を出し抜いて、妹を連れて旅に出るんですよ――家族を探してね。勿論、馬鹿な父親を探すわけじゃありません。心で繋がりあえる、そんな人達を求めて——そして、一つ屋根の下で暮らすんです。家族はいつも、一緒だから」

たん、たん、たん、たん、と。

淡々とした調子で、階段を降りてくる石凪少年。

動けずにいる軋識と、すぐに並ぶことになる。

それでも——軋識は動けない。

意図したのか、それとも偶然か、デスサイズの巨大過ぎる刃が、軋識の首にひっかかってしまう形になっているが——それでも軋識は動けない。

心臓が痛む。

ずきり。ずきり。ずきり。ずきり。

「年甲斐もなく夢を語ってしまいましたね——僕としたことが、子供らしくもない。まあ、大人が夢を見せてくれないんだから、仕方ありません」

石凪少年は言う。

「最上階のハードディスクを盗みに来たんでしょう？　おじさん。だったら急いだ方がいい。もう時間がありません」

時間がない——それは、どういう意味だ？

それは階段を降りてきた者が、言う台詞では——

「お前は——違うのか」

「いえ、僕もそうだったんですけれど——任務失敗という感じです。まあ、お母さんもどうやら逃げちゃったみたいですし……血も心も繋がっていないとは言え、息子を置いて逃げるとはひどい母親ですよ。どうして逃げたのかは、どうせ聞いても教えてくれないんでしょうが、ともあれ見張りの方が先に逃げたんです。お手伝いの僕としても、それなりに言い訳の弁は立つでしょう。まあ、データを欲していたあの方には悪いことをしましたが——」

構いません。

どうせ、僕の主人じゃありませんし。

そう言って石凪少年は、「ああ、失礼」と、偶然足を踏んでいたことに気付いた程度の気楽さで、デスサイズを逆向きに反転させ、その刃を軋識の首根っこから外した。

そして。

そのまま、階段を降りていく。

もう、次の踊り場まで、降りていた。

はっと気付いて、軋識は、

「お、おい、待て――」

と、声を掛けるも、石凪少年は振り向きもしない。

「待ちませんよ。それから、おじさん――気をつけてくださいね。死相が出ています。しかも何故か二重になって出ています。おじさん、名前が二つあるんですか？　まあ、いずれにせよ、死神の僕が言うんですから、間違いありません。どうか何卒、くれぐれも軽はずみな行動は、お慎みください」

そしてそのまま――消えていった。

石凪少年は、忽然と、姿を消した。

軋識は――やはり、一歩も動けない。追いかけることは、無意味だろう。死神を相手に追いつけるわけもないし――そもそも追う理由がない。しかしそれでも、どうしてこうも、自分は、あの少年を追いたい気分になっているのだろう？

どうしてあの少年と。

もっと家族の話がしたいなどと、思っている――

「……行くしかないのか」

そんな迷いを振り切って、軋識は下を見るのをやめ、階段を昇り始める。心臓の痛みはまだ完全にはひかないが、動けないほどではない。

いや、そもそも痛みなど、あるわけがないのだ。

傷は完治している。

気のせいに決まっている――

心のせいに、決まっている。

現在、二十五階――あと十五階。

時間がないと言っていた。

石凪少年、つまり侵入者が、時間を気にしなければならない理由……障害となる警備員をあらかた蹴散らしておきながら、それでも気にしなければならない対象があるとすれば、それは――

最悪の予感が頭を過《よ》ぎる。

考えたくもない可能性だ。

任務失敗という言葉が示唆《しさ》する可能性。

しかし、冷静になって、どう思い返してみても、あの石凪少年は、身体のどこにも、ハードディスクを抱えてはいなかった。ならばそれは、そのまま最上階に残されているということだ。そのはずだ。過程はどうあれ、それを手に入れることができれば、軋識の仕事は完了する——軋識は『暴君』の役に立つことができる。

それでいい。

今は、それだけでいい。

四十階に辿り着いて、軋識は扉をこじ開けて、フロアに踊り出る——

そこには、哀川潤がいた。

赤毛ポニーテイルの、背の高い小娘。

「…………」

「遅かったな、にーちゃん」

「……いや、いや……」

お気楽そうに答える哀川潤に、青ざめる軋識。

どうやって先回りを。

石凪少年と交わしていた会話は、そんなに長時間にも及んだのだろうか——それともこの小娘、まさか無警戒にもエレベーターを使ったのだろうか？

閉じ込められるかもしれないとか、そういうことを考えないのか、こいつは……いや、それよりも、そもそも、飽きたからと言って帰ったはずの、帰ってくれたはずの人類最強が、何故ここにいる。死神と遭遇しながら戦闘にならずに済んだという僥倖《ぎょうこう》を噛み締めた直後に、どうしてこんなことに……。

「お、お前——どうして」

「うわははは」

笑う。

多分、無意味に。

「どうしてもこうしてもない！　あんたを見捨てることのできるあたしだとでも思っているのか！」

「……………！」

ついさっき会ったばかりの小娘に、そんな十年来のパートナーみたいな決め台詞を言われても……！

「とう」

蹴られた。

前振りもなく、足首を足首で、クロスするように。

割と痛かった。

「おいこら、しけたツラしてんじゃねーよ。見てて気分悪いだろうが。幽霊にでも遭ったのか？　顔色悪いぞ」

「顔色が悪いのは、お前が前振りもなく、いきなり現れたから——」

「まあいいや。ったく、随分待ったぞ。待ち過ぎてポニーテイルがツインテールになるかと思ったよ。このあたしを待たせるとは大した奴め、褒めてやる。それより、こっち来てみろ。なんか面白いことになってんぞ」

「面白いこと……？」

もう、さすがに軋識には既にわかっている。この小娘が『面白い』ことと表現するのは、鉄板で間違いなく『ろくでもない』ことだ。

ずかずかと大股で、廊下を進んでいく哀川潤。

その後ろをついていく軋識……案内された扉は、鋭利な刃物、たとえば死神の鎌のようなもので、両断されていた。気持ち悪いくらいに綺麗な切断面である。そしてその扉の向こうには——スチールのラックが壁際部屋中問わず、図書館の本棚のように整然と並べられ、そこにぎゅうぎゅう詰めに隙間なく、コンピューターケースが押し込まれていた。一見、大規模なサーバー施設のような有様だが、これは違う。

これは、単なるハードディスクの山だ。

全てケーブルで接続され、稼動している。

切断され、半分になってしまっているスクラップの扉を、一応は開けて、中に這入り——ドアの脇にあったスイッチを入れ、部屋の電気をつける。

窓のない部屋だった。金庫の中の金庫だ——それは当然だろう。窓からの侵入など、馬鹿馬鹿しくて話にもならない。これだけの数のハードディスクがあるが、勿論、ほとんどはフェイクのはず……どころか、本物はたった一つのはず。短時間で、ここから『それ』を探し出すのは至難の業——これが石凪少年が言った、『時間がありません』という言葉の意味か？　いや、そうではない。それだけのことなら、哀川潤が面白いなどというわけがない——

面白くない何かがあるはずなのだ。

「これは……宝探しか？」

「いいや、間違い探しだぜ」

言って、哀川潤は、部屋の奥まっている方に進み、そこにあるものを軋識に示した。追いついて軋識が見てみれば、それは、ラックから床へと強引に引きずり出され——言うまでもなく、その際に大鎌を使った形跡がある——、そして、無残にも中身を解体された、パソコンのタワーだった。

いや、解体された——ではない。

解体されかけた、だ。

途中でやめている。

肝心なところに手をつけられてはいない。

ケーブルは、限界まで引き伸ばされてはいるものの、ラックにある、左右のケースに繋がっていた。どうやら、接続は生きているようだ。と、言うより、解体作業を始めるにあたって、電源と接続は生かしておかざるをえなかったのだろう。

それでも——途中でやめている。

『暴君』に連なる仲間の一人である零崎軋識なら、この程度の機械、工具なしでも分解できるが、これを行なった人物では、そうはいかなかったのだろう、解体にあたっても、遺憾なく大鎌は使用しているようだった。

「うわははは——これ、なんで途中でやめてんだろうなあ、おい？　にーちゃんの欲しがってるデータってのは、きっとこれなんだろ？　これだけのハードディスク数の中から、『誰か』がそれを特定し、それを切り取るところまでことを運んでおきながら——ここで諦めた、その理由は？」

「…………」

『誰か』は間違いなく石凪少年だ。

デスサイズのことがなくとも、それは確信できる。

そして軋識には——ここまでことを運んでおきながら、彼が『任務失敗』と判断し、中途でやめた理由までも、確信できた。やめたというより、石凪少年は諦めたのだ。そう、彼は、非常階段で軋識と出会ったとき、既に逃走の最中だったのである。となると、妹だ家族だと、一見脈絡のない話をしていたのは、あれはただ単に、軋識を煙に巻こうとしていただけだったらしい。

サーバー施設を装ったこの部屋から、たった一つのハードディスクを特定できた手際は大したものだ——しかし、石凪だろうが闇口だろうが、所詮、コンピューターに関しては専門家ではなかったということだろう。

「……俺の狙うハードディスクは、確かにこれなんだが」

一応、軋識は哀川潤に説明をする。

恐らく、説明するまでもないことなのだろうが。

「こいつを持っていくためには、最低限、このコードを切断しなきゃならないわけだ——しかし、これは、ケーブルを通して、この部屋のコンピューター全てと連動している」

「へえ。それがどうした？」

「……この部屋は——爆弾の起爆室だ」

軋識は言った。

予測していた——最悪の可能性だった。

サーバー施設なんてとんでもない。ここは、ビルディングに仕掛けられている起爆装置を、電子的に管理する中枢——

「なんてこと考えるんだ、馬鹿共……データを爆弾の一部に食い込ませてやがる——コードを切断すれば、ビルごと崩れる仕組みになってるぜ。ある意味究極の証拠隠滅だ」

「素敵！　いや、えっと……やっぱ素敵！」

「…………」

そうですか。

ビルディングに仕掛けられている爆弾は敵にとって最後の手段、できることなら使いたくない取っておきの切り札、ならばそれを使わせる前にことを終わらせる——つもりだった。当然、石凪少年もそのつもりだったのだろう。四百人の警備員を先に蹴散らしておいたのは、そのために違いない。

しかし、警備員など関係なかったのだ。

欲するデータ自体が、爆弾だった。

奪えば、それだけで、ビルディングは崩壊する。

「だから……」

だから——石凪少年は、諦めた。

これ以上は手が着けられないと判断し——なるほど、その潔い身の引き方は、確かに、石凪というよりは、闇口の属性だった。

石凪にして闇口。

デスサイズ使いの——美少年。

「しかし、そんなしち面倒臭いことするくらいなら、そんなデータ、ぶっ壊しちまえばいいじゃねえか。燃やすなり何なりしてよ。こうまでして保存する意味はねえんじゃねえの？　これじゃ、作った本人達も、取り出せないいじゃん」

「それはそれで手順があるんだよ——手順に従えば、安全に取り外せるんだ」

「えー。何それ。つまんねえ」

哀川潤は途端に不満顔だ。

「だったら、何の問題もないってことじゃねえか。にーちゃん、こういう機械関係のプロなんだろ？　その正しい手順とやらも、時間かけりゃ、推測可能なんじゃねえの？」

「……時間さえあればな」

そう——時間があれば。

『時間がありません』と——石凪少年は言っていた。

その言葉の、真意とは——

「既に起爆装置は起動している——ってことだ。恐らく、ケースがラックから引き剝がされた時点でな。ラック自体、それにケース自体に、仕掛けがあったみたいだ、その痕跡がある。つまり、制限時間内にこのハードディスクを取り外せなければ、どの道、爆弾は爆発するのさ」

「お。面白くなってきた」

「本当に面白いのか、お前は——もう逃げられないんだぜ。ケースがラックから降ろされた時間を考えれば、制限時間は、ほとんど残されていないはずだ。恐らく、数分……」

映画やドラマであるように、爆発までの残り時間がカウンターで表示されているわけではないので、その辺りは当て推量で考えるしかないが、どう贔屓目に見たところで、現在地である最上階から、このビルディングを脱出する時間が残されているとは思えない。でなければ、石凪少年は、零崎軋識を見逃さなかっただろう。戦闘を回避したかったのは——むしろ彼の方だったのだ。

ぬけぬけとあの少年。

手に負えないものに手を出して、失敗して、その上それを全て放りだして——逃げやがった。

「あー。この部屋、窓もねえしな」

「窓があったら飛び降りる気か……四十階だぞ。どうしてもって言うんなら、他の部屋に行けよ。確かに爆死よりは飛び降りの方が、マシかもしれないしな。外から見る限り、窓がある部屋もあったはずだ……まあ、まず、開けられない窓だとは思うがな」

「で、どうすんの？」

哀川潤は、わくわくした風に訊いてくる。

いかにも他人事といった感じだ。

「その話だと、なんだかんだ言ってもさ、あんたがなんとかしてそのハードディスクを取り外すしかないんじゃねえのか？　でねえと、あんたもあたしも、このビルの崩落に巻き込まれて、おっ死《ち》んじまうじゃん」

「……わかってるよ」

そう。

そうするしかないのだ。

全く——ろくでもない。

それ以上、赤毛ポニーテイルの軽口には付き合わず、零崎軋識は覚悟を決め、無言で袖をまくりあげ、解体されかけているそのパソコンのタワーに、素手で挑む。工具は、あればあった方がいいので、現地調達するつもりだったが、こうなってしまえば、工具を探している暇などなかった。いつ爆発するかもわからない時限爆弾が作動している中での解体作業——久しく味わっていない緊張感だった。

零崎軋識では味わえない緊張感。

『暴君』の下でしか味わえない緊張感。

しかし、それすらも——

「……なあ、えっと……潤」

作業を進めながら、軋識は、高みの見物を決め込んでいる哀川潤に向けて、話しかけた。

「お前、人類最強らしいが——どうなんだ。負けたことはあるのか」

「あるぞ」

軋識からのその質問に、哀川潤は平然と答える。

「ほとんど負けっぱなしの人生だ。さっきもちらっと、負けてきたところだぜ」

「さっき……？」

「勝ち逃げされちゃった。で、それがどうした？」

「俺は——負けた」

軋識は、言葉を慎重に選びながら、言う。

この小娘が、話に聞く人類最強の請負人だというなら——どうまかり間違っても、自分が零崎一賊の者であるということは秘密にし通さなければならない。『大戦争』の際のエピソードを聞く限りにおいて、零崎一賊を守るためには——この小娘だけは、敵に回してはならないのだ。

だがしかし。

真に最強だと言うなら、訊いてみたかった。

「絶対に負けるわけにはいかない場面で、負けた——敗北をバネに成長するなんて聞こえのいい言葉だが、そんなことさえ不可能なほど、徹底的に負けた。負けの美学なんて、まるでない、みじめな敗北だ。いや、それだけじゃない……」

石凪にして闇口だというあの少年にも——見事に呑まれた。

あれも負けだ。

「守るべきものを守るためには、勝つことが絶対条件なのに、どうやら俺にはその力がないようだ——ならば俺は、一体どうすればいいんだ？」

「勝てばいいんじゃねえの？」

「それでも負けることはある。志だけじゃどうにもならない。できることとできないことがある。死ぬ気でやったら死ぬだけだ」

「うわはは。そりゃそうだ」

哀川潤は、そんな軋識の背中を笑う。軋識の精神を逆撫ですることこの上ない。どうやらこの小娘に相談を持ちかけたこと自体が間違いだったようだと、零崎軋識は後悔する。所詮最強は最強、格下の心中など、察することなどない、か——

狙撃銃で狙われればあれだけは違うと言い、竹林に誘い込まれればこのフィールドは酷いと言い、石凪に出会えば彼らだけは例外だと言う——そんな格下の心中など。

死ぬ。

死に方。

軋識は、死に方を知らない殺人鬼のはずだった。

死ぬ方法がわからないはずだった。

絶望するほどに、死ねない殺人鬼だった。

それなのに——いつの間にか。

こんなにもはっきりと、死がそばにある。

そして、それに対する恐怖が。

ずきりとした——心臓の痛みとして。

「死ぬ気でやったら死ぬだけか——うんうん、面白い言葉だな、にーちゃん。よし、お返しに、あんたに一つ、いい言葉を贈ってやろう。あたしがこの世で一番嫌いな男の親友が、ことあるたびに、あたしに言ってくれた言葉さ」

「……なんだよ」

「嫌なことは嫌々やれ。好きなことは好きにやれ」

哀川潤は——

赤毛ポニーテイルを派手に翻して、そう言った。

「あんたも好きにすりゃいいんじゃねえの？　連戦連敗、全戦全敗でも、失敗しなきゃ案外格好いいもんだぜ。そりゃ、できることとできないことがあるけどよ——できなかったらできなかったで、それも笑い話じゃんよ」

「…………………」

「どうした？　にーちゃん、手が止まってるぞ。急げよ。時間ないんだろ？」

「いや……最後の最後で、行き詰った」

解体作業が行き詰ったのは本当だったが、しかし、手が止まった理由は、行き詰ったからではない。もっと他の理由がある。しかし、それを哀川潤に言うわけにはいかない。

けれど、そうだった。

すっかり忘れてしまっていた。

零崎一賊は——笑って死ぬための集団だった。

そのために、零崎を始めたのだ。

零崎はそうして——始まったのだ。

「もう最後の最後なのか？　割かし速いな」

「その辺の素人と一緒にするな——物理的な組み立て・解体作業において、俺の右に出る者はいない。しかし、そうは言っても——ここまでだ。ほら、見ろ。ここに三本のコードがあるだろ？」

赤。黒。白。

の、三本のエナメル線。

「あれ、さっきとは別のコードか？　さっきのコードはどこ行ったんだ？　なくなってるぞ。ほら、ケーブルを通じて部屋全体と繋がってるって奴」

「あれはバイパスを作った上で、とっくに取り外した。見てなかったのかよ。まあいい……そこで、こっちのコードだ。この三本の内、どれか一本を切れば爆破は中止される……ただし」

「ただし、ダミーの二本を切れば、その場で爆発ってか。おーおー、カウンターこそなかったけれど、今度こそは映画やドラマみたいじゃん。赤か黒か白か、好きなコードを切れってか」

「本物は一本だ。特定する手段がない……」

このIT企業の上層部だけが、どの色のコードを切るべきか知っているということなのだろう。制限された時間内にこの段階まで辿り着けただけでも奇跡だが、たとえ時間が有り余っていたところで、切るべきコードを百パーセントの精度で特定することは、軋識でも難しい。

物理的がどうとか言うなら、物理的に無理だ。

「確率は三分の一か。いーじゃん、じゃあ、勘で選んじゃえよ。あてずっぽでも何でも、迷っている内に爆発しちゃうよりはいいだろ」

「簡単に言うな……」

言っていることは正しいが、それができれば苦労はない。それに、まるっきりのランダムというわけでもないのだ——製作者の心理を読めば、どのコードが本命なのか、ある程度の予測は可能なのである。たとえば、このビルディング自体が黒いから黒のコードの確率は他のコードに較べて低い、あるいは高い、とか……。特定することはできなくとも、確率的に有利な選択をすることはできるはず。ならばぎりぎりまで粘らなければならない。

自分にできる限りのことを——死ぬ気で。

死ぬ気でやったら死ぬだけだけど——

笑って死ねるなら、それでもいい。

と。

「タイムアップだな」

しかし、哀川潤は、それまでの高みの見物の位置を捨て、軋識の横に並ぶように、しゃがみ込んできた。そして、軋識が解体作業に勤しんでいたハードディスクに、気軽な調子で手を伸ばす。

「おい、小娘、何を――」

「できればあんたにやらせてやりたかったが、どうもマジで時間ねーみたいだし。自分でできるみたいだから手を出さなかったけど、行き詰ったたっつーんならあたしの出番だ」

「出番って……」

「忘れたのか？　あたしは請負人だぜ」

「請負人――」

真ん中に『負ける』という字が入っているところが、最高格好いい――

負ける。

即ち、負うということ。

人類最強の請負人。

「お前――機械なんて、わかるのか」

「あたしは何でもできるよ。全てのことに対して誰よりも長けているというのが、哀川潤なのさ。それに、この解体作業にあたっては、しんどそうなところは、全部、にーちゃんがやってくれたしな。そもそも、そうでなくとも、こういう場合の選択肢ってのは決まりきってんだよ。理屈で考えてもしょうがないんだ」

「しょうがないって……まさかお前、本当に勘で選ぼうって言うのか？」

「いいや。勘よりも確かなものさ」

「…………」

どうしてだろう――不思議だ。ここに至って、いつの間にか、この小娘に、全てを任せてしまっていいような気になっている自分がいる。先程の言葉のせいか、常に憎たらしげな余裕を纏っているその空気がそうさせるのか、それとも、全く違う理由によるものなのか。

とにかく、任せられる気がする。

その方が成功率が高そうだからとか、そんな打算的な感情じゃない。むしろ、たとえ失敗したところで、彼女に任せた結果なら、それでいいと、胸を張って言えるような――

面白いことになっていると言っていた。それはろくでもないことという意味だが、ならば、爆弾のことも、彼女は知っていたはずだ。それなのに――このフロアで、彼女は軋識を待っていた。自分ひとりなら、あるいは脱出が間に合ったかもしれないのに、どうして――逃げなかった？

どうしてもこうしてもない――

あんたを見捨てることのできるあたしだとでも思っているのか――

できることとできないことがあって。

できないことを請け負うから――請負人。

「好きなことは好きなようにやればいいのさ。好きな道を選べばいい。好きな色を選べばいいんだよ。だからあたしの場合は、赤色――」

哀川潤は、不敵に微笑んで、

赤色のコードに手をかけて。

それをちょいっと脇に避け。

「――以外の全てのコードを切る！」

ぶちりと、力任せに。

黒と白のコードを、二本まとめて引き千切った。

零崎軋識は、哀川潤のその信じられない行為に、一瞬、何が起こったかもわからず、理解したいとも思えず、開いた口が塞がらず――しかしそれでも、その開いたままの口から、無理矢理搾《しぼ》り出すような大声で、

「あほかぁああ！」

と、喉の続く限り、絶叫した。

◆　◆

そして今日もまた請負人の伝説が更新される。

いわく。

彼女の踏み込んだ建物は、例外なく崩壊する——

爆縮。

このＩＴ企業が本社ビルに爆弾を仕込んだ理由は、あくまでも証拠隠滅のためである。このオフィス街を破壊する目的など微塵もない、そんなことになっては却って困る。それ故に、他に被害が出るような、無制限の威力の爆弾を仕掛けたりはしなかった、むしろその逆だ。最小限の爆薬——それも最低限の被害で済み、かつ、問題のデータを確実に処分できれば、理想形である。建造物としての力学的な要点にほんのわずかずつ、しかし確実な破壊を行なえる量の爆薬を設置し、爆風まで計算し、窓も壁も柱も、全て内側向きに倒れるようにする。そうすれば、爆発云々よりも、まずビルディングそのものの自重で、データは再生不能なまでに、木っ端微塵だ。ビルディングの敷地内から破片が一つも外に漏れない、すぐ隣にある建物にさえ迷惑をかけない、まさに自爆——

ただまあ、そんなことはともかく。

◆　◆

その後。

色々と手間のかかる隠蔽工作と後始末があって、零崎軋識が『暴君』の住む巨大な住居――高級高層マンションを訪れたのは、ビルディング崩壊の爆発オチから三日後のことだった。怪我の治療も勿論だったが、ぼろぼろになった身なりを新調するのにも、それだけの時間がかかった。『暴君』の前では常に一番いい服を着ていたいと思う健気な軋識である。エレベーターは『暴君』に連なる同志《パーティ》の内の一人が完膚なきまでに解体してしまっているので（考えてみれば、軋識があのときエレベーターよりも非常階段を選んだ理由は、その同志の影響というのもあるかもしれない）、彼女の生活圏である最上階までは階段で登らなければならない。平気だ、今回は別に、急ぐ必要はない。いや――『暴君』に早く会いたいと恋する心が、足取りを急がせるということは、どうやら、あるみたいだけれど。

鍵のかかっていない玄関を開け、室内に這入る。

「ぐっちゃーん。待ってたよー」

玄関口に、彼女はいた。

裸にコートというそれだけの姿。

靴下すらも履いていない、いつもの姿。

軋識の姿を見るや否や、全身で抱きついてくる。

「今回は、お疲れさま。よく頑張ってくれたね」

「……ええ、暴君」

軋識は後ろ手でドアを閉め、靴を脱ぎ、『暴君』の小さな身体を抱きかかえたまま、廊下を歩く。この至福が味わえただけでも、全ての苦労が報われた気がした。『暴君』の前ではなるたけ冷静沈着な男を演出していたかったので、その感情を表情には出すまいとするのだが、どうしても頬がだらしなく緩んでしまう。そんな軋識の心中が見えるのか、『暴君』は、「ぐっちゃんは可愛いな」と言った。

適当な部屋に這入って、ソファの上に彼女を乗せる。名残惜しかったが、一旦そこで、抱擁は終了だった。

用件を済ませよう。

変にもったいぶって少女の気分を損ねてもまずい。

軋識は鞄から、件《くだん》のハードディスクを取り出して、それをうやうやしく、『暴君』に対して差し出した。『暴君』はとても満足そうに、それを片手で受け取る。

「ぐっちゃんは私の役に立った」

そう言ってくれた。

それは、『暴君』から受ける言葉とすれば、最高級のランクに位置づけられる種類の、褒め言葉だった。

「私の眼に狂いはなかった。やっぱりぐっちゃんは最高だよ」

「釈迦に説法となるでしょうが……そのハードディスクには特殊なコピーガードがかかっています。中身を見るときは、スタンドアローンのマシンに接続するように、お気をつけください」

「うん。ありがとう。そうさせてもらうよ」

『暴君』は、それがとても大切な宝物であるかのように、ハードディスクをぎゅっと胸に抱きしめる。

最後まで、結局軋識は、そのハードディスクの中身を確認することはなかった。構わない。それがたとえ世界を滅ぼしかねない兵器の設計図だったところで、『暴君』が欲しいといえば、軋識は万策を尽くして、それを入手するだけなのだから。

「ねえ、ぐっちゃん」

そのままの姿勢で、『暴君』は言う。

「話、聞かせてよ。詳しい話。楽しい話。どうやって助かったの？　本社ビル崩壊のニュースを見たときは、あーあぐっちゃん死んじゃったって思ったんだけど」

「ああ……それはですね」

どうやって助かったのか。

あの爆発オチから。

零崎軋識は、苦笑と共に、それを思い出す——

当然、もうおしまいだと思った。

ビルディング全体が奇妙奇天烈に振動した。ビルディング全体が奇妙奇天烈に震撼した。その瞬間、主要な柱、力学的要点が、残らず破壊された——飴細工のように、気持ち悪く壁が崩れ、床が斜めを向く。ラックが倒れ、コンピューターが次々と倒れる。建物が崩れていくというよりは、まずはその中身を粉砕せんとばかりに、巨大なシェイカーに入れられて巨大なバーテンダーに振り回されているような有様だった。上下左右の感覚が、全て消え去った。

もうおしまいだと思った。

が——

「うわはははははは！　面白い！」

と、笑い声が聞こえた。

同時に、胸部に強烈なラリアットを食らう——いや、違った、それは、両脇を引っ掛けるようにして、軋識の身体を、抱きかかえたのだった。

誰が——勿論、哀川潤が。

反対側の手には、彼女はハードディスクを持っている。コードを引き千切ったのに続けて、ハードディスクも引き千切ったらしい。爆破は始まってしまったのだ、もう力技でも何でも関係ない。哀川潤は、蹴りたくなるくらい自分より背の高い軋識の身体を、平然と抱え上げ、そのまま、斜め向きになり、しかも波打っている床を、駆け上った——

窓のない部屋。

しかしもう、それは関係ない。

壁自体が、崩れてしまっている。

降り注ぐ破片を全てかわしながら——破片が落ちてくる前に、その下を潜り抜けながら、哀川潤は、壁と鉄骨との隙間を縫うように、ビルディングの敷地内から、その外へと飛び出した。

爆縮。

対象物以外に被害を出さない爆破。

ゆえに——敷地内から外に出れば安全。

だがそれは、二次元的にものを考えたときの話であり、ここは三次元である。飛び出したその先は、地上四十階——自殺行為なんてものではない。

爆死から飛び降りに変わっただけだ。

マシな死に方だとも思えない。

背後からの爆風で、更に空高く吹き上げられている——ゆえに、現在高度は、四十階より、更に高い。

悲鳴を上げることすらできず、
零崎軋識は眼を強く閉じた。

その瞼の裏に浮かんだのは、零崎一賊の面々と、『暴君』、それに連なる同志《パーティ》だった——死の間際に、それだけの人数を思い出すことができるなど、自分は案外幸せ者だったのかもしれないと、場違いにも思った。

零崎一賊の面々の中に。

顔面刺青のあの少年は——いただろうか。

いたような気がする。

そう考えたとき、
ばんっ！

と、右手に、激痛が走った。

空中で何かに衝突した——だと？

その痛みに眼を開く。

反射的に、軋識の右手は、衝突したそれを、握っていた——それは、ヘリコプターの足だった。思い出す——ビルディングに侵入する前、このオフィス街の空を周遊していた、何機かのヘリコプター。随分と低いところを飛んでいると、考えたものだ——

だけど。

ビルが崩壊する中、飛び出したところに、たまたまヘリコプターが飛んでいるなんて、自分の手がその足をつかむだなんて、果たしてそれはどんな偶然だ——!?

慣性の法則で、身体が大きく揺れる。

慌てて、右手に力を込めた。衝突の衝撃で右手の骨はあらかた砕けてしまっているようだが、それでも自重を支えることくらいはできる——いや、自重だけではない。

左手に、ずしりと重みを感じた。

見れば、それもまた無意識に、軋識の左手は、握っていた——哀川潤の左手首を。零崎軋識の左手にぶら下がる形で、哀川潤もまた、地上四十階からの落下を、免れていた。

風に赤毛ポニーテイルが際限なく揺れていて。

反対側の右手に、ハードディスクを持っている。

いや……強引に理屈を考えることは、できる。いつ爆発が起こるかわからない中タイムアップを待つよりも、いっそ自分のタイミングで確実に、三分の二ではなく一分の一の確率で爆破を起こして、建物を崩壊させ、その爆風自体を利用して外に脱出する——そういう風に考えることはできる。が、それ以外の点については明らかに牽強《けんきょう》付会だ。窓のないあの部屋で、ヘリコプターの位置までは、計算することができるわけがない。爆風でどこまで跳ね上げられるかも、完全に成り行き任せである。

なんなんだ——この小娘は。

わけもわからず、反射的に握ってしまってはいるが……自分は今、哀川潤をつかむこの左手を離すべきなんじゃないのか？

「ん？」

ヘリコプターの羽音が耳を劈《つんざ》く中、哀川潤は平然とした顔をして——視界の隅の方でビルディングが崩壊していくのすら、地上では、自分がぶちかましたタンクローリーが、ビルディングの崩落を受けて、どうやら炎上を始めているようだということすら、もうどうでもいいと言った風に、

「ああ、これな。ほい」

と、右手を上げ、そのハードディスクを、軋識に向けて差し向けてくる。当然、そのハードディスクを受け取るためには、軋識は哀川潤の左手首を離さねばならないのだが——

「どうした。受け取れよ。にーちゃんの仕事だぜ？」

「…………………」

むしろそれを、哀川潤は望んでいるようにも見えた。その手を離して自分をここから落とせと、暗に言っているように、零崎軋識には思えた。

是非離しなさい。

それはとても、面白そうだ――

そう聞こえた。

「き、きひひひひ――」

軋識は。

そんな人類最強に、最早笑う他なく――

「きひひひ、ひひひひひ――ははは！」

「うわはははは」

哀川潤も、それに対し、大いに笑った。

そして言った。

「やればできるじゃん」

――だが、勿論。

そのような経緯は、『暴君』が知る必要のないことだった。石凪や闇口、まして零崎と言った『殺し名』のことも、人類最強の請負人のことも、『暴君』は知らなくていい。それは自分ひとりだけが知っていればいいことだ。

零崎軋識は『暴君』が信じるに足る、適当な作り話をして、その場を切り抜けた。ふんふん、と、御伽噺を聞く子供のように純真に、軋識の話に熱中する『暴君』に、少し心が痛みはしたけれど、そんなこと、『暴君』のそばにいられなくなることを考える痛みに較べれば、微々たるものだ。

「でも、私が面白いと思うのはさ」

と、『暴君』は言う。

面白いと思うのは――と。

「これだけの惨状でありながら、死人が一人も出ていないってことなんだよね――一応、表向きには設計ミスによるビルの崩落ということになっているけど、詰めていた四百名の社員が、たまたま全員地下室にいて、生き埋めになっただけで、後に救助されたって——」

「…………」

　彼女の踏み込んだ建物は例外なく崩壊する。

　ただし——死人は一人も出ない。

　それが、請負人の伝説。

　零崎軋識が石凪少年とやり合っている間に、あの赤毛ポニーテイルの小娘は、石凪少年によって意識を失わされていた警備員、その全員を地下室に押し込んでいたというわけだ……エレベーターを使ったどころの話ではない、どんなフットワークの軽さだ。ちょっと眼を離せば——もう次の行動に移っている。

「近くのガソリンスタンドの店員さんが、どうしてかその地下室にいたって話だけど……いい人だねえ、ぐっちゃん。生きてる価値もないようなどうでもいい連中の命まで助けてあげるだなんて。そういう優しさ、とっても素敵だと思うよ」

「ありがとうございます。お褒めにあずかり、光栄の至りです」

「うんうん。でもその優しさは、今度から私一人のために使って頂戴」

「……言われるまでもなく」

「いいお返事だよ。ずっとそばにいてよね」

　そう言って、『暴君』は、もう一度、軋識に抱きついてきた。いつくしむように、幸せそうに、頬ずりをしてくる。

　これは——かりそめだ。

　軋識は思う。

　多分自分は、ずっとこうなんだろう。

　愛する家族に嘘をつき。

　恋する少女に嘘をつく。

　本当のことは、誰も知らない。

　誰も真実の零崎軋識を知らない。

　誰も真実の式岸軋騎を知らない。

　それは、自分自身も含めてだ。

　家族が何かも——わからない。

　零崎一賊の零崎軋識としても『暴君』に連なる式

岸軋騎としても、どこまでも中途半端だ。途中で終わって、どこにも辿り着かない。

しかしそれでも——軋識は見た。

真実という言葉に値する、たった一つの赤色を。

白黒つけなくてもいい。

勝ちも負けも、全て笑いながら乗り越えてしまうような、他の全ての価値をあらかた等価にしてしまうような、馬鹿馬鹿しい存在を——見た。

当然、二度とかかわりたくないけれど。

尋常でなく酷い目にあったし、迷惑極まりないのは前提だったたし、よくよく考えてみれば、無駄に仕事をかき回されただけのような気もするけれど。

それでも、どうしてなのか、あの赤毛ポニーテイルの小娘に会えたことは、幸運だったと思う——とても、ついていたと思う。

だから彼は思い出すのだった。

彼女から贈られた、一つの言葉を。

◆　◆

雀の竹取山でのあの敗北が、萩原子荻の狙い通りの効果を現すのが二年後のことなら——哀川潤とのこの出会いが、萩原子荻の計画を崩すのは、これより三年後のことだ。

零崎軋識の人間ノック。

これは、最も荒々しく最も容赦のない手口で、一賊史上最も多くの人間を殺したと知られる、そして公式の記録の上では、一賊史上最も長生きした——一人の殺人鬼の物語である。

STRIKE, BATTER OUT.
GAME SET.

あとがき

『自分で自分がわからなくなる』というのは、これはまあよくある言葉ではありますが、しかし現実的には結構精神的にやばい状況を指す言葉で、しかしそれでも、案外よくある状況のような気がします。一例をあげると、本書の作者あたりは一ヵ月に三十日はそういう状況です。二月の計算が合いません。ほら、早速自分で自分がわからない。五年前の自分を振り返って、「あのときなんであんなことをしちゃったんだろうなあ……」とか、「あのときああしておけばなあ……」と、物思いにふけるなんてのは日常茶飯事で、そういう謂でいくなら、五秒前のこと、五歩前のことを、物思いにふけります。「なんでこんなことをしちゃったんだろうなあ……」とか「このとき、こうしておけばなあ……」とか。とはいえ後悔しっぱなしというわけではなく、たとえば何かを頑張っているとき、ふと、「どうしてこんなに頑張っているんだろう？」と、不思議に思ってしまうことも頻繁にあり、いや別に頑張ること自体に不満があるわけじゃないけれど、何故頑張っているのかはわからない、そんな感じです。つまりほとんどの場合、自分のやってることに自信が持てずにいるということなんですが、しかしその『自信が持てない自分』とは違うルールで、自分はしっかり、自分をやっちゃっているので、わりかし驚きです。一応、ちゃんと生きています。わからないのに？　わからないのにです。地図もナビもなくても道があればそこを歩けるというか、自分で自分がわからなくなるとか言って、単にそれはわかっていないだけであって、自分はちゃっかり自分であるようです。重力の存在を知らなくとも林檎は木から離れれば上から下に向けて落ちるし、それでも地球は回っています。意識しなくとも心臓は動くし呼吸器官は呼吸をします。わかっていようがわかっていまいが、自分ってのはどこまで行っても自分だという話のようです。生き方や考え方は、自分が無意識に知っていることであって、自分で自分がわからなくなる自分というのも、所詮はその一部分に過ぎないのでしょう。あるいは、自分で自分がわからなくなる自分がわかっていれば、対処のしようもあるのかもしれません。ただ、自分で自分がわかったら何か得があるかと言えば何もないし、わからない方が楽しいと言われればその通りです。

本書には釘バットを凶器として使用する殺人鬼・零崎軋識を主軸に、数々の登場人物の思惑と生き様が交錯する様が書かれています。前作にあたる『零崎双識の人間試験』から、基本的に五年くらい前の出来事ということになります。イラストレーターの竹さんが神がかった画力でキャラクターを描いてくださっているお陰で、意味不明の連中がただただ殺し合っている戦慄の小説が、予想外に深い厚みを持っているように思えます。正直言って、この小説がどうしてこんな小説になったのかについては、自分で自分がわかりませんが、しかし、それはいつものことなので気にしません。そんなこんなで『零崎軋識の人間ノック　狙撃手襲来』、『零崎軋識の人間ノック2　竹取山決戦』、『零崎軋識の人間ノック3　請負人伝説』、三つ合わせて『零崎軋識の人間ノック』でした。

多くの人達に支えられたこの本は、いい本になっていると思います。

西尾維新

〈初出一覧〉

零崎軋識の人間ノック1　狙撃手襲来……「ファウスト　2004　SUMMER　Vol.3」
零崎軋識の人間ノック2　竹取山決戦―前半戦―……「ファウスト　2005　WINTER　Vol.6　SIDE-A」
零崎軋識の人間ノック2　竹取山決戦―後半戦―……「ファウスト　2005　WINTER　Vol.6　SIDE-B」
零崎軋識の人間ノック3　請負人伝説……書き下ろし

N.D.C.913　330p　18cm

零《ぜろ》崎《ざき》軋《きし》識《しき》の人《にん》間《げん》ノック

二〇〇六年十月二十五日　第一刷発行　二〇〇六年十二月十三日　第四刷発行

定価はカバーに表示してあります

KODANSHA NOVELS

著者—西《にし》尾《お》維《い》新《しん》

発行者—野間佐和子

発行所—株式会社講談社

東京都文京区音羽二-一二-二一

郵便番号一一二-八〇〇一

編集部〇三-五三九五-三五〇六
販売部〇三-五三九五-五八一七
業務部〇三-五三九五-三六一五

本文データ制作—講談社文芸局DTPルーム

印刷所—凸版印刷株式会社　製本所—株式会社若林製本工場

ISBN4-06-182509-7

KODANSHA NOVELS

講談社ノベルス

これぞ"新伝綺"！
空《から》の境界（上）　奈須きのこ

これぞ"新伝綺"！
空の境界（下）　奈須きのこ

妖気漂う新本格推理の傑作
地獄の奇術師　二階堂黎人《にかいどうれいと》

人智を超えた新探偵小説
聖アウスラ修道院の惨劇　二階堂黎人

著者初の中短篇傑作選
ユリ迷宮　二階堂黎人

会心の推理傑作集！
バラ迷宮　二階堂蘭子推理集　二階堂黎人

恐怖が氷結する書下ろし新本格推理
人狼城の恐怖　第一部ドイツ編　二階堂黎人

蘭子シリーズ最大長編
人狼城の恐怖　第二部フランス編　二階堂黎人

悪魔的史上最大のミステリ
人狼城の恐怖　第三部探偵編　二階堂黎人

世界最長の本格推理小説
人狼城の恐怖　第四部完結編　二階堂黎人

新本格作品集
名探偵の肖像　二階堂黎人

正調「怪人 対 名探偵」
悪魔のラビリンス　二階堂黎人

世紀の大犯罪者VS.美貌の女探偵！
魔術王事件　二階堂黎人

宇宙を舞台にした壮大な本格ミステリー
聖域の殺戮　二階堂黎人

第23回メフィスト賞受賞作
クビキリサイクル　西尾維新

新青春エンタの傑作
クビシメロマンチスト　西尾維新

維新を読まずに何を読む！
クビツリハイスクール　西尾維新

〈戯言シリーズ〉最大傑作
サイコロジカル（上）　西尾維新

〈戯言シリーズ〉最大傑作
サイコロジカル（下）　西尾維新

白熱の新青春エンタ！
ヒトクイマジカル　西尾維新

大人気〈戯言シリーズ〉クライマックス！
ネコソギラジカル（上）　十三階段　西尾維新

大人気〈戯言シリーズ〉クライマックス！
ネコソギラジカル（中）　赤き征裁VS.橙なる種　西尾維新

大人気〈戯言シリーズ〉クライマックス！
ネコソギラジカル（下）　青色サヴァンと戯言遣い　西尾維新

JDCトリビュート第一弾
ダブルダウン勘繰郎《かんぐろう》　西尾維新

維新、全開！
きみとぼくの壊れた世界　西尾維新

新青春エンタの最前線がここにある！
零崎双識の人間試験　西尾維新

新青春エンタの最前線がここにある！
零崎軋識の人間ノック　西尾維新

魔法は、もうはじまっている！
新本格魔法少女りすか　西尾維新

魔法は、もうはじまっている！
新本格魔法少女りすか2　西尾維新

最早只事デハナイ想像力ノ奔流！
ニンギョウがニンギョウ　西尾維新

西尾維新著作リスト
@講談社NOVELS

エンターテインメントは維新がになう！

戯言シリーズ イラスト／竹

『クビキリサイクル 青色サヴァンと戯言遣い』
『クビシメロマンチスト 人間失格・零崎人識《ぜろざきひとしき》』
『クビツリハイスクール 戯言遣いの弟子』
『サイコロジカル（上） 兎吊木垓輔《うつりぎがいすけ》の戯言殺し』
『サイコロジカル（下） 曳《ひ》かれ者の小唄《こうた》』
『ヒトクイマジカル 殺戮《さつりく》奇術の匂宮《におうのみや》兄妹』
『ネコソギラジカル（上） 十三階段』
『ネコソギラジカル（中） 赤き征裁 vs. 橙なる種』
『ネコソギラジカル（下） 青色サヴァンと戯言遣い』

戯言辞典 イラスト／竹

『ザレゴトディクショナル 戯言シリーズ用語辞典』

JDC TRIBUTEシリーズ

『ダブルダウン勘《かん》繰《ぐ》郎《ろう》』 イラスト／ジョージ朝倉
『トリプルプレイ助《すけ》悪《あく》郎《ろう》』（刊行時期未定）

「きみとぼく」本格ミステリ イラスト／TAGRO

『きみとぼくの壊れた世界』

零崎一賊 イラスト／竹

『零崎双識の人間試験』
『零崎軋識の人間ノック』

りすかシリーズ イラスト／西村キヌ（CAPCOM）

『新本格魔法少女りすか』
『新本格魔法少女りすか 2』

豪華箱入りノベルス

『ニンギョウがニンギョウ』